Thriller

END GAME

布娃娃殺手3
遊戲終結

Daniel Cole

THE GLOBAL BESTSELLER

著——丹尼爾・柯爾
譯——葉旻臻

親愛的讀者：

「我不想跟《辛普森家庭》一樣，在每一本書的結局將萬事萬物重新開機。」

從《布娃娃殺手》最初幾場令我惶恐的新書宣傳訪談開始，我就一直這麼說。但現在，這句話比過去任何時候都更切時，因為我剛寫完了三部曲中的第三集，含納了這個故事所有的歷史和隨之而來的終結感。我相信，我為這些角色創造的深度，以及為他們之間的關係寫出的戲劇性，是我不可能以單本獨立作的規格達成的。儘管我試圖在《傀儡師殺手》和《遊戲終結》接納新讀者到來，但無可否認的是，如果你從最初的起點開始閱讀這個故事，會更能體認到兩本續集的意義。

我也有略帶宅氣的一面，喜歡在我熱愛的電影與電視劇裡尋找「彩蛋」和隱晦的致敬，因為我知道，那只有最忠實的觀眾才能夠察覺。虛構的世界因此而感覺多了那麼一點真實性，於是我的這幾本書裡也照樣散落著這些線索。

這不是《布娃娃殺手》的結局，絕對不是。我一直想要讓這套三本小說呈現這個特定時間點的這個辦案團隊。三本書的故事會互相重疊、彼此交織。它們是三部曲故事……但這並不是現實世界運作的方式——生命往往會回頭鬆綁我們繫下的結。我已經設定了第四本書的骨幹，而且對這個系列全新的走向感到興奮無比。

到頭來，這都是同一個大故事。

一如往常，我要大大感謝讀者們，更要大大為我在社交媒體上的缺席而道歉，那真的不是我的強項。但你們讓我保住了飯碗。這本書是獻給你們的，我誠心希望你們閱讀時就像我寫作的時候一樣享受。

我就不再多說廢話：各位先生女士，《布娃娃殺手》系列三部曲的最終篇《遊戲終結》在此登場……

丹尼爾・柯爾

「別把我當成什麼英雄了……
為了救妳一命，在這世上要我殺誰都行。」

序幕

二〇一六年一月四日，星期一

上午十一點十三分

「很久很久以前……沒了。」

積雪的郊區景色緩緩從髒汙的窗外滑過，他們緩緩駛向目的地時，熹微的陽光照暖了車子的皮質內裝。

「但你就是那個人，對不對？」駕駛座上的男人追問。「你就是威廉·佛克斯？」

「隨便啦。」沃夫嘆道，後照鏡裡的那雙深色眼睛盯著他，時不時看回前方的道路，他感到真心的懊悔。「就在這裡，左手邊。」

黑色計程車停下來，在某戶人家的車道上怠速，引擎噴氣作響。

沃夫付了車資給那個男人，用現金，雖然現在這樣做也無濟於事了。他爬出車外，踏上寧靜的街道。還沒等到機會關上身後的門，那輛計程車便加速駛離，濺了他一身冷冰冰的汙泥，甩晃著車門消失在轉角。沃夫後悔自己還給了那個愛管閒事的報馬仔小費，希望一點三四英鎊的賄賂能夠換得那傢伙閉口，恐怕也只是一廂情願罷了。他用黑色長大衣的袖口擦擦長褲，這件大衣的原主是雷瑟尼爾·麥斯，也就是布娃娃殺手，是一項來自往日的紀念，某種程度上也是戰利品，提醒自己記得那些他應當要拯救的人。

他成功把幾個點狀的溼漬抹成髒兮兮的條痕，突然發現有人在監視他。即使瘦了二十八磅、留了參差雜亂的鬍鬚，多看兩眼，沃夫高大醒目的身型和明亮的藍眼還是會洩漏他的身分。馬路對面，有個女人一面盯著他看，一面撫弄嬰兒車和大概窩藏在一堆毯子底下的小寶寶。她拿出手機，舉到耳邊。

沃夫對著她的方向擠出一個悲傷的微笑，然後轉身背對她，走進他後方的大門。一輛陌生的賓士車無人聞問地停在碎石路上，只能從穿出積雪的標誌看出廠牌。那間熟悉的房子比起他上次造訪時，又擴大了三分之一。他知道前門一如往常沒有上鎖，便沒費事敲門，先蹬掉鞋子上的雪，步進了走廊上肅穆哀愁的氛圍中，儘管外面的天色晴朗無雲。

「瑪姬？」沃夫喚道。光是回到這棟房子裡，貪婪地深吸一口屋內的空氣——充滿舊書、花香調香水、研磨咖啡，和上百種喚起單純喜悅、往日記憶的物品——就讓他不禁哽咽。因爲這是他心目中比世上任何處所都更像家的地方，自從他搬到首都以後唯一可堪仰賴的恆久避風港。「瑪姬?!」

樓上的嘎吱聲打破了沉默。

他舉步上樓時，一陣輕盈的腳步聲匆匆踏過上方的樓地板。

「瑪姬?!」

一扇門打開了：「威爾……？威爾！」

沃夫才爬到樓梯口，瑪姬就張開雙臂抱住他，幾乎要把他們重逢的場景推回到門廊上。

「老天啊！眞的是你！」

她抱得好緊，沃夫簡直無法呼吸，只能在她靠著他胸口激動落淚時捏捏她的背。

「我就知道你會來。」她聲音顫抖地啜泣著，「我無法相信他竟然走了，威爾。沒有他，我要怎麼辦？」

沃夫從她的擁抱中抽身，跟她隔了一個手臂的距離，以便說話。這名時時刻刻都無懈可擊的女子年約五十五歲，現在她哭花的妝和土氣的黑衣，使她的外表終於和年齡相符。她的黑色捲髮披散著，平常她總是把秀髮綁成那種永不過時的復古典雅造型。

「我時間不多。他……他在哪裡？」他掙扎地問，他還有許多令人不適的問題得提出，這只是第一個。

她顫抖的手指向這層樓未鋪地板的區塊上一扇碎裂的門。他點點頭，在她前額輕輕一吻，走向屋子最新擴建的部分。瑪姬則退到後方，在空無一物的房門口踟躕徘徊。沃夫與有榮焉地打量著老友的最後一樁工程，只要是與孫子有關的事物，他總是如此高標準。這間是要當作兒孫來訪時住的新客房，好讓他退休之後能跟他們多多相處。

一張木頭椅子翻倒在房間中央，椅下有一塊暗紅色的汙漬，滲進了透水性強的地板。

沃夫本來說服自己相信，進門之後他能夠處變不驚，用面對其他任何犯罪現場時疏離而有效率的方式處理情況……但當然，他錯了。

「他很愛你，威爾。」瑪姬在門口說。

沃夫再也無法忍住眼淚，他聽見有人喀喀越過外面的碎石路，擦了擦眼睛。

「你該走了。」瑪姬焦急地對他說，對禮貌的敲門聲置之不理。「威爾？」聽見前門被人闖入的嘎吱聲，她趕忙到樓梯去查看，上樓的是一個金髮鼠貌的男人，她的表情放鬆下來。

「傑克！」她鬆了一口氣。「我以為你是……沒事。」

沃夫狐疑地看著兩人像老友般相擁。

「給妳帶了點東西來。」那男人告訴她，遞過幾個購物袋。「妳能讓我跟他說個話嗎？」

他接著問，打破了社交拜訪的偽裝。

「妳去忙吧，瑪姬。」沃夫對她說。

她一臉不安，走下樓去放剛買來的東西。

「桑德斯。」沃夫在他的前同事踏進房間時，向對方招呼。

「沃夫。好久不見。」

「這個嘛，你也知道，我需要點個人時間。」他打趣道，同時聽見外面有輛車停在街上。

「我不知道你們倆居然認識呢。」

「不認識啊。」桑德斯聳聳肩，儘管只是禮貌的閒聊，他還是保持了安全距離。「直到……發生這些事。」他重重嘆了一口氣。「老兄，芬利的事我真的很遺憾。眞的。」

沃夫點頭致意，視線回到沾汙的地板。

「你在這幹麼？」桑德斯突兀地問。

「我得自己來看看。」

「看什麼？」

因為顧及瑪姬，沃夫壓低了聲音：「犯罪現場。」

「犯罪？」桑德斯疲倦地抹了抹臉，「老兄，我親自到場的。他被發現的時候是一個人……在上鎖的房間裡……躺在凶器旁邊。」

「芬利不會自殺。」

桑德斯滿懷憐憫看著他：「人們總是有辦法讓我們意料不到。」

「說到這個，你趕到這裡的速度非常快。」

「通報發布的時候……我剛好在路上。」

在他們以前共事期間，沃夫從來就不怎麼喜歡這位大嘴巴的偵查員，但現在他開始用新的角度看待他。「謝謝你照顧她。」

「沒什麼。」

「所以……外面有多少人？」語氣像在問現在幾點，空間裡的氣氛立刻改變了。

桑德斯遲疑了一會。「前面兩個、後面兩個、一個陪著瑪姬，如果情況順利，那道牆後面還有一個，跟我們距離三呎。」他轉向敞開的門口：「聽到就出個聲！」

樓層上傳來彈匣裝進半自動步槍的聲音，作爲回應。

他面帶抱歉地微笑，然後從口袋裡拿出一副手銬。「我跟他們保證說你不會逃跑。拜託別搞得像是我犯蠢。」

沃夫點頭，緩緩跪下。他抬起手臂，手指放在後腦杓交扣，透過積雪的窗戶往外望——這是他的導師在大限來臨前，看見的最後一幅風景。

「對不起啦，老兄。」桑德斯說著，上前將手銬扣住他的雙腕。「已制伏嫌犯！」

「威爾?!」瑪姬從廚房喚道，屋裡一下子湧入多名武裝警察。

重重的靴子踩在樓梯上，朝他們而來，瑪姬的腳步聲跟隨在後。

「妳可以幫我一個忙嗎？」沃夫問。他的視線從桑德斯身上轉向瑪姬。最後幾個警察從遭到破壞的門擠進來，一面戒護他，一面吼叫著宣讀權利。「別告訴她我回來了。」

「但是，威爾——」她絕望地哭喊，卻仍然一步也無法踏進她丈夫陳屍的房間。

「沒事，瑪姬，沒事的。」他安撫她。「我不會再逃跑了。」

1

二〇一六年一月四日，星期一
上午十一點四十六分

湯瑪士．艾寇克泡著茶，卻因為關成靜音的電視分心了。

「該死！」他低聲說，滾水濺得流理臺面上到處都是……接著又滴到他的手上：「該死的渾蛋！」他忍痛皺眉，甩著痛處，眼神仍沒有離開螢幕。

天空新聞臺上，一架直升機盤旋於首都前一晚遭逢的災難現場上空。它擋住太陽時，一道黑影輕盈流暢地掠過底下的瓦礫，同時還有至少兩架直升機也在空中——就像聚集在新鮮屍體旁的禿鷹。曾經造成諸多不快的市區空域管制顯然已經解除，終於讓全世界欣賞到這場巨災的嚴重程度。

一場浩劫得以倖免，但仍付出了代價。

範圍侷限在盧德門山一處地鐵廁所的爆炸，促使周圍建築物啓動人員疏散，結構工程師同時進行檢查。有一位火眼金睛的觀光客在聖保羅大教堂正面西側發現了新的裂痕，緊急修復工作便奉派展開。但是，還來不及立起鷹架，北塔就陷落了。接著，短短三天內，柱子一根接一根崩裂，像是被重物壓彎的腿，最後宏大壯觀的長廊無可避免地崩塌——一座名聞遐邇的古蹟，就這樣因身上的眾多傷口而緩緩死去。

這是一幅超現實的畫面：一片失落的拼圖。

湯瑪士過了片刻，才發覺圍繞著那片區域的彩色邊線，其實是欄杆邊堆積如山的花環和鮮花：對皮卡迪利圓環事件的失蹤者、對凱莉．柯曼巡警、對時代廣場上所有死傷人員的哀悼，在零下的低溫中，如此的致意十足感人，卻維持不長。

他啜飲著茶。

閃亮的燈光搏動著，令人分心地蓋過黃色的電視字幕，放在另一個房間裡的聖誕樹殘骸提醒他注意它的存在，樹底下未拆的禮物積著掉落的松針。湯瑪士心不在焉地撫摸著艾可，他的心思數不清第幾次回到了那些自私的念頭上：他多麼感恩死傷者名單上沒有他認識的人，他多麼幸運能等到他的女友平安歸來，還有，他可恥地暗自希望過去這一個月來的恐怖經歷、升級成國家級的危安事件，再加上一位摯友的英年早逝，也許恰好足以將她逼得崩潰，能說服她拋下一切、珍惜她依然擁有的事物，並且滿足於她的生活。

廚房桌對面，巴克絲特的手機大聲響了起來。

湯瑪士衝過去，以略帶不耐的低語聲接聽：

「艾蜜莉的電話……恐怕不行。她還在睡覺。我能不能幫您留個——星期三……早上九點……我會告訴她……好的。再見。」

他將手機放在烤箱隔熱手套上，以防它又響起。

「是誰啊？」巴克絲特在門口問，嚇了他一跳。

她套著他的一件寬鬆毛衣，下身穿自己的花呢格紋睡褲，相較於這位芳齡三十五的總督察平常的打扮，這身居家的裝束令人耳目一新。湯瑪士看著她、看著工作帶給他愛人的折磨，他又難過了起來。她的上脣傷口經過縫合，兩根手指用夾板固定，從她不情願地為了支撐受傷的手肘而戴上的吊腕帶裡露出來。凌亂的深棕色秀髮大半藏住了仍然滿布刮傷和瘀痕的臉龐。

他勉強掛上一個不太有說服力的笑容：「要吃早餐嗎？」

「不了。」

「吃個蛋捲就好？」

「不用。是誰打電話來？」她又問一次，視線對上眼前的男友，她覺得現在的他可能連這點小衝突都承受不了。

「妳工作上的事。」他嘆道，生著自己的氣。

她等他補充說明。

「一個叫邁克．艾特金斯的，打來通知妳星期三早上跟他和聯邦調查局開會。」

「噢。」她迷惑地回應，在艾可從流理臺跳到她身上流口水時搔搔牠的頭。

看到她如此脆弱而消沉，令湯瑪士難以承受。他走過去要擁抱她，但她虛弱無力地站在那裡，他無法確定她是否察覺到自己的動作。

「瑪姬今天打來了嗎？」她問。

他鬆手：「還沒。」

「我等一下……過去。」

「我載妳去。」湯瑪士提議。「我可以坐在車上等，或是喝杯咖啡，妳就——」

「我沒事。」她堅稱。

這句俐落的回應，倒是讓湯瑪士的精神振奮了些。在巴克絲特破碎的表面下，還是在某處深藏著她那熟悉的尖酸語氣。

她還在那裡。她只是需要時間。

「好的。」他點頭，和善地微笑。

「我要去……」她比著樓上的方向。「但我沒事。」她邊走邊低語，「我沒事。」

如果沒有那頭鮮豔橘髮時不時從後面探出來，這座樹籬看起來就只是一座普通的樹籬。艾利克斯·艾德蒙斯以私家調查員身分負責的第一樁任務，是件平凡的小事，他爲此來到家附近森寶利超市對面的一片荒地兼購物推車墳場。但現在，他的目標穩妥地鎖定在他視線中，唯一的出口已由他的組員封鎖，那股追逐戰的刺激感又回來了。

他開始行動……

他的目標拔腿猛衝，直往陷阱跑，速度比他預期的快。

「私探二號！」他對著玩具反斗城買來的對講機大喊。「私探二號，準備攔截！」

「一定要嗎？」

「拜託！」艾德蒙斯喘著氣說，然後便看著他的計畫像一場精心排練的現代舞般上演，他的未婚妻突然在他們前頭冒出來，用嬰兒車擋住路。

他們的目標猛然停下來，思量了一會兒，然後匆忙爬上一棵高度看起來位居全倫敦之冠的樹，一路竄到他們抓不到的地方，把上方枝幹的積雪抖了下來。

「該死！」艾德蒙斯齜牙咧嘴地說，手裡拿著一個繩圈，仰頭望天。

「私探一號，雪貂是會爬樹的。」緹雅推著萊拉走過來，聲音扭曲地告訴他，「現在怎樣？」她問，此時不再需要透過對講機說話。

「這……這不要緊。」艾德蒙斯充滿信心地對她說。「牠被困住了。」

「眞的嗎？」她問，並且把嬰兒車後面的貓籠拿出來，放在結冰的地面上。

「好吧，我爬上去。」艾德蒙斯決絕地說，預期她會表示抗議。

她並沒有。

「爬到那棵大樹上去。」他說明。

她點點頭。

「好吧，那麼。」他也點頭回應。「站到安全距離以外，以免我掉下來……摔死。」

「我們……回家如何？」緹雅提議。

「當然好。」他聳聳肩，有點驚訝她竟自願錯過這麼令人興奮的趣事。他把腳踏到樹上，抓住頭頂上的一根粗枝。「可是這挺好玩的，對吧？讓我們可以有些相處的時間？」

緹雅沒有回答。

「我說……」他滑下樹幹，然後又試了一次。「噢，妳走了。」

她已經走到河濱半途了。

「嗯，我覺得這挺好玩。」艾德蒙斯喃喃自語。「好啦，癩皮先生。」他朝著枝葉間喊道，「你的恐怖統治結束了！」

沃夫大聲打著鼾。

他已經被拘禁在霍恩西警局超過三個小時了，其中有兩個半鐘頭，他用來享受他好幾個星期以來睡得最舒服的一覺。走廊上的一扇門轟然甩開，他驚跳一下，醒了過來。那瞬間，他被周遭令人不快的環境弄糊塗了，身後手銬敲擊椅子的金屬碰撞聲恰好提醒了他這個早晨發生的諸多意外。那個粗心甩門的傢伙令人氣惱，他現在亟需上廁所，還必須在這有限的空間裡緩緩踏步幾分鐘，好喚醒他痲痹的左側臀部。

當他試圖活動肌肉、擺脫逐漸擴散的抽筋之苦，走廊上響起跟鞋的喀喀聲，朝他而來。門鎖打開了，一名五十多歲、衣著光鮮的男子走進房間，高級的西裝和灰褐色牆壁毫不搭調。

「呵。」沃夫向那個穿著體面的陌生人打招呼，「我還以爲是位女士呢。」

銀髮男子一臉困惑，前額皮革般的肌膚皺起深深的褶痕。

「但你不是。」沃夫好心地告訴他。

那人的臉上浮現一絲微笑，「我還瞎操心你的警探技能在當逃兵的期間退步了呢。」

他拉了一張椅子坐下。

「說到這個。」沃夫突然想起了什麼，「我不想搞得好像我很小心眼，但麥斯那件事……發生的時候，我確實還有十五天的年假可以請。我不知道有沒有辦法——」

那人露出了饒富興味的笑容，阻止沃夫繼續說下去。他白如冰雪的牙齒襯著橘色調的皮膚，簡直亮得發光。

「……沒錯，這個我們下次再解決。」沃夫點頭，在一陣緊繃的沉默中鼓起雙頰。

「你沒認出我對不對，威爾？」

「呃嗯嗯……」

「這位是克里斯丁・貝拉米廳長。」門口有道聲音替他解圍，熟悉得令人難過。吉娜・凡妮塔指揮官走進房間。

依她的穿衣品味，她現在這身穿搭算是相對有格調：黑色外套把彼此衝突的衣服遮住了好一部分，頗堪嘉許。或許是他看了太多晨間電視節目，又或許他只是靈光一閃，但如果要他幫這身行頭做分類，他會選擇歸在「天線寶寶喪服」系列。

她還在說話。

「抱歉。什麼？」沃夫問，但完全錯過了她接下來說的話，他的心思飄到了更緊急的事務上：迪西[1]——服用過量海洛因。

「我說，我們抓到你，只是時間早晚的問題。」那位身材嬌小的女子重複道。

「妳應該沒有忘記，你們沒眞的抓到我，對吧？」沃夫不太確定地問。「因爲我清楚記得，我是自首的。」

凡妮塔聳聳肩，她已經在草擬宣布他落網的新聞稿了。「不管怎麼說，都是——」

「無恥的呼籲宣傳？」他提示。

「看清楚，我們不是你的敵人，威爾。」克里斯丁在他們繼續鬥嘴前插話。但是那兩人已經隔桌展開瞪眼比賽，於是他修正了聲明：「我不是你的敵人。」

1 迪西（Dipsy），天線寶寶中的主要角色。性別男，綠色天線寶寶，天線為直線。在所有天線寶寶之中，只有他是黑皮膚，象徵黑人。

沃夫嗤之以鼻。

「你知道，我們以前見過。」克里斯丁繼續說。「老實說，是很久以前了。而且……」這位舉重若輕、溫文高雅的男子第一次鬆動了平靜的表情。「這個星期，我們都失去了一位很親的朋友。切莫以爲只有你在哀悼。」

沃夫懷疑地盯著他。

「那麼……」凡妮塔開口。「威廉・奧立佛・雷頓—佛克斯。」

沃夫的臉抽了一下。

「現在你已經遭到逮捕——」

「是自首投降！」沃夫低吼。

「……要贖清你這一串洋洋灑灑的罪行，你要面臨相當長的刑期。」

沃夫注意到，當她說下去時，克里斯丁朝下屬皺了眉頭。

「隱瞞證據、僞證、傳喚未到、傷害罪——」

「頂多只是加重企圖傷害罪而已。」沃夫反駁。

「你這一串罪狀還長著呢。」凡妮塔說完，滿意地交疊起雙臂。「這些年來，你設法鑽漏洞躲過這麼多麻煩，但看樣子你的報應終於來了。還有什麼話要說嗎？」

「有。」

她期盼地等著。

「妳可以幫我抓抓鼻子嗎？」他問。

「抱歉，你說什麼？」

「我的鼻子。」沃夫態度溫馴，背後的手銬鏗鏘作響。「可以嗎？」

凡妮塔和克里斯丁交換了眼神，然後笑了。「我說的話，你有聽進去任何一個字嗎，佛克斯？」

沃夫的眼睛溼潤。

「你要在牢裡待上很久。」

「別這樣，拜託。」沃夫說。他徒勞無功地嘗試用肩膀抹抹鼻子。

凡妮塔站起來：「我沒時間搞這套。」

她已經走到門邊，卻聽到沃夫說：「雷歐……安東……杜博斯。」

一隻腳已踏出房間的凡妮塔停了下來，非常緩慢地轉過身。

「他怎樣？」

「先抓鼻子。」沃夫再次要求。

「不要！杜博斯是怎麼回事？」

「恕我孤陋寡聞。」克里斯丁打岔。「但……這是在說誰？」

「雷歐．杜博斯。」凡妮塔哼了一聲，回憶起那場跨部會層級的慘劇，幸好她這幾年都不需想起。「是局裡的一樁大案子：謀殺、人口販運、毒品走私。佛克斯有參與辦案，所以這毫不意外地成爲史無前例最混亂的案子。」她轉回去對著沃夫，他正在大聲打呵欠：「杜博斯怎樣？」

「目前的位置、他的網絡中所有人的姓名和照片、帳號、正載滿娼妓駛向本國海岸的船隻名稱……」

她無意識地退了一步，回到房間裡。

「噢！車輛牌照登記。」他又往下說，「洗錢事業……而且我相當確定他駭進了某人的Netflix帳號。」

凡妮塔搖搖頭：「落網之徒情急的信口開河。」

「是自首之徒。」沃夫提醒她。

克里斯丁保持沉默，注意到下屬態度丕變。

「我覺得我眞是深深錯看你了，佛克斯。」凡妮塔誇張地說。「我多疑的那一面總揣測你跑路的理由，是因爲雇了連環殺手後，想要保住自己小命。可是結果呢，原來你一直獨力扛起責任，要扳倒惡名昭彰的犯罪大王！」她爲自己的機智之語發笑。「眞是荒謬！你難道希望有人會相信——」

「我希望妳會相信。」沃夫打斷她。「從我離開法庭的那一刻開始，我就開始調度安排，要重新掌握我的人生。爲了在此刻交出一份妳無法拒絕的提議，已經準備很久了。」

「噢，我可以拒絕。」凡妮塔斥道，顯然忘了她在僅有三人的房間裡並不是位階最高的那位。「所以，杜博斯從來沒有剛好認出這個花了幾個月想要抓他的人？他從來沒有起過一點點疑心？」

「他起了不少疑心。」沃夫告訴她。「但若是要在託辭中加進一點實話的成分，妳在報紙上到處出現的尊容，可以爲此帶來無與倫比的效果……我現在需要妳幫我抓鼻子了。」

「妳就幫他抓抓鼻子好嗎？」克里斯丁喊道，希望繼續聽下去。

凡妮塔一臉怒不可遏，從口袋掏出一枝昂貴的筆，朝沃夫伸去，毫不掩飾她的不悅。

「右邊一點。」沃夫指示。「用力。噢對，就是這樣。妳眞是入錯行了，妳知道嗎？」他又加上一句：「對了，這只是完全無關的一句事實陳述，跟妳的抓癢技術毫無關連。」

他往後靠在椅子上，在凡妮塔把她最心愛的筆扔在桌上留給別人撿時，露出勝利的微笑。

「你想怎樣，佛克斯？」她咬著牙問。

「不坐牢。」

她大聲笑道：「你的所作所爲已經廣爲大眾所知。好吧，至少是一部分。清醒點吧，你現在最好的去處就是對警察友善的獄區。」

「所以，我們擔心的是大眾，對嗎？難怪你們這麼不遺餘力地緝捕我。」沃夫詭笑。「不過，比起『不遺餘力』，更像是『輕鬆愜意』；說是『緝捕』，不如說是『手到擒來』。」

凡妮塔緊繃起來。

「一個月。最低安全層級。」他提議。

「一年。」凡妮塔直接駁回，這樣算是逾越了她的職分，但克里斯丁沒有出聲反對，看著雙方來回交鋒，彷彿是欣賞網球賽的觀眾。

「兩個月。」沃夫討價還價。

「六個月！」

「三個月……但我有條件。」

凡妮塔停頓一下：「繼續說。」

「任何人都不能告訴巴克絲特我回來了，除了我之外。」

能夠避免跟她手下那位易怒的總督察互動，凡妮塔再高興不過，甚至考慮要幫沃夫的刑期減去一個星期以示感激，但她只是不情願地點了一下頭。

「還有……」他又說。「現在可能是最適當的時機，我要告訴你們，我滲進杜博斯組織期間，參與了一場鬥毆，對方是敵營的人口販子，最後受了垂危生命的重傷，送進加護病房。」

「老天啊，佛克斯！」凡妮塔一邊說，一邊搖頭。

「但是，他完全康復了！」沃夫迅速補上一句。

「好吧。我相信這種狀況我們可以處理。」

「所以，我們又回去給他補了一槍。」

「還有什麼事?!」凡妮塔怒吼，逐漸接近失控邊緣。

「有。我到時候要爭取緩刑。」沃夫相當認眞地說。

「可以想見！」她嘲諷地回答。「那麼，我就問一下，多久的緩刑期合您的意?」

「夠久就好。」

「怎樣才夠?」

「夠我辦完最後一個案子。」他轉向兩人，語調中的自大和頑劣全都消失了。

「你在浪費我的時間，佛克斯。」凡妮塔再度起身準備離開。

「等一等。」克里斯丁跳進來，這是他好一段時間以來頭一次說話。

凡妮塔對長官怒目而視，順從地坐了回去。

「是什麼案子，威爾?」克里斯丁問。

沃夫對廳長說：

「芬利．蕭偵查佐的謀殺案。」

他們消化著這個詭異的請求，好一會兒都沒人說話。就在凡妮塔要回應時，克里斯丁清清喉嚨，舉起一隻手：

「威爾，那是自殺案。你知道的……我很抱歉，但是我們沒有調查行動讓你參與。」

「你是他的朋友嗎？」沃夫問他。

「是他最好的朋友。」克里斯丁驕傲地說。

「那麼你回答我。」沃夫對上他的視線。「你想得到任何合理的狀況，是會讓芬利拋下瑪姬的嗎？」

凡妮塔發現這段對話沒她的份，便保持安靜。她之前甚至不太確定芬利有沒有結婚。

克里斯丁重重嘆了口氣，搖一搖頭。「不。想不到。但證據……不容置疑。」

「你身為他的朋友，肯定不會反對我深入查核、排除所有合理的懷疑吧？結束後，我任憑你們處置。」沃夫承諾。

克里斯丁看起來左右為難。

「你不是真的在考慮吧？」凡妮塔問他。

「妳就不能安靜一下嗎？」克里斯丁斥道，然後轉回去面向沃夫：「你當真要逼瑪姬經歷這一切？」

「她會理解的……如果是我來的話。」

克里斯丁看起來仍然舉棋不定。

「拜託。你有什麼好損失的？」沃夫問他，第一次任由自己的急切之情顯露出來。「我會證實他是自殺。你會抓到杜博斯。」

他看著廳長在腦中權衡各種選項：

「好吧。去辦吧。」

凡妮塔起身，旋風似地怒衝出小房間，留下兩人單獨談話。

「我會叫人把檔案拿給你，還有我們的……簽字協議。」克里斯丁微笑道，眼中閃光爍爍。他溫情地用力拍拍沃夫的背，就像芬利過去那樣，無疑會留下令他那位恩師引以為傲的瘀青。

「那麼，我們該從哪開始？」

「我們？」

「你以為我會讓你單槍匹馬嗎？我們現在談的可是老芬呢！」

沃夫微笑。他開始喜歡芬利這位老朋友了。

「我們從起點開始。」

2

一九七九年十一月五日，星期一
篝火之夜
下午五點二十九分

克里斯丁睜開眼睛，卻被浪板屋頂上流瀉而下的明亮光線照得目眩。他移動身體重心以轉離光源，感覺到底下的地板塌陷了。他舉起一隻手摸向發痛的下顎，用沉重的拳擊手套捶了自己的臉一下。記憶一點一滴回來了：他跟搭檔在練對打……他慘輸，粗心地使出上切招式……沒中……他記得他的對手最後來了一記左勾拳……接著，就是一片黑。

他上方出現了芬利貌不驚人的身影。那二十四歲的蘇格蘭佬體型酷似樹幹，剃光的頭坑坑疤疤、形狀不對稱，更是跟樹幹沒兩樣。他的鼻子扁平，每次去完健身房，都會朝不同的方向歪：

「起來，你這娘炮。」他用粗礪的格拉斯哥口音嘲弄道。

克里斯丁在擂臺中央坐起來，呻吟著。

「你應該是要教我，不是把我打個半死！」

芬利聳肩，皮膚下方肌肉移動的樣子讓克里斯丁莫名想起他前一晚的約會對象，當那個年輕的女警熟睡、在被單下翻身時，他悄悄溜出了她的房間。

「我是在教你。」芬利面帶微笑告訴他。「下次，你就會閃了。」

「你知不知道自己是個渾蛋？」

芬利咯咯笑著，拉他站起來。

「我看起來怎麼樣？」克里斯丁擔心地問，他打算值完夜班後，再度邀他們那位迷人的同事出去。

「好極了。」芬利露齒而笑。「跟我比較像一點了。」

「老天爺啊！你乾脆給我個痛快算了。」克里斯丁說，讓自己的腎臟又慘遭最後一擊。

年紀小了三歲的克里斯丁，跟上級指派給他的換帖好友全然相反：他是個長相英俊、頗受歡迎的年輕人。他的沙色頭髮像電視上的搖滾明星一樣蓄到及肩長度。他很聰明，只要他願意表現；但老實說，他性子懶散，追女孩比抓壞人更用心。不過兩人還是有些相同之處：軍人家庭出身，擁有不可思議的招惹麻煩能力，也同樣對新任總督察厭惡不已。

「快點。剩不到一個小時就要輪值了。」芬利用牙齒咬下手套，含糊不清地說：「來瞧瞧老闆今晚又要說什麼屁話。」

「我知道，這聽起來像是一句屁話。」密利根總督察開口，他的話穿過一片久久不散的煙霧，一如外頭霧霾瀰漫的蘇格蘭首府市景。香菸尾端那截搖搖欲墜的菸灰終於斷落，掉在他的褲子上。

「也許聽起來像屁話的原因是……這就是屁話。」克里斯丁提示道。

密利根把菸灰抹成一團灰色汙點，然後轉向芬利。「他說什麼？」

芬利聳聳肩。

密利根回頭轉向克里斯丁。「我們聽不懂你的話，小子。再說一次你是打哪來的？」

「艾薩克斯！」克里斯丁回答。

密利根狐疑地瞧了他一會才說：「你們兩個廢物，今晚負責監視造船廠。幹活去吧。」

「法蘭奇和威克不能去嗎？」芬利抱怨。

「不能。」密利根已經厭倦他們了。「法蘭奇和威克被派到卡車休息站了。」

「也就是交易實際進行的地方。」克里斯丁怒氣沖沖地說。

密利根不是不想理他，就是沒聽懂。

「這是在浪費時間。」芬利也附和。

「這樣你們倆游手好閒的廢柴在停車場睡整晚，還有薪水拿。皆大歡喜！解散。」

「但是——」

「解、散。」

晚間七點二十八分，芬利將車停在造船廠其中一側的出口外，這個點非常靠近金屬大門，這讓他們擁有毫無阻礙的絕佳視野，可以看見泛光燈照明的倉庫；色彩繽紛的貨櫃像巨大的樂高積木般堆成一面牆，一輛孤伶伶的堆高機被棄置在外過夜，它們倒影在遠處陰暗的克萊德河水面上顫動。

第一波雨滴打在擋風玻璃上，暈染了色彩，像流過畫布的顏料一樣，扭曲了景物的形狀。

他們看著這陣小雨加劇成滂沱暴雨，同時大口嚼著溫比漢堡與今晚的第一輪溫啤酒——這是跟監的標準配備，就跟局裡這輛沒有警方標識的福特跑天下一樣。經過十一年的服役，這輛破車對格拉斯哥的犯罪分子而言，就像鳴笛的巡邏車一樣好辨認，但他們哪配質疑食物鏈裡更高層長官的智慧呢？

「爲什麼。」克里斯丁吃到一半，率先發難。「屎缺永遠都落在我們兩個頭上？」

「政治啊。」芬利充滿睿智地替他解惑。「做這份工作，有時候你就是得要知道該拍誰的馬屁。你會學起來的……而且，我很確定，密利根是個要命的種族歧視分子。」

「我是艾薩克斯人！」

芬利決定換個話題：「你跟那個美髮師發展得怎樣了？」

「她發現按摩師的事了。」

「噢。」芬利又咬了一口漢堡才繼續說：「是她的客人嗎？」

「是她的姊妹。」

「啊啊。那麼，跟按摩師的發展如何？」

「她不太能接受我跟那個女警約會。」

「也對。那麼，你跟——」

「很不錯。」克里斯丁說。「我星期四要再約她出去。《猿人女王》[1]那部片上映了。」

眞是令人驚恐的約會電影挑片品味，芬利挑起眉毛，但沒有說出自己的疑慮。他伸手進襯衫口袋，驕傲地拿出一捲錄音帶。

「不要！拜託！別再放現狀樂團了！」克里斯丁抗議。「拜託不要！」

老舊的機器將錄音帶吞進去，從喇叭斷斷放出一段雜音序曲……是現狀樂團。

一個小時過去了。

「是史恩．康納萊嗎？」克里斯丁猜測，他開了點窗戶，以免被他們整晚吸個不停的二手煙悶得窒息。

「你天殺的怎麼會猜史恩．康納萊？」

「你給的線索根本完全一模一樣啊！」

芬利一臉大受冒犯的樣子。「我得告訴你，人家都說我耳朵靈，很會辨認口音。」

「也許吧。」克里斯丁說。「那我要說，你的問題出在嘴巴。」

「好吧，試試這個……」芬利毛躁地說。

克里斯丁閉上眼睛，仔細聆聽，絞盡腦汁地想。

芬利稍微放慢速度，重說一次。

「史恩．康納萊？」

「啊，去死啦！」

---

1 《猿人女王》（*Mistress of the Apes*），一九七九年上映的低成本冒險電影，有不少剝削女性角色的畫面，評價甚低。

第一波斑斕色彩炸亮天際時，儀表板時鐘薄薄的指針顯示爲九點。

「我是小間諜……我的小眼睛看到……F開頭的東西[2]。」

「煙火（fireworks）？」芬利用百無聊賴的語氣問，合理地充滿自信，因爲他們已經猜過了柵欄（fence）、堆高機（forklift）和他自己的名字（Finlay）。

一陣陣爆裂聲和燃燒聲正好透過車窗縫傳向他們。

「對……就是煙火。」克里斯丁嘆道，他在置物盒裡搜索，看有沒有別的事好做。

芬利環顧車內。「好吧。我是小間諜……我的小眼睛看到——」

車頂響起巨大的撞擊聲，兩人都驚跳起來，他們腦袋上方的薄金屬板被沉重的腳步踩得凹陷。一個高挑的身影踏過引擎蓋，爬向金屬大門。芬利和克里斯丁都大張著嘴，眼看那名留狼尾頭的闖入者爬過去，像表演特技一樣降落在柵欄另一側。他從背包裡拿出一把破壞剪，弄斷鐵鏈，拉開大門。

突然間，雨滴折射出閃光，他們後方有一盞頭燈照亮了這一幕。芬利和克里斯丁發現自己過於醒目，迅速伏低在座位上，看著離副駕駛座窗戶僅數吋的五道陰暗人影通過，後方跟上一輛黑色廂型車，以步行般的速度滑進造船廠，引擎聲被雨聲淹沒。

芬利盲目地摸索無線電。從儀表板上方，他看見那群人接近最大間的倉庫時散開了。他把破舊的話筒拿到嘴邊。「克莉絲朵？」他悄聲說，當晚他有在無線電對話中聽到他最喜歡的勤務中心調度員的聲音。「克莉絲朵！」

輪胎在潮溼柏油路上轉動的聲音穿透雨幕，廂型車猛地加速駛向倉庫，累積了足夠的速度撞開巨大的鐵捲門。步行的那隊人馬連忙通過開口，衝向斷斷續續的機槍炮火。

無線電切進一段靜電干擾：「是你嗎，老芬？」

「哎。我們在戈芬造船廠，需要即刻支援。」倉庫某處傳來一聲爆炸。麥克風也捕捉到那陣巨響，調度員友善的語氣瞬間變得迅捷俐落。「你們的支援在路上了。結束通話。」

芬利才剛把無線電歸位，第二次爆炸就把那名狼尾頭男子炸出二樓窗戶，泛光燈照出他癱倒在地的身影。

「哇！」克里斯丁笑道，他腦子裡已經在練習如何跟同僚吹噓這段故事了。

但是，令人不可置信的一幕出現了，那具破碎的軀體伸出一隻手，掙扎著重新起身。他從水窪中撿起武器，跌跌撞撞地重回倉庫。

「有人很堅決喔。」克里斯丁說著，把漢堡吃完。

芬利生氣地轉向他：「你怎麼有辦法現在還在吃？」

克里斯丁無辜地聳肩：「那，我們要進去嗎？」

「對啊。不然呢？」芬利搖下車窗，把磁鐵警燈吸在車頂。

遠方的煙火持續撒落在整個城市，他啓動引擎，現狀樂團的〈搖滾全世界〉再度火力全開。他們按下警笛，加速開向倉庫，他們沒有眞正的計畫可言，只能希望警察的出現能預示更

2　我是小間諜（I spy）是一種猜謎遊戲。遊戲玩法是：一個參與者在心裡選定一件事物，並提示該物第一個字母，讓另一個參與者猜。

多警力將隨即趕到。

「那個狼尾頭回來了！」克里斯丁警告。那個男人搖搖晃晃地從建築物裡出來，舉著武器朝逐漸接近的福特跑天下猛噴子彈。

「把你該死的腳放開！」車子被打出一堆新彈孔的同時，克里斯丁喊道。

「已經該死的放下來了！」芬利吼回去。他轉動方向盤，造成車子打滑，無意間把車尾甩向槍手。

一聲令人作嘔的悶響傳來，那具癱軟的屍體滾向河邊。車子打轉著停下來，倖存的一盞車頭燈照亮了那具落在撞擊處二十呎外的血淋淋屍首。克里斯丁和芬利重重喘著氣，緊張地互看，發現他們這次恐怕闖下大禍了……隔著落在受損引擎蓋上一滴滴爆開的雨點，他們看著那道瘦長的身影又動了一下。

「什麼鬼?!」克里斯丁倒抽一口氣，驚愕不已。

那名長髮男子用顫抖的雙臂將自己撐起來，手掌和膝蓋著地。

芬利威脅似地重啓引擎。

「再撞他一次！」克里斯丁叫道。

儘管手臂已明顯折斷，那個狼狽的男人還是顫巍巍地爬起來，直盯著碎裂擋風玻璃後瞪著他的兩張擔憂臉孔。然後，他連一秒也沒有遲疑，轉身跳進了黑暗的河水中。

「嗯。」芬利點點頭，目光仍然停在河面上。「你知道，不管他們付給那傢伙多少錢，都是不夠的。」

他們爬出車外，跑向已經毀壞的大門。

他們往內窺看時，倉庫籠罩著一股詭異的寂靜。卸貨區的一片殘骸中依然能認出那輛黑色廂型車，後輪仍在離地一呎處徒勞轉動著。有一道金屬樓梯沿著後方的牆通往一扇貌似堅固的門。

「好像沒人。」克里斯丁悄聲說。

他把頭髮往後紮成馬尾，快步趕到廂型車旁，迅速掃視空蕩的車內一眼，發現油門被一根鐵棒卡著。他招手叫芬利過來。

「要上去？」他的搭檔詢問。

「上去。」克里斯丁點頭。

他們爬上樓梯，抵達一扇橢圓形的金屬門，就算裝在潛水艇上也不覺得奇怪。一陣涼風呼咻通過玻璃上唯一的彈孔。

「是氣鎖。」芬利皺著眉，將手揮過逸出的氣流。

經過一番奮鬥他才把門拉開，兩人進到乾淨極簡的走廊時，聽見建築物中別處又傳來一聲撞擊。兩具屍體癱靠在對面的牆上。其中一具很顯然是入侵者之一，另一具則從頭到腳穿著防護衣。

「待在我身後。」芬利斷聲說。他解除第一具屍體的武裝，然後照著訓練時學的方式有系統地檢查每一扇敞開的門：工業電子秤、點鈔機、平板推車。

他們繼續往前，迎著一陣室內的微風，因為加壓的空氣仍在不斷流出。此時，他們底下傳來一陣深沉的轟響。

他們都僵住了。

「聽來不妙啊。」克里斯丁悄聲說。

芬利搖搖頭：「我們快點。」

他們快步趕到走廊的盡頭，被第二扇氣密門擋住了去路。芬利握住長長的把手，把門推開。克里斯丁踉蹌通過門口，氣流像一堵牆似地衝過他，試圖中和裡外不平衡的氣壓。芬利拚命撐住，讓沉重的門開著，擠過開口的縫隙，然後任由門在他身後猛暴地摔上。

「別擔心我……我搞定了。」他嘲諷地說，但他的搭檔沒有回答。克里斯丁敬畏地看著一袋袋灰白的粉末，堆起來高達五呎，一旁還有整齊堆成疊的鈔票。芬利走過去，將武器交給克里斯丁。他在其中一袋上戳出小孔，舔了一下手指，然後和著口水吐在地上：「海洛因。」

「這裡有多少？」克里斯丁問。他在街頭遇過最多的量，也就一公斤而已。

「不知道……好幾千吧。」

腳下又傳來一波震動。芬利發現一抹溫暖的光線在牆上舞動，他前去門邊查看，感覺到燙熱的空氣通過開口湧來。透過氣窗，他可以看見一條金屬步道延伸到倉庫的上層。面目全非的門鬆掛著，他跨過入口，遲疑地接近發出怒吼的狂燒大火。

他一往外踏入開放空間，就得護住眼睛遠離那片煉獄輻射出的熱度。曾經是先進科技楷模的工業實驗室，現在只剩下一堆陸續引火點燃的箱槽和瓶罐，焚化了下方地板上散落的屍體：實驗室員工、入侵者小組，還有看起來身穿便裝的保全人員。

芬利發現自己的鞋底正在熔化，跟金屬黏成一體，連忙拔腿衝回房間，盡全力關上已經壞掉的門。

「有狀況？」克里斯丁一臉擔心地問。

「火災。」

「很大嗎？」

「非常大。」

「該死。」

「看來我們錯過了好一場交火。人都死光了。」

兩人轉身回去，面對這一番足以爲他們奠定事業的發現。

「該優先處理哪個？」克里斯丁問他的長官。「毒品還是錢？」

芬利看起來非常猶豫。他背後的牆浮起了氣泡。

「毒品還是錢，老芬？」

「毒品。我們把毒品拿走。」

克里斯丁似乎想反駁，但玻璃碎裂聲驅使他趕緊行動。「我在後面一間房看到有推車。」

芬利點頭，快步走到氣壓門邊。他使盡全力撐開門讓克里斯丁通過，燙熱的空氣襲來，他的眼睛都乾了。過了片刻，克里斯丁回來，用平板推車推來其中一具屍體，垂軟的手一路拖在地板上。

「他本來是個毒販。」看到芬利不敢苟同的表情，防衛地說。「現在他要當門擋了。」

克里斯丁有失體統地把屍體丟在門口，芬利鬆手關門幫他上貨時，他努力忽略屍體發出的那陣令人肚腹翻絞的碎裂聲。過了九十秒，他們把最後一個袋子扔上推車，兩人的臉在變成火爐的倉庫裡汗如雨下。

「快走！」芬利叫道。克里斯丁允許自己再對橘紅火光中的鈔票山回望最後一眼，火焰追著他們，燒過崩解中的建築物。

第一批同事加速朝這座煉獄趕來時，克里斯丁和芬利雙雙咳嗽著，吐出黑色的痰液。他們筋疲力盡地將毒品袋移到遠離火場的安全距離，坐在柏油路上，看著煙花在他們的篝火上空怒放。芬利發現搭檔的雙手顫抖，不發一語，他自己左臂上的燒傷在冷雨中腫痛。

一扇車門砰地關上。

「我們要起來了。」他告訴克里斯丁，旋即動作。

他們在那批破紀錄的大收穫兩旁擺出姿勢，豎起拇指，咧嘴而笑，背後的倉庫屋頂塌倒，壓垮建物本身。那張標誌性的黑白照片在全國媒體流傳數日——是搶案組，也是斯特拉斯克萊德警局整體的公關勝利，證明了我輩凡人之中仍有英雄。

3

二〇一六年一月六日，星期三
上午九點五十三分

「總督察，死了一個人！」

「發生了那種事……死人還會少嗎？」巴克絲特冷靜地說，接著語氣一轉，變得毒辣。「不知道爲什麼，你們似乎執意浪費大家的時間，關注死者名單上唯一活該嗝屁的傢伙！」

她和聯邦調查局的會面一如預料地進行，她的上一件案子留下的史詩級大麻煩成了別人要清理的問題：遭到處決的嫌疑犯、失蹤的中情局探員、被暴風雪掩蓋的犯罪現場，以及倫敦中區被炸爛的一大塊地。

「關於羅歇探員目前的下落，妳知道任何情報嗎？」

「就我所知。」她四平八穩地回答。「羅歇探員已經死了。」

偵訊室裡噪音不斷的暖氣吐出令人不適的熱風，他們無窮無盡的問題持續著。

「妳派出一組人員搜查羅歇探員的住處。」

「是的。」

「所以說妳不相信他？」

「沒錯。」

「現在妳對他毫無道義可言？」

她遲疑了短到不能再短的一秒：「一點也不剩。」

隔壁房間裡的會面一結束，沃夫就跳起來直往門口去。

「你想去哪裡？」桑德斯問。

「我要去見她。」

「我不確定你完全理解『遭到逮捕』是什麼狀況。」

「我們達成了協議。」沃夫說，並轉向凡妮塔。

「很好。」她輕蔑地擺擺手。「反正事態也不會更糟了。」

「給妳個驚喜！」

在不斷延遲拖長的靜默中，沃夫勉強擠出的笑容開始僵痛。巴克絲特隔著桌子瞪視他的同時，那股腐敗的味道還沒跟著聯絡官離開偵訊室。雖然她保持沉默，大大的深色眼睛卻洩漏了她冷靜外表下天人交戰的無數種情緒。感覺就像在等待果汁機停止運轉一樣。

沃夫不太舒服地在座位上挪動，把微捲的頭髮從眼睛上撥開，拿起了腿上的檔案夾放在面前時，手銬和金屬桌面敲得鏗鏘作響。

「賭五鎊，她會揍他。」桑德斯和凡妮塔打賭，兩人站在單向鏡後旁觀。

目前正被人生中三大頭痛人物包圍的凡妮塔，閉眼用印度語喃喃說了些什麼。

「不要。」

沃夫伸手探過桌面，關掉麥克風，讓觀察室無法偷聽，把聲音壓低得像喃喃自語。「我，嗯……我知道我現在可能不是妳最喜歡的人，但是我難以形容見到妳是多麼棒的事。」他煩躁地望了單向鏡一眼，希望他們的觀眾能給他們幾分鐘清靜。「我眞的很擔心……發生了那麼多事。我應該要……也許當初我能做些什麼。」

沃夫語意不明地說完這段話的過程中，巴克絲特連一束肌肉都沒有牽動。

他清清喉嚨，再往下說：「我去過那間房子了。我見到瑪姬了。」

巴克絲特的眼神閃爍了一下。

「別生她的氣。我要她保證不告訴妳的。長話短說吧，我談了個條件……跟廳長談的。他們會讓我去辦最後一個案子……我的最後一個案子，找出對他……對芬利幹下這種事的人。」

巴克絲特的呼吸加速了，眼瞼在溼潤的眼睛外顫動。

「我知道他們是怎麼說的。」沃夫謹慎地繼續道。「我看過檔案了，知道他們爲什麼那樣說。從外界的眼光看，一切都說得通。但妳跟我一樣清楚，他們錯了。」他的聲音有些哽咽。

「他不會丟下她的。他不會丟下妳……他不會丟下我們。」

巴克絲特的面頰現在掛著流淌而下的淚珠。

沃夫把檔案推過桌面給她。影印機印出的第一頁上草草寫著：

巴克絲特的副本

「妳看一看檔案就好。」他輕柔地說。

「我做不到。」巴克絲特打破了沉默，聲音很輕。

她站起身時，沃夫快速翻到有註解的一頁。

「可是這裡寫說……」

「我做不到！」她怒吼，衝出偵訊室。

沃夫疲憊地抹了抹臉，闔上檔案夾。他站起來，將檔案扔進背後的機密文件專用垃圾桶，走到桌邊重新打開麥克風，對著巨大的單向鏡說：「如果你們錯過的話，她說了『不』。」

巴克絲特出了地鐵站，走進一家特易購超市。

她在溫布頓大街上疾走，街上還有零星的雪堆，積在結凍的路燈燈柱基座周圍，或是躲在逐漸後退的陰影範圍內。抵達住處的街區入口時，她不自覺地挑出湯瑪士的鑰匙，這個習慣顯露了她現在認爲哪裡才是家。她提著兩個沉重的購物袋上樓，卻在爬到頂層時停下腳步，她的公寓門戶大開。她放下購物袋，警戒地接近。一名短髮女子走出來，拉起外套拉鍊蓋住獸醫護理師的制服。

「荷莉！」巴克絲特鬆了一口氣。

「艾蜜莉！」那名女子熱切地招呼她，但也知道最好別嘗試跟這個生性淡漠的好友肢體接觸。

「我沒想到妳要過來。」

「不，我也沒想到。」

「我值班前有點空檔，所以……」

「要喝咖啡嗎？」剛採購完的巴克絲特提議。

「我很想，但是已經遲到啦。晚點再聊？」

「當然好。」

巴克絲特退到一旁，讓她的朋友通過，然後拿起購物袋，走進公寓。她期待著艾可從角落竄出來，再鑽進書櫃作爲對她的歡迎，但接著就想到，牠和其餘大部分的物品都在湯瑪士家。

回自己家的感覺好怪。

走廊的味道聞起來像醫院，用殺菌芳香劑蓋過感染造成的腥臭。石膏和繃帶伴著半空的藥瓶，散落在廚房的流理臺上。她把購物袋搬到冰箱旁開始卸貨，這時，臥室傳來一聲重重的鈍響。

巴克絲特僵住了，手裡還拿著不知名的蔬菜古斯米[1]雜炊。

臥室門嘎吱一聲，緩緩打開。

她重新站起來，焦慮地看著走廊。

忽然間，一名半裸的男子跌跌撞撞地跑向她，眼神飢渴難耐。他的胸前深深刻著怵目驚心的傷口，無法自癒的部分乾硬結塊、顏色發黃。他向她舉起手臂要接東西時，厚重的繃帶在肩膀處扯緊。

「眞棒啊。」她說著，把一包消化餅乾球丟到流理臺上。

「我們在讓它透氣。」羅歇解釋，一邊貪婪地撕開包裝袋。「謝謝妳！」他補上道謝，就

1 古斯米（couscous），或稱為庫斯庫斯，是一種源自馬格里布柏柏爾人的食物。由粗麵粉製造，形狀和顏色都像小米。古斯米一般蒸熟後作為主食食用，蒸熟後會比較鬆散，可做成蓋澆飯。

像個一時忘了禮貌的小孩。

「我想說你可能在睡覺。」巴克絲特說。他扶著肋骨慢慢過來，每步都讓他痛得皺眉。

「不要又是蔬菜古斯米了啊！」他看到她手裡的東西便出聲抱怨。

「別唉唉叫了！這對你有幫助。」她狡黠一笑。

她彎下身把東西放進冰箱，任由自己的微笑在對方視線被擋住的幾秒內垮下來。羅歇的狀況很糟，蒼白的皮膚滿是汗水，每一個動作似乎都需要經過仔細思考，以免再把自己傷得更重；沉重的眼皮顯示，他又經歷了因劇烈疼痛而無法入睡的一晚。就連他灰白的頭髮看起來都比前一天更塌，更灰了一點。

巴克絲特掛回笑容，站了起來：「荷莉幫你看得怎樣？」

暴風雪的那一夜，她尖叫著要羅歇保持清醒，逼迫他重新站起來，逃離他的犯罪現場。他倒在聖詹姆斯公園湖畔歪斜的一棵柳樹蔭下，距離他殺掉的那個男人不到二十公尺遠，滿天風雪交加之下，無數的救護人員中沒有一個發現他的存在。

幾個小時後，她才能安全地回去找他。在驚恐但樂意幫忙的湯瑪士隨同之下，他們拚命扶著羅歇上車。巴克絲特在荒原路華車的後座照料他，湯瑪士把他們載出市區，到巴克絲特位於溫布頓的公寓。由於沒有其他求助對象，她只得賭上一切，打給一位從她一年多前離開一場單身派對後就沒再說過話的朋友。荷莉只接到少得不能再少的資訊，卻毫不遲疑地在工作途中趕來。她是倫敦動物醫院的獸醫護理師，一整晚都在羅歇身旁，讓他舒緩下來，並幫他清理了那一大堆恐怖的傷口。

「什麼？」羅歇忙著吃東西，沒聽清楚。

「我是說荷莉，你的狀況怎樣？」巴克絲特又問了一次。

「她說抗生素沒有發揮效用，如果我繼續這樣惡化下去，撐不過這個晚上就會死了。」他處在餅乾球帶來的振奮中，頗為開朗地告訴她。「妳跟聯邦調查局的狀況怎樣？」

「他們想要你的項上人頭。」

羅歇停下咀嚼的動作，吞下整口食物。

「他們可以等幾個星期嗎？」

巴克絲特嘗試擠出微笑，但她的笑容僅能勉強現形。

「他們會死命找尋我的。」他誠懇地告訴她。

「這我知道。」

「巴克絲特，妳看，我——」

「別再費事講這個了。」她打斷他。

「如果他們在這裡找到我——」

「不會的。」

「如果真的——」

「不會的！我們別再談這件事了！」她斥道。「回床上去。為了獎勵你的無理取鬧，我現在就來幫你煮蔬菜古斯米！」

她提起精神，看他拖著腳步走回臥室。打開冰箱時，她遲疑了一下，搖了搖頭，然後改挑了一份烤雞肉印度咖哩出來加熱。

回到湯瑪士家的巴克絲特，聽到前門砰地關上。

她放棄了讓煙從廚房窗戶散掉，選擇直接把整個平底鍋扔進玫瑰花叢。她原本要爲他煮驚喜大餐的計畫，跟最近其他大多數的計畫落到了一樣的下場。

「哈囉！」湯瑪士向她打招呼，途中對著客廳角落的樹枝皺眉，在他盯著看的這幾秒內，它又掉了十幾根松針。「有東西聞起來——」他開始嗆咳，「——很讚。我們要吃什麼？」

「蔬菜古斯米雜炊。」巴克絲特心裡期望微波爐不要正好在此刻發出「叮」的一聲。

他看起來有點失望。

微波爐「叮」了一聲。

「妳跟聯邦探員的會開得怎樣？」他問。

「挺慘的。」

「噢……好吧。羅歐今天如何？」

「挺慘的。」

「噢……那妳今天其他的事還好嗎？」他懷抱希望試探。

巴克絲特的思緒遊走著：上了手銬的沃夫、她在廁所隔間裡哭泣、感染症狀侵蝕著她朋友的身體所發出的臭味、下午路過時去慰問瑪姬……

「挺慘的。」她回答，再一次處於落淚邊緣。

湯瑪士把提包往地上一扔，衝過去抱住她。

她疲倦的頭靠在他胸前。微波爐又響了一聲。

「今晚想吃炸魚薯條嗎？」他安撫她。

「那樣不錯。」

他緊摟了她一下，然後往門口去。

「倒點酒吧。我十五分鐘內回來。」他說。

巴克絲特微笑，跟隨他穿過客廳，和一堆上面散著松針的禮物。他在走道上停步。

「我知道妳今天過得很辛苦。但現在已經好了，今天已經結束了，對不對？」

她點點頭：「對，結束了。」

湯瑪士對她微笑。

門在他身後喀噠一聲關上時，巴克絲特回到廚房，倒了一杯喝的給自己。她在桌邊坐下，打開包包拿出她從偵訊室垃圾桶裡撈回來，那凹摺過的檔案夾，開始閱讀。

就快要結束了。

4

二〇一六年一月七日，星期四
上午八點〇八分

沃夫在前總督察西蒙斯的刑事重案組舊辦公室外等候時，努力不去理會針對他而來的耳語和瞥視。不管他盯著門板上巴克絲特的名字看了多久，都覺得有哪裡不對勁——像極了以前他和芬利會搞的那種惡作劇。

管理部門在想什麼？

巴克絲特在想什麼？

「早安，威廉！」清潔工珍奈向他招呼。「外頭真冷。」

沃夫有點訝異地點頭回應，珍奈顯然和過去十八個月來他逃亡跑路的傳言完全擦身而過。他允許自己享受這短暫的平凡時刻，坐在老闆辦公室外面跟人閒話家常，彷彿什麼事也沒發生過。她在一旁換垃圾袋時，沃夫盡可能把手銬給遮住。

「蓋瑞在大學讀得怎麼樣啦？」他問。

「噢，他現在是同志了喔！」她喜悅地回答。

「真不錯！」沃夫燦笑。「我再問一下，他是唸什麼的？」他問道，希望讓這一刻延續得再久一點點，但她還來不及答覆，辦公室的門就打開了。他被叫了進去。

克里斯丁換了另一套體面西裝，坐在辦公桌前。他對落座的沃夫眨了一下眼。

「你給的資訊有進展了。」凡妮塔宣布。她在巴克絲特的辦公桌後方坐下。「我們談話的同時，有一組人員正在準備去收拾杜博斯和他的黨羽。此外，法國的海岸巡防隊已經截獲了那艘船……我們的協議成立。」

「那，我們可以幫這位可憐的年輕人解開手銬了嗎？」克里斯丁提議。

凡妮塔看起來像是因為要交出鑰匙而感到生理上的不適。克里斯丁獲得了此項殊榮，他看到沃夫把她的紫色手提包銬在桌腳時，還假裝咳嗽掩住笑聲。

「文件在準備了。」她告知，沃夫無辜地抬頭看她。「明天應該就能拿給你簽。我希望你每天早上和下午都向我報告一次。此外，考慮到這個安排不能無限期地延續下去，我加上了一項為期五天的時限，你必須在期限內提出實際的成果。」

沃夫正欲反駁。

「儘管我很不願意這樣說。」她繼續道。「但你是個優秀的警探，佛克斯。如果你什麼也沒查出來，那麼這個案子就是真的沒什麼好查的。」

沃夫看向克里斯丁尋求指引。這名睿智賢明、經驗豐富的男人取代了芬利的位子，對他點了點頭。

「就五天。」沃夫同意。

一片白的天空看似又要下雪，巴克絲特穿戴著她造型可笑的毛球針織帽和同款手套。她敲了敲薄薄的門板，把手工製的招牌敲落下來，面朝下掉在溼草地上。屋內傳來一聲撞擊聲，接著艾德蒙斯迷惑的臉探出來，他沒預期到自家後院竟然有訪客。

「巴克絲特！」他微笑著擁抱她。

「是緹雅讓我進來的。」她解釋，踏進了私家調查員艾利克斯．艾德蒙斯的工作室。

艾德蒙斯把他踢過去給她的凳子扶起來。「我本來該給妳弄杯咖啡什麼的，但是一個星期前水管就結凍了。」他感到有些抱歉。「妳要進來嗎？」

「不用，這樣就可以了。」巴克絲特說。「總之，我來這裡其實是有公務在身。」

「噢？妳不是還在休假嗎？」

「是啊，休個幾週。」她沒再深入說明，看了看四周，曼哈頓的地圖上釘著一隻怒氣沖沖的雪貂照片，還有一輛燒燬汽車的犯罪現場照片，車內坐著兩個鬼魅般的人影。她感到不舒服，轉開了視線。「癩皮先生已經結案了，對吧？」她問道，從這些線索發現了艾德蒙斯那荒謬的第一件委託。

「事實上，到目前爲止，牠仍然在逃……但我會抓到牠的。」他自信地表示，同時搓搓大腿上好大一塊瘀青。「公務？」他回到剛剛的話題，渴望略過他對於抓捕小型哺乳動物的無能。「妳是來逮捕我嗎？」

「不是。」巴克絲特將手中一份縐巴巴的檔案遞給他。「我是來聘用你的。」

在走道脫鞋後，沃夫、克里斯丁和桑德斯免不了接受瑪姬沾著玫瑰色脣膏的親吻。

沃夫對於桑德斯參與了最初的調查表示不滿，這代表目前桑德斯和他們是綁在一起的。不過，在前往馬斯威爾丘的途中，沃夫得知在芬利死去的那晚，桑德斯斷然拒絕離開瑪姬身邊，直到巴克絲特來接替他。這讓沃夫對他漸漸改善的印象又加了點分。

沃夫脫下大衣，披在廚房餐椅上，瑪姬則在生硬拘謹的對話中爲他們準備飲料。克里斯丁和桑德斯終於上樓時，他落在後方跟她說話。

「如果妳有什麼需要就叫我們。我今天不希望妳上去。」

瑪姬點點頭，沃夫摟了她一下，安慰自己的成分多過於安慰她。沃夫跟著同事們登上二樓，走向殘破的房門，發現已經有兩張熟悉的面孔在房裡等著他們。

「你們他媽的在這幹啥？」桑德斯問，忽略他在這九個字的問句中省略了多少字詞。

「罵髒話要罰錢！」瑪姬在樓下喊道。「她讓我不要跟你說的！」

沃夫捕捉到一抹微笑掠過巴克絲特的雙脣。

「就知道妳會來。」沃夫對她說，但她不予回應。

「艾德蒙斯。」艾德蒙斯冷淡地報上大名。

「沃夫。」沃夫的語氣比對方更冷。

「艾德蒙斯，這位是克里斯丁．貝拉米廳長，他是芬利的老朋友。」巴克絲特說。「這位是艾利克斯．艾德蒙斯，私家調查員。」她驕傲地介紹。

兩人握了握手。

「我是桑德斯。」桑德斯伸出手。

「我知道。」艾德蒙斯有些疑惑。「我們認識啊。」

桑德斯一臉茫然。

「我們共事過，大概，六個月吧……布娃娃謀殺案？」艾德蒙斯提醒他。

他仍舊失憶。

艾德蒙斯想或許乾脆握手了事還比較容易，於是跟桑德斯握了手。

「好的，桑德斯。」沃夫退後一步讓出空間給對方。「該你上場。」

桑德斯拿出筆記本，遲疑了一下，接著走到被破壞的門前，將門關上。

「一月一日晚間十二點三十五分，布雷克警探和我接到呼叫，去一處疑似自殺案的現場支援藍道警員。我們在十二點五十六分抵達，發現了——」他清了清喉嚨，「——一位六十歲男性的屍體，面朝下趴在房間中央，左邊太陽穴有單一子彈造成的傷口，來自他旁邊地板上的九毫米口徑槍枝。」

沒有人說話，地板上暗色的汙點主宰了整個房間，眾人分別沉浸在各自的思緒中。

桑德斯翻頁。「拍完照之後，槍枝就裝進證物袋了。鑑識人員說，上面只有死者的指紋，也跟他左撇子的特徵一致，彈道鑑識則證實子彈的確來自那把槍。抵達現場時，藍道警員不得不強行進屋。發現樓上的門鎖住以後，他破門入房，導致了房門損壞。」桑德斯又翻過一頁。「屍體在上鎖的房間裡被發現，唯一的窗戶從室內關上……結論：自殺。」

沃夫過去檢視窗戶，開關鎖上還貼著塑膠膜，完全沒有打開過的痕跡。

「沒有遺書？」他問。

「沒有發現。」桑德斯回答。「十起自殺裡面，有七起都是這樣。」

「這一切發生的時候，瑪姬人在哪裡？」還沒讀完檔案的艾德蒙斯問。

「跟朋友一起。」桑德斯說。「在漢普斯德的派對上。」

「芬利討厭過新年。」沃夫和巴克絲特同時開口。

他微笑了，而她沒有笑。

「那，電話是誰打的？」艾德蒙斯問。

「是芬利。用走廊上的家用電話。」桑德斯回頭查閱筆記的紀錄。「十二點七分，此通無聲報警「立案，有一組人員獲派出動。」

「他什麼都沒說嗎？」

「沒有。」桑德斯回答。「但天曉得在那時候，他處於什麼樣的心理狀態。」他用期盼的眼神望向廳長。

「在我看來，他當時挺正常的。」克里斯丁露出悲傷的微笑。「那天晚上稍早，我跟他一起在這裡。」他解釋。「我們花了好一筆錢，剛弄來一瓶威士忌。」

巴克絲特回憶起案發現場的照片，那瓶劣等酒——部門同仁送給他的退休禮物——翻倒在地上。

「你們聊了什麼？」艾德蒙斯問克里斯丁。「如果您不介意我多問的話。」

「老朋友逢年過節聚在一起，都聊些什麼呢？回憶從前的冒險、哪次打架誰打贏，還有讓我們心碎的女孩。」他微笑。「剛過午夜時，我錯過了一通他的電話，這點我永遠沒辦法原諒自己。過了幾分鐘，我收到這個……」

克里斯丁舉起手機：

替我照顧她。

「那個時候，我急瘋了，跳上計程車趕回這裡。我在他們破門而入的幾分鐘後到的。」他的視線盯著地板，彷彿還能看到芬利躺在那裡。

「他用手機試圖打給你。」一臉困惑的艾德蒙斯開口。「又用手機傳簡訊給你。後來卻到樓下用家用電話報警……這是爲什麼？」

「我想，他是不希望瑪姬發現他那樣。」克里斯丁聲音哽咽。

「而且家用電話來電比較容易追蹤位置。」桑德斯補充。「芬利一定知道這一點。」

「跟我解釋一下這扇門。」沃夫問，一邊查看四周牆上剝落的灰泥碎屑。

「這間本來是要當作孫子的新客房，所以門上沒有裝鎖。」

「但是你說過——」

「我知道我說過什麼。」桑德斯打斷他。「封水膠。他在門框周圍和地板黏了一圈，把門封住了，所以才這麼難進來。沃夫，你看著，我沒有不敬的意思，但這不會有結果的。他是在完全封閉的房間裡被發現的，凶器就在他手裡。這就是自殺，老兄。」

「在我說他是自殺以前，他都不是自殺。」沃夫意識到瑪姬還在樓下，對桑德斯反啐道。

桑德斯朝他挑起眉毛。

「你聽不見你自己說了什麼嗎，沃夫？」巴克絲特問他。「你聽起來根本是瘋了。」

不可否認，這是一句侮辱的話，但現在至少她肯跟他說話了。

1 為了使身處危險者求救時不致於暴露行跡，英國的緊急報警電話九九九若接到無聲來電，會轉接到另一個系統，此時再撥五五即可完成通報。

「他自我了斷了。我了解我的工作，沃夫。」桑德斯相當自信地說。

沃夫仗著身高，對這個毫無威脅性的同事擺出挑釁的姿態。

「威爾！」克里斯丁用芬利以往勸退他的語調說。

經過氣氛緊繃的一刻，沃夫退後轉開了。

桑德斯不智地在走開的時候推了一下沃夫的背。「你以為我不在乎嗎？」他大吼。「你以為我不希望自己搞錯了嗎？」

沃夫轉過身，臉上帶著危險的表情。

「芬利以前和我老爸共事過。你不知道，對吧？」桑德斯說。「我爸跟我媽分居，然後決定開著汽車引擎坐進車庫裡那時候，你猜猜是誰來通知我噩耗，誰陪了我一整夜，告訴我那不是我的錯……我他媽當然在乎！」

沃夫頷首致歉。

「原諒我問個簡單到不行的問題。」巴克絲特脫口而出。「那把槍是誰的？」

桑德斯從地上撿起筆記本。「不知道。」他回答。「貝瑞塔九二手槍。槍枝序號磨掉了。跟我說過的一樣，槍上只有芬利的指紋。我跟一個反恐指揮組的朋友問過，他推測那把槍至少有三十年歷史了，擊發過好幾次，彈匣裡還有三發子彈……從什麼地方弄來的都有可能。」

「然而，出於某種理由，芬利決定保存它這麼多年。」艾德蒙斯把他思考的內容大聲講了出來。

「我相信你們，但有一點點保留。」克里斯丁分析道。「你們要是到了我和芬利這個年紀，不可能沒收藏幾件紀念品。我們以前的物品紀錄沒像現在做得那麼仔細。」

又是一陣沉默籠罩室內，他們各自嘗試找出方法繞過這個死胡同。

「好吧。我可以把最後一點講完嗎？」桑德斯說，看起來很不舒服。「驗屍結果顯示出幾個輕微的健康問題。沒有什麼需要擔心的，只是上了年紀的人常有的毛病。」

所有人都好奇地瞥向克里斯丁。

「怎樣？」他問。

「除了在裝修時造成的擦傷和瘀青外，沒有其他外傷。」桑德斯繼續說。「死因是頭部一記槍傷，子彈在顱內找到了。」他不安地說完。「那麼，接下來該怎麼辦？」他問沃夫。

短暫的停頓間，他們聽見瑪姬在廚房裡忙碌，無疑是在幫他們準備下一輪飲料。

「要等我們結案，他們才會開放領回遺體。」巴克絲特說。「我們把這拖得越久，對瑪姬就越折磨。」

「該辦多久，就辦多久。」沃夫說。

巴克絲特哼了一聲，搖搖頭。

「那把槍。」沃夫心不在焉地喃喃自語。「不管如何，答案就在那把槍上。芬利一直保存它是有理由的。我們需要找出那個理由。」

「你的計畫是？」桑德斯問他。

「你去把槍和驗屍時取出的子彈從證物室弄出來。叫鑑識組把他們想得到的所有測試都做一遍。他們能提供的任何資訊，都可能有幫助。」沃夫指示。「巴克絲特，妳專注在瑪姬身上。她會跟妳說的。芬利出現的改變，哪怕再細微，都可能在某方面有重大意義。就是平常的那些東西：他有沒有掛心什麼事，有沒有重新想起什麼舊案子……還有，更重要的是，妳要找出一直以來他是在什麼地方藏了一把隨時可以擊發的槍。」

她簡短地點了點頭。

「我已經開始查閱芬利過去經辦的一些案件資料，但我需要幫手。」他轉向艾德蒙斯，後者看向巴克絲特，但她並沒有針對此番合乎邏輯的工作分配提出反駁。「至於克里斯丁，我們會隨時向你回報最新進度。我們也會請你幫忙填補正式紀錄裡可能留下的空白，可以嗎？」

廳長點頭：「任何忙我都願意幫。」

「芬利的某件舊案子缺了凶器。」沃夫說。「我們來找是哪一件。」

5

一九七九年十一月七日，星期三
下午五點四十九分

「老芬！在你左邊。」克里斯丁用氣音說。「你另一個左邊！」

他們躡手躡腳接近那扇掛著十九號門牌、門板剝落的房門，有人鑿掉木頭、裝上了閃亮的門鎖。整棟樓都瀰漫著放了一週的垃圾和尿騷味。就連外面的光線，都不願照進走廊盡頭碎裂的窗戶。

芬利倚靠在自己燒傷的手臂上，發出了有點大聲的咒罵。

克里斯丁氣惱地看著他。

「你得去找人看一下。」他隔著門口悄聲說。「讓我瞧瞧。」

「現在嗎?!」芬利壓低聲回應，臉拉得老長。「你爲什麼老是要這樣做？」

「怎樣？」

「想給你見到的每個人提供醫療建議。」

「每個人是哪些人？」

「每個人，就是每個人！」

克里斯丁將手伸向搭檔的短袖襯衫袖口。

「閃邊！」芬利用嘴形說，把他的手拍開：「錶不錯嘛？」

「該怎麼說呢。」克里斯丁咧嘴笑，欣賞著自己的新手錶。「我那時就是想慶祝一下。」

沉浸在短暫的名人身分帶來的榮耀中，克里斯丁欣然接受了每一句錦上添花的恭維；芬利則用一種混合了幽默和自貶的態度將那些讚美甩開，渴望一切恢復正常。

「你要那種浮誇的東西做什麼？」芬利問，展示自己樸實平價的錶給他看。「我的是在伍爾沃斯超市買的，好用得很。」

「它慢了四分鐘。」

「噢。」芬利將手收回去。克里斯丁仍盯著自己闊氣的戰利品。

「奧斯卡．王爾德[1]說過：『一名紳士的手錶，最不重要的功能就是顯示時間。』」

芬利一臉茫然，「我完全不懂這話是什麼意思。」

「不……我也不懂。」克里斯丁坦承，他們同時竊笑了起來。

燃燒中的造船廠倉庫崩垮的同時，附近的懷特因屈發生了一起偷車案，偷車賊身負重傷，外觀描述正符合他們那位留狼尾頭的嫌疑犯。失竊的奧斯汀公主轎車在高柏斯的馬錫森排屋區找到，裡面的血跡和指紋足以讓鑑識實驗室忙上好幾週。但至少，那輛車的位置和城裡幾個最爲惡名昭彰的地點相當接近，讓芬利和克里斯丁知道從哪裡開始找。

以該地爲起點，他們用了些不太正規的管道蒐集資訊，沒多久就鎖定了那個人的位置：康柏蘭街上的布蘭鐸大廈，差不多就是個癮君子虛耗人生的巨型空屋，也是娼妓做生意的地方。

克里斯丁往前踏向那扇令人不想靠近的門，他伸展身體，扭扭脖子、甩甩手臂。

「一次就成。」他向芬利保證。芬利眼神從搭檔身上轉向門口，又看回來。

「三次……輸的今晚請客？」

「就這麼說定了。」克里斯丁深吸一口氣。「警察！」他大喊，使盡全力踢擊那道鎖，但門不爲所動。他不理會芬利百無聊賴的表情，拖著有點跛的腿再踢一次。「警察！……他媽的！」他埋怨道，癱靠在牆壁上。

「你想，他有沒有聽到你來了呀？」芬利取笑他，往前走一步，舉起警棍，要朝木板捶下去時才想到應該轉轉看門把，結果門把在他手中順暢轉動，門一甩而開。

「閉嘴！」克里斯丁怒斥，跳著腳跟在搭檔後面進門。

房間裡氣味腐臭，那具屍體面朝下趴著，招牌髮型現在展示得清清楚楚，背上插著一把合乎氣氛、看起來就相當致命的獵刀。

「唔，還眞是可惜。」芬利言不由衷地說，四下打量這間狹小寒酸的套房。

打鬥的痕跡十分明顯：家具裂成碎片，腳下有碎玻璃。蒼蠅在爐子上一個燒黑的平底鍋裡嗡嗡飛進飛出。

克里斯丁看起來有點失望：「所以說，他還是會死的。」

「看起來是。這個榮幸就交給我了，是吧？」芬利哼了一聲，在屍體上拍來拍去檢查著，

1 奥斯卡·王爾德（Oscar Wilde, 1854—1900），愛爾蘭作家、詩人、劇作家，英國唯美主義藝術運動的倡導者，為一八九〇年代早期倫敦最受歡迎的劇作家之一。以小說《道林·格雷的畫像》聞名。

從對方後口袋拉出一個皮夾，翻開裡面的外國駕照唸出上面的名字：「魯本·德威斯。」然後走到窗邊，陪克里斯丁欣賞垃圾桶和休息抽菸的廚房工人。「顯然，他是荷蘭人……」

克里斯丁冷哼了一聲，毫不感興趣。

「但他現在死了。」芬利加上一句，看著他的朋友搖頭，努力忍住不笑出來。

「沒錯。」克里斯丁說，他已經看夠這片無趣的風景了。「我們來通報，還有……」他頓了一下，「呃……你搜他身的時候，有沒有想到要檢查他的脈搏？」

芬利困惑地轉頭。

屍體不見了，一連串的血點消失在門外。

芬利驚恐地回望克里斯丁。「他背上插了那麼一大把天殺的刀耶！」他試圖解釋。兩人擠過門口，跑到走廊上，一路跟著血跡到樓梯井。

「我在想。」他們快速下樓時，克里斯丁心情頗佳，喘著氣說道。「我們下次試試看，拿根木樁釘他的心臟吧！」

下方某處，有一扇沉重的門砰地關上。

只落後不到十秒鐘的芬利和克里斯跑出暗處，衝進光線刺眼的一片朦朧中，大樓把他們從一條巷道上吐了出來。那位死而復生的嫌疑犯在二十步外，搖搖晃晃地朝大街前進，獵刀還插在原處。

「抱歉，魯本?!」克里斯丁在他身後喚道。「這樣子企圖逃脫，絕對算得上我們看過最悲慘的了！」

那個逐漸虛弱的荷蘭人，擠出力氣對他們比了中指。

「眞沒禮貌。」芬利笑道。

兩人不急不徐跟在後面，那人的速度隨著每一步痛苦的移動逐漸減慢，蹣跚地到了繁忙的街上，引起一陣恰如其分的尖叫與慌亂。芬利和克里斯丁好整以暇地從巷子裡現身，出面維持秩序。

「請後退！」

「讓一讓！」

「有沒有人能幫忙打電話叫救護車？」

路人們憐憫地搖搖頭，那名男子開始爬離現場，斷掉的手臂在人行道上拖行，主要道路上的車流一如往常地呼嘯而過。芬利的電子錶「嗶」了一聲，宣告現在是整點後過四分鐘。此時，那個荷蘭人不支倒地。

「你先請。」芬利對他的搭檔說，手比向他們的嫌疑犯。

克里斯丁上前時，那人又掙扎著跪坐起來，盲目地扭動，直到他抓住背上那把刺得極深的刀柄。

「我眞的建議你讓它留在原位就好！」克里斯丁不理會芬利的嗤笑，因爲他又在給人派不上用場的醫療意見。

那名男子痛苦地哭喊，一點一點地把刀刃拔出來。

「哇！哇！哇！」克里斯丁叫道，跑上前去擒捕他，卻遲了一步。

那名男子揮出一刀，頭髮倏地劃過臉龐，克里斯丁向後倒在人行道上，雙手按著身側一道深深的割傷。

「待著別動，克里斯丁！」芬利下令。那個荷蘭人顫巍巍地爬起來，嘴角流下一道鮮血。

芬利舉起警棍。

「後退！」那名男子對圍觀的群眾發出警告。他瞥向後面川流不息的主要幹道，發現他能跑得過減速進站的七路公車……

……但是跑不過超車的雪鐵龍２ＣＶ。

輪胎尖聲摩擦的同時，一陣空洞的悶響傳來，那名男子癱軟的身體被捲進車輪下，碾壓得不成人形。

芬利花了幾秒鐘才消化剛剛發生的事。他啓動自動導航模式，麻木地跑到路上阻斷車流，把驚魂未定的雪鐵龍駕駛護送到路邊。他在克里斯丁身邊蹲下。「你還清醒嗎？」

「沒事……沒什麼事。」臉色蒼白的克里斯丁微笑。

芬利用力拍拍他的背，回到車子旁邊。他探到底盤下方，拉出那隻扭曲的手臂銬在金屬保險桿上。

「你在幹麼？」克里斯丁對他喊道。「他的頭都扭到反方向了！」

芬利點了根菸，在人行道邊緣坐下來，警鈴聲從遠方接近時，他的眼睛緊盯著他們一命嗚呼的犯人。「唉……但我一點也不想冒險。」

芬利顫抖著旁觀醫師縫合克里斯丁的傷口。皮膚在鉤狀縫針穿過以前繃緊的樣子雖然令他相當不適，但也令人目不轉睛。

「你們兩個這星期眞是多災多難。」醫師評論，茂密的鬍子悶住了他的聲音。「這樣就行了。」他說著，修剪掉剩下的線頭，欣賞起自己的手藝。「漂亮！」

克里斯丁往下看著傷處。很明顯，「漂亮」的意思就是指，你的樣子看起來像身體側邊黏了一塊霍恩比模型火車的軌道。

「謝了，醫生。」他無精打采地說。

「那我們接著來幫你看看，好嗎？」醫師說著轉向芬利。他剝下病人自己包的骯髒繃帶，兩天前造成的燒傷有好幾處都沾黏了。他拉下臉來：「下次你碰到三度灼傷，也許可以考慮過來看個診。」

「會啦。」芬利點頭。

醫師拉掉手套，寫了些註記。

「我會叫護理師來清理。」他說，手勢比向克里斯丁大面積的縫合處。「還有幫那個做點什麼處理。」他補上一句，出去的路上還對著芬利連聲嘖嘖。

克里斯丁向下瞧著自己驚人的傷口。「這個可會留下很厲害的疤了。」他咧嘴笑著。

「眞是你這輩子最讚的一個星期了，是不是啊？」芬利說。此時簾子拉開，一位年輕美女護理師走進來，手裡捧著方盤，白色護理師帽下露出深色的捲髮。

芬利看得發愣，覺得她就像秋天的化身：焦栗色的頭髮，玫瑰色的雙唇，和閃亮的藍眼。克里斯丁對他投以贊同的眼神，不過芬利沒注意到，完全無法把視線從她身上移開。

「那麼，你們哪一位是芬利？」她問。

她說話聽起來宛若女王。

「拜託。這沒什麼難的。芬利？是哪位？」

「是。我……就是芬利。」芬利說，試圖壓住他刺耳的格拉斯哥口音。

克里斯丁給了他一個奇怪的眼神。

她從方盤拿了所需的物品，露出甜美的微笑，接著打了芬利耳朵一下。

「啊！」他發出一聲抱怨。

「這是醫師的命令。」她不帶歉意地告誡。「以後，不要放著傷口不管。這樣會讓我們工作更麻煩。」

「眞他媽的該死！」他齜牙咧嘴，眞不曉得她是怎麼打得那麼痛的。

「還有，別罵髒話！」她補充。「這是護理師的命令。」

她坐在芬利旁邊的病床上，聞起來有草莓和巧克力的香味，害他吸氣的動作太明顯，還得假裝感冒了。

「妳認不出我們嗎？」她沾拭芬利的手臂時，克里斯丁問道。

「我該認得出來嗎？」

「也許不該吧。只是蘇格蘭史上破獲的最大宗毒品案而已……沒什麼大不了的。」

她帶著探問之意抬頭看芬利。

芬利屏氣，後悔自己午餐吃了起司洋蔥餡餅。

「造船廠的火災。」她說，回想起《先驅報》頭版的報導。「好像是說……你們兩個在十五分鐘內，就搜出了五年分的海洛因。」

「他們太誇大了。」克里斯丁謙遜地說。

「喔？」

「對啊……其實我們只花了十分鐘！」他咧嘴而笑，逗得她也笑出聲來。

她對著芬利微笑。她眞是他平生所見最美麗的事物。她抬起他的手臂，將繃帶裹在新鮮的敷料上。「你這朋友，還眞是個寶，對不對？」

「肯定的。」芬利生硬地回答，懷疑他們對「寶」的定義不太一樣。

「好了，老芬。」她說。「你沒問題了。」

她的注意力轉向克里斯丁，掛上一個狡黠的微笑。他服服貼貼地躺在病床上。

「我全歸妳管！」克里斯丁滿懷渴望地對她說。

「太開心了！」芬利脫口而出。「我是說，太開心能認識妳了。」

護理師回頭看他，有點驚訝竟要面對正式的握手禮。她脫下手套，握了握芬利粗糙的手，克里斯丁不耐地哼了一聲。

「能認識你們，才是我的榮幸呢！」她說話時，眼中帶著淘氣的閃光。「我是瑪姬。」

6

二〇一六年一月七日，星期四
下午兩點二十一分

沃夫發出一聲像哼氣又像咳嗽的怪聲。

艾德蒙斯從檔案夾上緣瞥了他一眼。過了片刻，他的眼神落回手邊的任務。但接下來，沃夫讀著魯本·德威斯那髮型醜怪的傢伙漫長的死亡過程，開始嗤嗤發笑。艾德蒙斯不耐地看著他，臉上的表情讓巴克絲特爲之自豪。

「抱歉。」沃夫說。「從我有印象開始，芬利就一直在跟我講這個故事，但現在看了還是會笑出來。」

艾德蒙斯翻翻白眼，把視線移回泛黃的紙頁，沃夫則放縱自己伸了個懶腰，讓沉靜的空間裡充滿一連串哼哼和呵欠聲。他打量著刑事重案組的會議室。兩張布娃娃謀殺案的恐怖重建圖早已撤下，除此之外沒有多少改變。就連玻璃牆上的裂痕也還在原處。

「我還沒有爲打傷你的頭道過歉，對不對？」沃夫問。

艾德蒙斯索性放棄努力，將檔案夾往桌上一丟：「沒有，你沒道過歉。」

沃夫張開嘴巴……但最後只是聳聳肩。

艾德蒙斯苦澀地笑了。

「好嘛，你說吧。」沃夫說著，把椅子轉過去，直盯著艾德蒙斯。「有話就說。」

艾德蒙斯大概在腦海裡反覆咀嚼字句。沃夫看著他說：

「你覺得我是壞人嗎？你是有了某種……道德問題嗎？」沃夫猜測，彷彿他不確定這個詞是否合適。「好吧。沒錯，我確實不小心雇了一個精神失常的連環殺手。」他舉手表示投降。「這是該怪我。我有沒有爲了保護自己，故意阻礙你的調查呢……我想我確實這麼做了。我有沒有在那個連環殺手屈服之後，還把他打得幾乎快死了？嗯哼。但是……」他一臉迷惘。「又來了，我的重點是啥？」

艾德蒙斯搖搖頭，把檔案夾撿回來。

「如果這麼說會讓你感覺好點……」沃夫繼續說。「現在這件案子結束後的一秒內，凡妮塔就會叫人逮捕我。壞人會爲自己的罪行付出代價的。」

「不只這樣。」艾德蒙斯喃喃低語。

「你說什麼？」

「我說：『不只這樣！』」他怒斥。「我是說，沒錯。我認爲你是個邪惡的渾蛋，活該在牢裡被關到發爛，度過你僅剩的幾年人生……但不只這樣。」

他講話風格與巴克絲特極爲相似，讓沃夫甚感驚奇。

「布娃娃謀殺案是我破的。」他有點困窘地解釋。「是我在檔案庫裡翻天覆地尋找麥斯過往的受害者。是我證明了浮士德謀殺交易眞的存在。也是我看清了你的眞面目……全都是我做到的。」

沃夫耐心地聽他繼續說。

「你有了你光榮偵破的案子。的確，情況混亂到無以復加，但是，你，威廉·佛克斯，追捕到了火葬殺手。你、麥斯和布娃娃謀殺案，這本該是我的光榮時刻……但你把這一切從我手中搶走了。」

艾德蒙斯如釋重負。他第一次大聲承認他怒火燃燒的原因，比他一直以來宣稱的更自私。

沃夫點點頭，這番坦承絲毫不令他意外。「你是我們之中最聰明的。」

「別跟我說教。」

「因爲你脫身了。」他繼續說。「這份工作眞是……」他鼓起腮幫子噴氣。「對誰都沒有好處。它是毒品，隨時都可能害死你的癮頭。你執迷地追求它的高峰，再也注意不到你生活的其他部分都被撕扯得支離破碎，最終一點也不剩。」

有那麼一刻，兩個人都沒說話，沃夫道出的眞理讓他們的思緒又回到芬利身上。他們確定，不管是他殺或自殺，這份工作都以某種方式導致了他的早逝。

「我眞希望當初我有本事在時機太遲前脫離。」沃夫誠懇地對他說。「現在就太遲了。」

「說來簡單，那是因爲你沒有爲了第一份薪水，讓自己變成在森寶利超市停車場裡追雪貂的白痴。」

「還爲了第二份薪水，來調查可能死於謀殺的同事。」沃夫提醒他。

沃夫的思緒回到芬利和那份他幾分鐘前還覺得好笑的案件資料上，艾德蒙斯注意到對方的臉色沉了下來。過去十八個月以來，艾德蒙斯都在幻想自己能親手抓到沃夫，從他藏身的某個巢穴裡把人拖出來，帶到法庭上爲那些罪行接受審判，想像同事和媒體將自己封爲英雄，他們早該如此了。他漸漸把沃夫變成了腦海裡的某種幻影。但是現在，看著那人急切地追尋著真相，追尋著可能根本不存在的惡魔，艾德蒙斯覺得自己看見的只是一個失去一切的男人。

「怎樣？」沃夫問，他發現艾德蒙斯的目光。

「沒事。」

兩人回頭工作。

「抱歉，打了你的頭。」沃夫喃喃說。

「別在意了。」

桑德斯試圖用嘴巴呼吸。鑑識實驗室裡的空氣總是帶有一股金屬和死亡的味道。閃亮的器械，和用漂白水拖過的地板，感覺有些太過整潔，就像一片浴血現場剛被匆忙拭淨過。

「該死。」喬伊說，這位禿頭法醫在進門時把咖啡灑到自己身上，「這洗不掉了。」

桑德斯觀賞他在沾滿乾涸血跡、腦漿和天曉得什麼東西的圍裙上猛擦一個小汙點半天了，喬伊才驚覺有訪客。

「該死的。」他一看到桑德斯就啐了一口。

「你也午安啊。」

「抱歉。我只是希望來的是神不知鬼不覺的巴克絲特總督察。」喬伊咧嘴笑道。「那樣我就可以繼續穿髒圍裙了。」他大聲感嘆。

桑德斯不願意想像那會是怎樣的一幅畫面。

「你別抱太大期望，老兄。」他說。「據我所知，後面開始在排隊了。」

喬伊不理他，放下咖啡，開始翻查桑德斯從證物組借出的箱子。

「眞是我的最愛！」他高呼。「又要重複做一樣的工作了。那麼，你是要我重新確認支持自殺推測的所有鑑識證據嗎？」

「不。」桑德斯說。「我們要你幫忙找出不是指向自殺的證據。」

「在上鎖的房間裡？」

「對。」

「沒有掙扎打鬥跡象？」

「對。」

「而且他自己拿著凶器？」

「對！幫我們找點線索就是了！」

喬伊陷入深思，彷彿有什麼事困擾著他。

「怎麼了？」桑德斯滿懷希望地問。

「你剛剛說，『後面開始在排隊了』是啥意思？」

克里斯丁正從上一場會議快步趕往下一場，只有在換場途中邊走邊說的空檔。沃夫與艾德蒙斯在電梯外面等他，他們省略問候，匆匆穿過大廳。

「我們可以確定，那個打不死的荷蘭佬就是唯一逃出倉庫的人嗎？」艾德蒙斯問他。

那段回憶讓克里斯丁露出微笑。這些年來，他複述那個故事的次數就跟芬利一樣頻繁。

「就我的了解，沒錯。」他在隨行人員爲他扶門時回答。「我們當時並不知道，整座實驗室都已經陷入火海了。應該有張藍圖。也許在檔案裡？基本上，只有兩個出口沒被阻斷，而我很確定我們待的那一邊沒有看到任何人嘗試逃出。」

「入侵者的隊伍配備了自動武器。」艾德蒙斯說。「但火場中還找到一些屬於其他人的裝備。你有想起什麼事，可能對我們有幫助嗎？」

「恐怕沒有。」克里斯丁聳肩。「我猜想，荷蘭人帶的都是一樣的裝備。他們似乎相當有備而來，如果我記得沒錯。」

「但你覺得有沒有可能——」

「聽著。」克里斯丁打斷艾德蒙斯，停下來對著他講話，嚇壞了那群小跟班。「我覺得你找錯方向了。我當時就在那裡。我從頭到尾跟老芬在一起。如果他從現場帶走的除了手臂燒傷以外的其他東西，我一定會知道。關於那次的任務，他沒有理由要隱瞞任何事。你找錯案子了……抱歉。」

「長官。」一名面帶諂媚微笑的年輕男子走近他。「我們真的得要——」

克里斯丁怒瞪他一眼。

那名男子像是剛領了賞般咧嘴微笑，彎腰鞠躬退到一旁。

「沃夫，私下說個話好嗎？」克里斯丁問。

艾德蒙斯讓出空間給他們。

「我提醒你：凡妮塔起草的那份文件，遣詞用字上有太多模糊空間和陷阱，我怕它的價值連拿來當影印紙都不如。」

「我相信她只是疏忽了。」沃夫輕輕帶過。

「是吧。那好，如果你也同意，我就找個『知情人士』，仔細檢查一下那份文件。」沃夫感激地點頭，背上被拍了一掌，克里斯丁前往下一場會議。

瑪姬避開自己家樓上區域，決定來收拾聖誕節的布置。艾德蒙斯和桑德斯離開前，小題大作地把垂死的聖誕樹搬出去，交換了許多不必要的髒話（拜桑德斯所賜）、流了點不必要的血（託艾德蒙斯的福）。瑪姬小心翼翼用薄紙將易碎的裝飾品包裹起來時，巴克絲特拆下還吊在天花板上的裝飾品。

「還順利嗎，親愛的？」瑪姬問她。

「還好。」

巴克絲特繼續裝箱，狀態看起來比之前好多了，深色捲髮又綁成芬利最喜歡的造型。

「我就跟妳說，他會回來。」瑪姬微笑著說。

「妳是說過。」

「爲了妳回來。」

巴克絲特把一只亮閃閃的雪人連同一小塊油漆從天花板上撕下來。

「他是爲了芬利回來的，沒有別的原因。」她堅定地告訴瑪姬。

「你們這些警察。」那位比她年長的女子笑道。「這麼擅長觀察別人，看著彼此的時候卻是盲目的。」

「說這些幹什麼？」巴克絲特換了個話題，同時把雪人和天花板碎屑一起放進鞋盒。

「幫我放到車庫，拜託了。」

巴克絲特捧著盒子，穿越突然顯得偌大空寂的房子，心裡納悶這一切結束之後，瑪姬還會不會想要住在這裡。走進冷颼颼的車庫，她短暫駐足欣賞芬利的那臺哈雷古董車，又用掃把拍掉一片大得嚇人的蜘蛛網，把那堆盒子推到後面的牆邊，起身離開。這時，她發現了某個似曾相識的東西。

另一個打開的盒子上面，放著一張年代久遠的照片，拍的是她、芬利、班傑明．錢伯斯和沃夫，他們正享受著辦公室聖誕派對。看著那兩位已經離開人世的朋友愉快的臉孔，她湧上一股悲傷的情緒。她往盒子裡一看，發現裡面裝的是芬利辦公桌抽屜的物品，在他退休前一個月清出來的。她把盒子拿起來放到地板上，逐一檢視內容物：多年的蒐集所累積的垃圾。

還有別的照片：他孫子的學校照片、他和瑪姬在梵諦岡外面的留影、一張黑白照片，上面是年輕時的芬利與克里斯丁在堆積成塔的白粉旁邊擺姿勢，背景有一座建築物在焚燒。

巴克絲特把那張照片放到一旁。

她找出五顏六色的塗鴉、幾樣文具、一張證明他（終於）完成警察廳政治正確訓練的證書，還有一封一九九五年的信，通知他將負責監管一位名叫威廉．雷頓—佛克斯的受訓警員。

她莞爾一笑，接著停下來打開一張被撕破的卡片，上面以芬利好認的字跡潦草寫著：

妳他媽的怎麼還是搞不懂？

我不只是愛妳。我毫不保留、無所顧忌、無可救藥地深愛著妳。

妳是我的。

這些該死的人、這些發生在我們之間的爛事、甚至是這他媽的監獄，都沒有辦法拆散我們，因爲永遠、永遠沒有人能將妳從我身邊奪走。

她皺著眉頭，又讀了那張卡片一次，感覺到話語背後的激動急切。雖然看到如此私人的東西讓她有些罪惡感，但巴克絲特甩不掉心中的一絲懷疑，覺得這段粗話連連的示愛並不是寫給瑪姬的。

她對摺卡片，幾乎希望自己沒發現這東西，然後拿起那張黑白照片，一起塞進後口袋。

7

二〇一六年一月八日，星期五
上午七點〇五分

「現在是幾點啊，沃夫先生？」

沃夫呻吟著把粗糙的毛毯拉起來蓋過頭。他聽見牢房打開，緊接著是一連串的腳步聲，繞過他亂丟在地上變成路障的髒衣服和案件資料。

闖入者清了清喉嚨。

他慢慢將毛毯從眼前移開，迎接他的是一張皺紋滿布的熟悉臉龐，低頭對著他微笑。喬治是帕丁頓—格林警局裡一位態度和善的監管人員，這間不到兩坪的牢房，便是沃夫辦案期間的暫時住所。

「我猜你不會想錯過早餐。」喬治遞給他一個裝著糊狀棕色炒蛋和乾硬吐司的盤子。

「你猜？」沃夫問，心想生下這些蛋的雞肯定有什麼大問題。

「不要玩食物。」比他年長的男子說，同時打量著這位客人在有限空間中製造出的混亂。

「你離開前能整理一下嗎？」

「沒時間。」沃夫一邊起身穿上褲子，一邊用塞滿吐司的嘴巴含糊應答。

喬治移開視線：「這裡不是旅館，你知道吧？」

「我知道。」沃夫防衛地說，他把溼毛巾丟給監管人員，然後被咖啡苦得瑟縮了一下。

「麻煩你們有空的時候，給我兩條乾淨的。」

「馬上就來，長官。」

沃夫在地上的文件裡翻找，終於找到他要的那份。他把它放在床上，撿起一件縐巴巴的白襯衫。

「你燙衣服的技巧如何？」他滿心期待地問。

「我也不是你媽。」

「問問看也無妨。」沃夫笑著將襯衫丟到一堆衣物上，踉蹌地越過雜物來到走廊。

「你是不是還忘了什麼？」喬治在他身後喊，手裡拿著被踩上腳印的資料夾跟出來。

還在整理儀容的沃夫趕忙回到門口。他用咖啡杯換來文件夾，然後在喬治皺巴巴的臉頰上親了一下。

「唉呀！」這位監管人員邊擦臉邊抗議。「我又不是你媽！」

沃夫露齒一笑：「晚上見！」

「你什麼時候回來？」

「你不是我媽！」沃夫提醒他，消失在轉角。

喬治無可奈何地收起只吃一半的早餐。離開前他猶豫了一下，嘆口氣，把那堆需要燙的襯衫抓了起來。

「克里斯丁人呢？」沃夫入座時問道。「他應該來的。」

一位滿臉得意的律師正對著他笑，經驗告訴他，這絕不是什麼好事。凡妮塔關上門，到桌邊和他們坐在一起。

「廳長呢，」她刻意地說，「另外有別的事。」

沃夫迅速翻過面前的一堆文件。「他想找別人來檢查一下。」

「我不明白爲什麼有這個必要，顯然他本人也不覺得，因爲他並沒有到場。」凡妮塔答道。「文件是布里頓先生親自草擬的。」

「這就是我所擔心的。」沃夫往後靠在椅背上回覆她，目光朝向對面的男子。「我父親只給過我一個有用的建議。想要我分享給妳嗎？」

「不用。」凡妮塔試著阻止他。

「永遠別相信早上十一點以前就面露笑容的男人。」沃夫還是說了出來，並推開文件。

「我不喜歡律師。」

「沒關係。」男子露齒而笑。

「所以……我不喜歡你。」

「一樣不要緊。」

沃夫往前傾身。「想聽我最後一次跟一堆自命不凡的律師一起上法庭的故事嗎？」

笑容隨即消失。

「在徵詢到第二意見之前，我什麼都不簽。」沃夫說。

凡妮塔顯然就等這一刻。「那麼我得遺憾地告訴你，我們的『協議』不再有效。」

她看向梳著油頭的律師，對方收起文件後充滿戲劇效果地起身。

「倫敦警察廳感謝您針對雷歐·杜博斯提供的線報。」她跟沃夫說，並開門讓兩位穿著制服的員警進門，手銬已然備妥。

「你想想，佛克斯先生，這很簡單。」律師開口，員警抵達後，他的傲慢態度也跟著回來了。「沒有簽名就沒有協議。沒有協議就表示你再次成爲逃犯。身爲逃犯就代表你會立刻被逮捕，接受法庭的審判。」

「相反的，」凡妮塔補充，不太自然地扮演起好警察的角色，「在簽名欄簽個字，接下來幾天你可以好好調查蕭偵查佐的死亡，保有你對杜博斯的調查作籌碼……在我聽來，這不是什麼困難的選擇。」

她從襯衫口袋拿出一枝漂亮的新筆遞給沃夫。律師將已翻到簽署欄的文件推回他面前。

他別無選擇，他們都心知肚明。

沃夫從她手上接過頗具重量的鋼筆後就塞進口中，最後再讀過一次令人費解的末頁，接著在底部匆匆簽上他的名字。

「開心了吧？」他問，把沾溼的筆交還給她。

「你留著吧。」凡妮塔帶著簽好的文件、她的東西和她滿臉笑容的律師，趾高氣昂地離開房間。

巴克絲特第一個抵達瑪姬家，其他人要十點左右才會到。她利用空檔幫忙打掃，以此爲藉口將屋子徹底檢查一次，想找出哪裡可以讓芬利偷藏武器，還瞞得過對家務很有一套的太太。

上午十點三十八分，她聽到信箱開關的聲音，便去拿堆在門墊上的郵件。被推送進來的有芬利訂閱的報紙、一張達美樂披薩的菜單跟三張卡片——一定都是弔喪的——還有一個信封，正面是滿版紅色的粗體字：

最後通牒。切勿忽視。

巴克絲特將其他郵件放在櫥櫃上，帶著信走進廚房。思量一會之後，她下了結論，如果不深入追查每個可能的線索，她就太不稱職了。

「要喝杯茶嗎，瑪姬？」她往走廊喊道。

「麻煩妳了！」

巴克絲特將信封平衡地擺在水龍頭上方，拿水壺燒水，著手準備她們的飲料。膠水在紙上黏得死緊，她小心地拆開信封，拿出印著紅字的信用卡對帳單。唯一一筆交易是從別張卡匯入的，她讀到頁尾令人吃驚的未付餘額時倒抽了一口氣。

「天啊，芬利。」她不太舒服地喃喃說道。

巴克絲特帶著重新燃起的決心，開始在樓下的房間裡做地毯式搜索。按邏輯而言，除了這封催款信之外，一定還有其他相關資料能解釋壓垮她朋友的負債。她拉了一張椅子來檢查廚房櫥櫃的頂部，只有找到灰塵和蜘蛛屍體。她在最頂部的架子上，發現滿滿一層可以擺成豪華餐宴的過期食物，除此之外就沒別的了。她爬下來的時候，把最底層的踢腳板給撞裂了，激起一大團灰塵。

接著，她到走廊檢查生火用的木柴，以及鞋櫃底部。確定自己已經徹底搜索完客廳後，她開門來到冰冷的車庫，無視那些她和瑪姬親手整理的紙箱，拖著腳步繞過那臺光潔如新的哈雷機車，查看一旁的架子。

她回到機車那裡。瑪姬一向很討厭它。

巴克絲特俯下身子，手摸過黑色鏡面烤漆的訂製排氣管罩和黑膠後座，沒有發現任何異狀。她坐上去檢視儀表板，循著機車的金屬曲線往下摸，想要找到什麼……什麼都好。

坐墊在她下方非常細微地晃動。

她坐回去，手指沿著坐墊摸索，直到她找到把手的位置。令人滿意的喀噠聲傳來，她成功將座位頂部完全掀開，置物空間一覽無遺。

團隊成員一一抵達屋內，各自在人滿爲患的廚房裡找到位子，享用不容他們拒絕的飲品與剛出爐的可頌麵包。桑德斯體貼地帶了另一袋裝有生活必需品的購物袋，他將東西擺進櫥櫃。艾德蒙斯一如往常地埋首於檔案資料中。

克里斯丁正在活絡氣氛，他講了個故事，說芬利跟他把負責的實習警員搞丟了整整兩天，瑪姬笑得像是她才第一次聽到。巴克絲特只分得出一半的心思聽，她正焦急地等待機會，要跟其他人分享最新發現。

前門傳來一陣猛敲，打斷了克里斯丁的故事，接著沃夫出現在廚房門口。他眨眨眼向巴克絲特打招呼，想必是故意要惹毛她，結果當然奏效了。但她堅決不讓他稱心如意，只是甜甜地報以微笑，讓他困惑不已。

和瑪姬擁抱過之後，沃夫的注意力轉向克里斯丁。

「之前的事，謝了。」

「千萬別客氣。」

沃夫故作奉承道：「我這句『謝了』是反話，意思是：『你他媽跑哪去了？』」

換克里斯丁說不出話了。

「今天早上……我見到凡妮塔了。」沃夫直接挑明。

「對，我知道。我派了路克去……我的律師。」克里斯丁皺著眉頭，「我第一時間就去跟吉娜講這件事……她沒到場嗎？」

沃夫搖頭。

克里斯丁鼓起臉頰呼了一口氣：「這女人眞難對付。你簽下去了？」

「不得不。」

「我來處理。」

隨著對話自然地進展到終點，這五位前任與現任刑警之所以齊聚在老友家廚房的原因就益發難以忽視。瑪姬察覺到了，便以跟朋友喝咖啡爲由先行離開。

前門一關上，沃夫就切入正題。「斯特拉斯克萊德警局一直在某些舊案件資料上拖拖拉拉的。」他告訴克里斯丁。「你能不能給他們一點壓力？」

「我今天上午會打給他們。」

「桑德斯？」沃夫示意。

「槍和其他證物都送回實驗室了。我一個小時前確認過：目前爲止，沒有新的發現。」

「叫他們繼續找。」沃夫吩咐道。「艾德蒙斯找到了些有趣的——」

就在這一刻，巴克絲特把那疊文件從後方拿出來丟過桌面，白紙上的紅色大寫字跡就像染血的布料一樣，有效地讓沃夫安靜下來。

「芬利破產了。」她宣布。

就連艾德蒙斯都從文件堆中冒出頭來，優先關注這項最新進展。

「上頭至少有十萬英鎊的債務。」她解釋。

出於某些原因，她往沃夫的方向看了一眼，但立刻就後悔了：他的樣子看起來，就像是整個世界剛剛崩塌了。

「從我蒐集到的資料看來。」巴克絲特接著說。「瑪姬完全不知情。」

克里斯丁清了清喉嚨：「她……需要知道嗎？」

「他們在討論要把房子買回來。大部分支出看起來是付她的私人健保。當然也有房屋擴建，停在外頭的那輛新車是最後一根稻草。」

沃夫拿起其中一張逾期帳單，轉向克里斯丁。「你知道這件事？」

他搖頭。

「有人查過芬利的壽險了嗎？」艾德蒙斯問。

「若是自殺，保險金還會支付嗎？」克里斯丁問他。

「看情況。」艾德蒙斯回答，看著面前高築的債臺。「一般來說，過了一定的年限之後，就會支付。」

沃夫把帳單揉成一團丟到地上：「這證明不了什麼。」

「停下來，沃夫。」巴克絲特含糊地說。

「他大可以——」

「停下來就是了，沃夫。」

「但如果——」

「威爾！」她挫敗地吼道，對上他的眼神，在他回來後第一次正眼回視他：「結束了。你得接受它。你必須放手。」

沃夫環顧同事們挫敗的表情，抓起流理臺上的大衣就衝出房子，前門砰地在他身後關上。

「多少？」瑪姬費力地悄聲問道，茶杯在她顫抖的手中敲擊著茶碟。

她回到一片沉默的屋內，發現巴克絲特在等她，一疊文件擺在廚房桌上，猶如惡兆。

「很多。」

「多少，艾蜜莉？」

「很多。這不重要。」巴克絲特態度堅定。「我看了一下芬利的保險文件……我很確定全部都能處理好。」

瑪姬失神地呆望。「他都跟我說，是我們的私人健康保險付的。」

「他想要妳受到最好的照顧。」

「我寧願要他。」

巴克絲特不願再哭出來。感覺近來她醒著的時候，有一半的時間都在流眼淚。

「妳覺得……妳覺得這是他之所以……他之所以……」

巴克絲特點頭，不得不擦擦眼睛。

瑪姬心不在焉地翻著那堆文件，把芬利和克里斯丁站在失火倉庫前面的舊照片翻了出來。

「抱歉。這不應該放在那裡的。」不告而取的巴克絲特愧疚地說。

瑪姬微笑著將照片遞給她，回想起跟丈夫初次見面時，自己是怎麼幫他包紮手臂的。但她接著皺起眉頭，拿起一張有著芬利笨拙字跡的破舊卡片：

妳他媽的怎麼還是搞不懂？

巴克絲特從座位上一躍而起，伸手越過桌面想拿回來，但距離差了一點，瑪姬沒有鬆開眉頭，繼續讀下去。

「瑪姬，別看！」巴克絲特倒抽一口氣，努力讓自己的長腿離開椅子，還把茶給打翻了。但為時已晚。

瑪姬迅速掃過那幾行潦草的文字，然後摺起卡片遞還給巴克絲特。

「我眞的、眞的很抱歉……等等，妳在笑！」巴克絲特困惑。

「我只是在想：如果他還在這，就要罰四鎊進髒話罐，還要打他的頭。」

「他……這是寫給妳的？」巴克絲特問。

「喔，肯定不是。我從沒看過這個。」

「可是……」巴克絲特大感不解，瑪姬顯然對她丈夫向不知名第三者的熱烈示愛絲毫不感興趣。「妳不會……生氣嗎？倒不是說我想要妳生氣。」

「不會，親愛的。」

「那好奇呢？」

「不會，親愛的。不管這是什麼，我確定都有非常合理的解釋……我去拿抹布擦。」她起身說道。

「但那是他的筆跡！」巴克絲特克制不了自己脫口而出。

「喔，這倒是毫無疑問的。」

「那妳怎麼會不想知道？」

瑪姬笑出聲來，握住巴克絲特的手，感覺到她的朋友需要聽到芬利依舊是她認爲的那個人。她不費吹灰之力切換成過去幾個星期都未能扮演的慈母角色，十分高興能短暫回歸常軌。

「艾蜜莉，如果這世界上有一件事是我確信不疑的……就算賭上性命也不會有絲毫猶豫……那就是芬利對我的愛，幾乎就等於任何人所能愛另一個人的極限。」她緊握巴克絲特的手，然後微笑了。「那麼，再來杯茶如何？」

8

一九七九年十一月九日，星期五
上午十一點十分

克里斯丁挫敗地哀嘆出聲。

他坐起身子，往自己臉上打了一巴掌，免得又作起白日夢。

「我一直在想那個護理師。」他開始分享心聲，芬利正開車載他們行經格拉斯哥的髒亂街，髒汙的雨水匯流在車窗上，沉窒鬱悶的景象誘使他的思緒神遊至他方。「她叫什麼名字啊？梅根？曼蒂？」

「瑪姬。」芬利粗聲說，他今日的發言量到達了兩個字。

「瑪姬！」克里斯丁點頭。「當然，屁股超正點的美女瑪姬！」

芬利緊繃起來，咬著舌頭忍住不發話。他們正在前往一本翻爛的地圖書裡插著的紙片上草草寫就的地址。

「喔喔喔喔！她不錯！」克里斯丁盯著某個路人點評，照慣例將這趟路程視為某種都市變態狩獵之旅。

芬利受夠了。「她絕對不是只有『屁股超正點』而已！」

克里斯丁的好奇心被激起，經過他們的那名女子回望。

「不是她！」芬利勃然大怒。「是瑪姬！」

克里斯丁看起來無比困惑：「你是說像……奶子之類的？」

「你眞的就是個徹頭徹尾的蠢蛋，是吧?!」

「你是怎麼了？」

「沒事。」

車流移動的速度慢下來，他們在交岔路口停下。

「喔！等一下。」克里斯丁說。「我知道是怎麼回事了：你喜歡她！」

芬利不理他。

「你喜歡她，對不對？」他大笑出聲，惹惱了芬利，讓自己的腎臟挨了一記快拳。「對不起。我不應該笑。」他邊說邊揉揉身側。「我想，我只是覺得，你應該量力而爲。」

「什麼意思？」

克里斯丁竊笑：「意思是……如果她拿白手杖、牽著一條狗的話，你可能還有點機會。」

這句評語爲他的肚子招來罪有應得紮實的一拳。

克里斯丁喘息吐氣，痛得彎下身將頭靠在儀表板上，這時，他頭上的擋風玻璃裂開了。

芬利不解地從被掏空的頭靠看向遍布在玻璃上的無數裂痕，從一個圓形孔洞向外發散。

「老芬！」克里斯丁邊吼邊把他的搭檔往下拽，在此同時，又有三發子彈連續擊中他們巡邏車的鈑金外殼。

路上傳來喊叫聲，行人奔跑著尋求掩護。

芬利和克里斯丁躲在儀表板底下，互看了一眼。

「快帶我們離開這裡！」克里斯丁對他吼道。

芬利盡可能壯著膽子坐起身，推動排檔桿倒車。他重踩油門，撞上後方的貨車，這一撞讓殘破的擋風玻璃在引擎蓋和儀表板上碎落一片。

槍響又起，還有兩聲金屬爆破的聲音。

「走啊，老芬！」

變速箱齒輪猛力摩擦，輪胎在潮溼的柏油路上疾轉，芬利把車子從靜止的車流中開到馬路另一側。受損的車子幾乎不受控制，他們在路緣顛顛簸簸，猛衝過喬治廣場，一頭撞上湯瑪士·格雷姆的銅像。

克里斯丁頭在流血，他伸手在滿地碎玻璃的車底撈出對講機，把受話器拿到嘴邊時，主機的內部零件毫無用處地懸垂在電線的另一頭。「看來我們得靠自己了。」

「嗯，我們不能待在這裡。」芬利說。

他嘗試用力將扭曲的車門推開，但變形的金屬不願退讓，克里斯丁的出路則是被雕像底座給擋住。

「這邊！」克里斯丁喊道，趁停火之際從中空的車前窗框鑽出，爬過閃閃發亮的引擎蓋。

芬利跟著他的搭檔跑到開闊的廣場，四周都有建築物，市政廳的教堂式塔樓在灰暗的天空下宛如不祥的預兆。他們各自躲在樹後尋求掩護。

「我們得找個電話亭！」芬利喘著氣說。

「在廣場另一邊。」槍聲再度響起時，克里斯丁回答。「這星期該死的是怎麼回事？」他在嘈雜聲中喊道。

「報應。」芬利對他的搭檔使了個眼色，看起來像在責備他。

「才怪。」克里斯丁笑了。「我不信那套。」

槍響迴盪在建築物間。

「你幹麼不過去跟他說！」芬利吼回去。

頭頂上的樹枝跟著雷鳴般的爆裂聲一齊顫動，枯葉宛若紅褐色的雪花落在他們四周。

「嘿！」克里斯丁嘶聲說。

芬利盯著無數往戶外公共空間敞開的窗戶，此時剩下的幾位市民正退向安全處避難。

一陣詭譎的寧靜降臨在廣場上。

「嘿！」克里斯丁喚道，這次更大聲了。

「怎樣？我在思考。」

「聽我說……他的槍有八發子彈。那麼，他裝填子彈的時候就會有空檔。」

「好極了。」

「我辦得到。」克里斯丁對他說。

「不……你不行。」

克里斯丁把頭髮往後綁，渴盼地凝望著廣場另一頭的電話亭。

「我要出發了。」他充滿決心，在槍響重新開始的時候準備就位。

廢棄的彈殼散落在空無一人的廣場上，泥土從他們周圍的水泥地濺起。

「我們乖乖待著！」芬利吼道。「支援會過來！」

又一次空檔。

「下一輪。」克里斯丁悄聲數著。

「你過不去的！」

槍手開槍。他的準確度逐漸提升，他們頭部旁邊的樹幹一片片碎裂。

「第五發了！」克里斯丁吼著。「六！」

「克里斯丁！」

「七！」

芬利冒險暴露出手臂要抓住他衝動的朋友，但為時已晚。

「八！」

克里斯丁一躍而起，疾速衝過空地。

「你這愚蠢的……」芬利一邊咒罵一邊看著，同時又一記刺耳的爆擊聲響徹空中。

一聲痛苦的哭喊傳來，克里斯丁倒在潮溼的地面上。

「克里斯丁！」芬利喊道，爲了避免自己慘遭相同的命運而寸步難移。「克里斯丁?!」

「九！」

「什麼？」

「九！」

「我聽不到！」芬利向他大吼。「但剛才那是第九發，你這個白痴！」

「我被射中了！」

「什麼？」

「你被射中了？我過去找你！」芬利勇敢地跑過掩護處之間的一個個空隙，到達最後一棵樹時，他看見鮮血在地面上閃閃發亮。至少還要十公尺，才能到克里斯丁爬過去藏身的雕像。

沉默再次籠罩，好像鯊魚消失在水底那樣平靜無聲。

芬利伸手拿起他能找到最大的石頭，往反方向丟，不用幾秒便落在不遠處，用以分散注意的聲響隨即充斥在封閉的廣場中。克里斯丁躺在自己的血泊裡，雙手緊抓著右臀。

「就跟你說行不通。」芬利無濟於事地說，看起來一臉驚恐。「你是被……打中屁股？」

「流了好多血！」

「嗯，你被打中屁股了啊！」芬利推測道。

警笛聲從南邊傳來。

「我們得止血。」克里斯丁呻吟。

「我才不要碰那裡！」芬利跟他說，但克里斯丁失去了意識，沒有回應。「眞該死。」他將手擺在搭檔褲子的破洞上，不情願地喃喃自語。

芬利焦急地望向上頭的窗戶，慢慢意識到這位拿步槍的瘋子跟他魯莽好友的噁爛屁股之間的衝突，可能是他有生以來最棒的事……因爲，這也許會讓他再次見到瑪姬。

一衝過急診室的大門，芬利就瞧見她了，從頭到腳都如他記憶中那般美麗動人，連她手中半滿的便盆，也未能減損她的美貌。

「槍傷！」他們匆忙進門時，兩名救護車隨車護理人員中較年輕的一位驕傲地宣布，引起瑪姬的注意。

芬利將手從好友的屁股上移開，朝她揮了揮染血的手。

「發生什麼事？」她趕忙前來詢問。

「被射中。」克里斯丁面朝擔架含糊地說，「射在屁股上。」

「而這位一路上都不肯鬆手。」另一名救護人員告訴她，眉毛抬得老高。「我們說了我們能處理，但他堅持要來。」抵達另一扇雙開門後，他轉頭跟芬利說：「接下來交給我們。」

芬利目送他們將克里斯丁推進門。

「我覺得你片刻不離他的……身邊，眞是感人。」瑪姬說。

「哎。這個嘛，他是我最好的朋友，可不是嗎？」

「那來吧，至少得把你弄乾淨。」她帶著芬利走到走廊另一頭，一路上他都頑強地掙扎著不要死盯她的臀部。「我相信他會沒事的。」

「誰？喔，克里斯丁！希望如此。」

他們來到水槽邊，瑪姬在水龍頭下溫柔地沖洗他的手，顯露出一道道交織成網狀的細小傷口，是擋風玻璃碎片造成的。他有十足的理由確信他的手應該痛得要命，然而除了她纖細的雙手在他手臂上的觸感，什麼也感受不到。

「發生這種事還眞有意思。」他緊張地開口。

「有意思？」

「不是好玩的那種有意思。我只是想說……我很高興。」

「高興？」

「對啊。」

「因為你朋友中槍？」

「不，我不是指那部分。」他澄清。

「還好不是。」

這位身材壯碩的蘇格蘭男子，臉紅得就像青少年時期約那個潔西卡・克拉克參加學校舞會時一樣。如果她那時有答應，這段回憶應該會對如今掙扎不已的窘境更有幫助。現在，他下定決心。「我是指這個部分……可以見到——」

「瑪姬！」一名慌忙的護理師出現在門口。

芬利對她投以銳利刺人的目光。

「重症科需要妳過去，馬上！」

「對不起囉！」瑪姬對芬利微笑，一邊擦乾手，一邊趕忙跟上她的同事。

「我……我會等妳，好嗎？」芬利在她身後喊道，雙手的水滴在走廊上。

「等我？」她笑著轉身倒退走，無法佇足。「說得好像你會丟下他似的！」

「誰？喔，克里斯丁啊！」她消失在擺盪的門後，他才意會過來。

芬利把證物袋塞進口袋，不太相信他們真能從這顆滿是屁股鮮血的子彈上得到任何有用的資訊。他又踩滅了一根香菸的餘燼，這是他一邊跟總督察談話、一邊在醫院停車場踱步時抽的第四根菸了。

喬治廣場一帶的初步搜索找到了兩個空彈匣，推測是匆忙清場時遺漏的，這指明了槍手是以哪層空屋作爲制高點。他們討論到一個可能：這起事件跟四天前的造船廠爆炸案有關，以及一個同樣合理的切入角度，亦即這是針對斯特拉斯克萊德警局的無差別攻擊——芬利跟克里斯丁開著一輛有警方標識的巡邏車，而無端針對制服員警的暴力行徑，在過去幾個月急遽增加。

他們得到的結論是，很有可能永遠都不知道何者才是眞正原因。

芬利答應了要替局裡轉達一句不懷好意的「早日康復」，他走回去，發現瑪姬正因克里斯丁說的某句話笑得不能自已。兩人都沒注意到他站在角落。

「妳回去那邊要做什麼？」克里斯丁笑著關心。

「沒你的事。」瑪姬拆下沾滿血跡的繃帶時臉上仍堆著笑容。「看來你得留下過夜了。」

「妳不讓我先請妳吃頓晚餐什麼的嗎？」克里斯丁調皮地瞧著她。

「在醫院過夜。」她笑嘻嘻地澄清，故意將舊膠帶連同一層皮一起扯下。「一整晚都要尿在尿罐、每小時量一次血壓，還有醫院廣播的『珍愛時段』在等著你呢。好好享受吧！」

「那妳今晚有沒有剛好要值班呢？」他又問。

「沒。」

他面朝下躺回去，不悅地說：「眞遺憾。」

「對你來說也許是。我要出去。」

「出去？去哪裡？去約會？」

瑪姬繼續手邊的工作，好像沒聽見他的話一樣。

「跟誰？認眞的約會嗎？男朋友？未婚夫……妳還在嗎？」他問道，眞心無法感覺到腰部以下的任何事物。

「我在。我只是在等你問一個眞正跟你自己有關的問題。」

芬利清了清喉嚨。

瑪姬有點愧疚地抬頭看他。

「我們這小子還好嗎？」他問。

「很煩人。」

「嘿！」克里斯丁抱怨。

「但他會沒事的。」

「很好。那我們下週就說定了？」克里斯丁問她。

芬利感覺好像肚子被揍了一拳，但接著他的搭檔看向他。

「瑪姬和幾個女生要來參加我們的工作天之夜。」

芬利一臉茫然：「我們的什麼？」

克里斯丁翻了個白眼，轉身朝瑪姬示意，繃帶掉了下來，他的光屁股又露得整個房間都看得見，她無奈地舉起雙手。

「所以我們說定了？」他再度詢問。

她故作煩躁，放棄似地哼了一聲：「對，就這麼說定了。」

9

二〇一六年一月八日，星期五
下午十二點四十三分

巴克絲特解鎖她的奧迪Ａ１，爬進車裡，試著忽視脫落的烤漆和前側受損的保險桿，兩個星期前開車撞上牆，她仍然沒做任何處理。

「對不起啦，小黑。」她拍拍儀表板，歉疚地說。

她陪瑪姬再喝了兩輪茶才找藉口離開，她發現這個早晨的情感消耗遠比表面看起來得多。

這都是沃夫的錯。

他們每個人都接受了芬利過世的噩耗，無論私底下有何感受，各有其堅強克制的方式，將他們的悲痛之情導向正軌：協助瑪姬與家人的各種需求。這時沃夫出場，以慣常的姿態，魯莽地闖回他們的生活中，還帶著他自己尚未解決的問題，將它包裝成可疑的理論，伴以恰到好處的說服力讓他們重新燃起希望——希望芬利生前並沒有感到孤立無援，並沒有在跟她道別時多擁抱了那麼一下下，知道那就是最後一次。

她意識到自己又哭了，悄悄咒罵了一聲，翻下遮陽板，確認她的妝糊了多少。這時，她察覺有道人影靠近。是一名步伐笨重、身型比影子大上許多的男子。風把他的大衣往後吹，好像超級英雄的披風一般，他無疑就是因此才穿的。她看著沃夫打開瑪姬家前院搖搖晃晃的柵門，讓自己進到屋內。

「該死的……」她咬著牙斷聲說道，甩開車門。

巴克絲特氣沖沖踏進走廊，聽見沉重的腳步從上方踩過樓梯間。

「沃夫！」她大喊。

瑪姬出現在廚房門口，理所當然地納悶著是誰在她家裡。

「沒事的，瑪姬。」已經爬到樓梯上的巴克絲特跟她解釋。「沃夫！」

她走到樓梯頂端，發現他坐在未裝潢的房間中央，手摀著頭背對她。

「你在這做什麼？」巴克絲特踩過破損的門框。

「以為我漏掉了什麼……結果沒有。」

他把上下顛倒的椅子放在染了血跡的地板上，調整成芬利臨終之時為自己選擇的位置。他周身環繞著挫敗的氣息。

「我是說，你幹麼還回來？」她問。「沒有你，我們一切都處理得好好的……你不在，對我們來說更好。」

沃夫抬頭看了她一眼，點點頭。

「所以？」她逼問。

「我只是……以為我能幫上忙。」

「幫忙？」巴克絲特苦笑。「你只是在延長瑪姬的痛苦。她經歷的難道還不夠嗎！」

「他不會自殺！」沃夫提高音量爭辯，但現在連他自己都不再如此確信了。

巴克絲特趕忙去關上遭破壞的房門。

「噓！你……真……荒謬。」她告訴他。「而且你是該坐牢。你應該曉得你不是這個故事裡的好人，對吧？你不是那個被誤解的英雄，不是什麼追尋救贖的受苦靈魂。你只是個他媽的廢物，抓著你身邊所有人一起沉淪。」

即便沃夫早已習慣巴克絲特長篇大論的控訴，他看起來還是有些吃驚。

「去你的，沃夫。」巴克絲特叱罵。她難以承受他明亮的藍色眼眸，像是走失的小狗那樣仰望著她，於是回到門邊並扭動門把。

她又試了一次。

「該死。」

「出問題了？」沃夫問。

「沒有。」

一聲巨大的聲響。

「該死！」

「讓我試試。」沃夫充滿信心的表情，在她遞給他壞掉的銅製門把時垮了下來。「……我可以的。」

巴克絲特移到一旁，雙臂交疊。

沃夫走到門前。他看了看手中的門把，轉頭研究被挖空的洞。巴克絲特對他做了個「動手啊」的手勢。他擬定行動計畫，回到被封鎖的出口，抬手往門板死命拍打。

「瑪姬！瑪姬！」

幾分鐘後，他們聽到門的另一頭有了動靜：「威爾？」

「瑪姬？」沃夫應道。「我們被困在裡頭。」

「喔，天啊。」

「妳那頭的門把還卡在上面嗎？」

「對。」

沃夫等了一下，但什麼事也沒發生：「瑪姬？」

「是？」

「妳能打開門嗎？」他耐心地問。

「喔，可以。」

什麼事都沒發生。

「妳能轉動門把嗎？」

「可以。」

門依舊毫無動靜。

「瑪姬？」沃夫嗓音變得有些起疑。

「是？」

「妳有要轉動門把嗎？」

「不要。」

她的腳步聲隨著下樓而消失，劃過房內的冰冷死寂。沃夫轉身面對巴克絲特微笑。

她看起來非常火大。

「五分鐘後，她就會放我們出去了。」他信心滿滿地說。

正門被用力甩上。

「至少十分鐘。」

私人車道上傳來賓士引擎發動的聲響。

「鬼扯。」

他讓出位置給衝過來的巴克絲特，她把手指伸進門把原來的位置，在空隙裡擺弄。行不通之後她蹲下來，試圖從底下把門撬開。她用盡全身的力氣推擠門框，只成功在灰泥上弄出一大條閃電般的裂痕。

「妳會把整面牆給拆了。」沃夫在布滿灰塵的地板上坐下。

「啊啊啊啊！」巴克絲特沮喪地哭喊。

她跑到房間另一頭，跌坐在窗戶底下。

「也許。」沃夫開口，「這是個好機會——」

「請別跟我說話。」她打斷他。

她閉上雙眼，逼自己入睡。

三十五分鐘過去了。

這段時間裡，巴克絲特頑強地閉著眼睛，同時被沃夫發出的微弱鼾聲搞得愈發憤怒，沃夫幾乎是立刻就睡著了。

她縮起身子抵擋寒意，小心翼翼地睜開一隻眼睛：他坐在牆邊，頭往後靠，嘴巴張開，一如她稍早所見。就連睡著的他看起來也如此疲憊而凌亂：參差不齊的鬍子、凌亂的頭髮、他的大衣套在身上的樣子，奪走他總是輕鬆撐起的氣場。彷彿這些年來帶給他無數苦楚的「火焰」終於燃燒殆盡。她忍不住回想起自己在貝爾瑪許監獄見到身穿藍色連身服、手被銬在桌子上的雷瑟尼爾．麥斯時，也是一模一樣的感受。

就算是最旺盛的烈火，也注定熄滅於自身。

他看起來很安詳。她伸手撿起一根掉落的螺絲釘往他丟去。它完美地打在他的前額，然後彈過地面，她則再次假裝入睡。

「搞什……？」沃夫抱怨，並抓著頭困惑地環視屋內。

「可以降低音量嗎？」巴克絲特問。「還有人想睡呢。」

沃夫大聲打了個哈欠：「我能說件事嗎？」

「當然不能。」

「妳沒有權利對我這麼不爽。」他還是跟她說了。

「你認真的？這就是你的開場白？」

「妳氣我離開……可是，是妳叫我離開的！」沃夫與其說是生氣，不如說是惱怒。「因為我好像記得某個血噴了滿地和一身的人，把『被誤解的英雄』扮演得淋漓盡致，準備好要犧牲自我來解救妳。是妳叫我走！」

「你那愚蠢的死腦袋，就沒有那麼一次想過，也許，就只是也許，你根本一開始就不該讓我陷入那種困境嗎?!」巴克絲特反駁，除了惱怒，更多是生氣。「我整整十八個月沒有你的半點消息！」

「妳在期待什麼？」沃夫大聲地問。「經歷過這一切後，妳還願意冒險幫我嗎？我知道他們都在盯著看。」

「對於我過去一個月所經歷過的事，你有哪怕一點點的概念嗎？」

沃夫張嘴想回應，最後只是悲傷地點頭，視線又回到四散在她臉上的縫線和許多結痂上。

巴克絲特把頭埋進手中。

沃夫猶豫地起身，移到她身旁坐下。

「那天晚上。」他頭靠在牆上，嘆道：「新聞報導全都是妳……有個影像在我腦海中根深蒂固：妳站在那兒，整個城市的頂端，和底下的世界只隔著幾片碎裂的玻璃。」他神情痛苦。

「他叫我離遠一點。」

「芬利？」巴克絲特問，明顯很受傷。

「我請他跟我碰面。他不肯。他跟我說妳有了個伴……湯瑪士？」

她沒有回應。

「說妳有了新的搭檔，那個中情局探員和艾德蒙斯，還有……」沃夫的嗓音啞了那麼一點點。「他告訴我，他跟瑪姬會一直關照妳。」

他們各自都需要冷靜一會。

「你是因爲這樣，才如此肯定的嗎？」巴克絲特問。

沃夫聳聳肩。

「我們這些年下來，看過夠多起自殺案件了。」她開口，「我們知道，人可以假裝得多好。但那不代表什麼事都沒有……在背後……問題一直都在。」

沃夫點頭，盯著房間中央沾有汙漬的地板。

他皺起眉頭。

「怎麼了？」巴克絲特問。

他低頭檢查他們坐著的位置，起身跪坐地上，腦中的齒輪跟著轉動。

「怎麼了？」她又問了一次。

「為什麼這裡有個通往這房間的階梯？」他拿來一根鑿子往地上兩片木板的縫隙間撬。

「沃夫！」

木板的一端被撬開，他用手指卡住隙縫，不顧巴克絲特的抗議，硬生生拉起整片板子。

「開心了？」她問。一如他所預期，只發現交纏在地板下的木梁和金屬管線。「老天！我剛以為能跟你好好溝通……你在做什麼?!」

他轉向另一處木板，將工具卡進木板間的狹窄間隙。

「這是芬利蓋的！」

木板被他從地板拆起時斷裂開來，同樣只露出房間的木製基座。

「沃夫。」巴克絲特輕聲說，看著這番絕望的孤注一擲，他想賦予他們一同承受的損失某種意義，這讓她無法對他生氣。「芬利結束了自己的生命。他離開我們所有人，不只是你。」

沃夫好像根本沒聽到她說話。他到房間角落，再拆了兩片地板，正在努力拆第三片。

「你離開的時候。」巴克絲特從沒想過自己會重述這段故事，「芬利告訴我，他感覺像失去了一個……」

她停下來看沃夫臉上的表情，此刻，沃夫正輕輕鬆鬆移開第四片木板，好像它根本沒被釘住一樣。他站起身，搓搓沾了灰塵的下巴。

「妳想，那是血嗎？」他不經意地發問。

巴克絲特慢慢走到他拆出來的空槽邊，不過就四片木板寬，深度也不超過一呎。從整齊的線條跟發亮的金屬看來，芬利把這個空間蓋在房內的構造裡，很顯然有特別的意圖，或許是覺得這裡用來藏匿一把非法槍枝和一大堆恐嚇信比較安全。

幾道不明顯的紅色汙痕四濺在金屬表面。

「差不多是……容納一個人的空間。」沃夫表示，他往窗戶走去，一股混雜著憤怒和放鬆的怪異感受在體內流竄。「妳想，芬利當時或許不是一個人在這裡？」

巴克絲特啞口無言。

「妳能請鑑識組過來嗎？拜託了。」他邊問，同時拿出手機。「我也得跟第一位抵達犯罪現場的警員談一談。」

「當然。」她答應，雙眼無法從那空無一物的小空間移開，這整段時間內，它一直在他們腳下，現在更徹底改寫了一切。「你在打給誰？」

「凡妮塔。」沃夫說著，把手機放到耳邊。「要跟她說我還沒辦法坐牢……我想，我們有個兇手得抓了。」

10

二〇一六年一月八日，星期五
下午一點三十七分

湯瑪士直愣愣地看著搖搖欲墜的聖保羅大教堂，一點五鎊的瑞典肉丸因此掉落在人行道上。塑膠片被風吹得刷刷作響，傷口上包裹著繃帶，還有一架無人機不安地自某處飛出。狂風淹沒了室內與大廳，在富麗的教堂長廊咆哮迴盪。

湯瑪士本來沒打算在旺季時來訪此地，他很確定這一帶都會擠滿湊熱鬧的觀光客，直到他碰巧發現受爆炸波及的裂坑。混凝土往上爆裂，好像火山爆發一樣，往天空噴出碎石和瓦礫。既然都來到這附近，湯瑪士難以抵擋心中好奇，帶著他在Pret A Manger餐廳買的貴得要命捲餅前往事發地。

他但願自己沒這麼做。

這種災難沒有電影場景的磅礴，在隔著手機螢幕看世界的群眾之中你找不著歸屬感，也沒有滿臉詭異毛髮的當代名匠拿著調色盤在精心修復藝術品——只有暴行的悲慘後果，以及坐在一塊吃著葛瑞格麵包的許多工人。

巴克絲特曾參與這一切。

腹部深處傳來一陣熟悉的絞扭感，湯瑪士憶起城市被大雪淹沒時的混亂。親眼望見這令人哀惘的景象，終於讓那超現實的一晚發生的種種故事倍顯眞實。

每則動人的童話完結之後，都有一具敗退的怪獸屍體躺在森林中腐敗，世人很容易就忽視了這一點。

他急於回到眼不見爲淨的狀態，於是推開擁擠的人群，回到盧德門山站外。重新呼吸到新鮮空氣後，他動身前往下午兩點的會面地點。途中，他停在一間珠寶店外頭，回想起巴克絲特有一對很少戴的耳環，其中一邊在聖詹姆斯公園某處弄丟了。但他連那對耳環長什麼樣子都不曉得，像個白痴一樣地掃視櫥窗，心裡清楚他女友未拆封的聖誕禮物每天都在增加。這已經變成他午餐時間的例行公事了——在城市中尋找完美的禮物，尋找也許能讓她心情好那麼一些的東西，讓她知道她對自己來說有多重要，甚至能媲美她睡覺時一定要抱著的可笑企鵝布偶。

他決定好，走進店裡，唯一肯定的只有他絕對沒選對。

「巴克絲特總督察。」喬伊笑著走進瑪姬家的走廊，手裡拿著法醫工具箱。「要不是我早就知道，還以爲妳在躲我呢。」

「你錯了。」巴克絲特告訴他。「我就是在躲你。」

喬伊發出一聲貓叫聲，跟著她上樓。

「妳不必抗拒自己的感情。」他說。「我們都曉得我們之間有些什麼。」

「我們之間的東西可多了……我想，就保持這樣吧。」

「可是我讓妳卸下心防了。」他微笑。「我看得出來。」

他們進入未裝潢的空房間，克里斯丁已經在裡面等待。

「打擾了，老先生。」喬伊說著，將工具箱放在地上，顯然沒認出倫敦警察廳的廳長。

他們背後傳來匆匆上樓的沉重腳步聲，接著沃夫出現在門口，手裡拿著手機。

「還在試著聯絡第一位抵達犯罪現場的警員。」他宣告，走到房間中央。「所以，我目前的想法是……凶手——」

「可能的凶手。」克里斯丁指出。

「……當時剛開槍殺死芬利。他在樓下看到瑪姬的照片，屋子裡到處都是她的東西，所以知道很快就會有人回家。他……把槍擦乾淨，放在芬利手中，調整姿勢，布置成自殺的樣子。他——」

「或她，你這個性別歧視的渾蛋。」巴克絲特插嘴。

「……關上門……沿著門框弄上一整瓶封水膠……爬進木板下的隔間，把鬆動的木板拉到他或她的頭上，然後等待。」沃夫看起來在自己的想像中迷失了一會。

「你好啊。」喬伊微笑道。

「是。嗨。」沃夫分神回答。「所以，你們覺得呢？」

克里斯丁一臉狐疑，更別提巴克絲特了。

「我覺得你忘了某件事。」克里斯丁說。「他傳給我的訊息。很可能就是遺言。」

「你說他前幾分鐘還有試著打電話給你？」沃夫說。

「沒錯。」

「也許他是打去求救——」

克里斯丁看起來很難受：「別跟我說這個。」

「……然後情況變得更危急，他不得不打無聲報警電話。」

「他真的有可能在過程中停下來傳訊息給我嗎？」

「也許。」巴克絲特喃喃地說，盯著四周。「如果他確定自己必死無疑。」

他們三人陷入沉默，喬伊渾然不覺地打開他那箱玩具，發出噪音。

「好。你們幫我準備了什麼呢？」他穿上一整套拋棄式工作服、拉緊面罩的鬆緊帶之後說道，還哀怨地看了不需要用到的髮網一眼。他打開手電筒，往前趴下，頭伸進木板下方。「噢耶！肯定是血！」他宣布，然後用手往克里斯丁的方向瞎比劃。「手術刀……手術刀！」他因為廳長沒照他的指示動作而改用吼的。

克里斯丁顯然想說些什麼，但還是把對方要求的東西交到那隻揮來揮去的手上。

「箱子！」喬伊命令道。

克里斯丁再度不情願地照辦。

他們聽見證物箱扣上的聲音。喬伊把箱子交還給克里斯丁，人卻沒有爬出來。

「中了！看起來像手銬痕跡！」他毫無必要地大喊。「沒錯，肯定有人待在這裡過。找到毛髮了……或者是布料的纖維。」他爬出來，把口罩拉到光禿發亮的頭上。「桑德斯和艾德蒙斯今天在哪？」

「去蘇格蘭拿舊案件的資料。」沃夫回答。「怎麼了？」

「我需要你們每個人的DNA樣本，好開始排除證據。」他解釋。「越快越好。」

巴克絲特的電話響了起來。她低頭看了螢幕一眼：

☎來電

荷莉（獸醫／騷貨好友）

她可能得修改一下。

巴克絲特匆忙地來到樓梯間，接起電話。

「嘿。現在有點忙。一切都還好嗎？」巴克絲特問，謹慎地選擇用詞。「他怎麼了……好，妳冷靜。對……我會盡快過去。好。掰掰。」

她回到屋內時，所有人都等著她。

「妳沒事吧？」沃夫問。

「出了點事。」她邊收東西邊告訴他們。

「比這個還重要的事？」沃夫質疑。

「嗯哼。」她走向門口時回應。

「反正這可能會花上我一些時間。」喬伊試圖想緩和室內逐漸形成的緊繃氣氛。

「而且……」克里斯丁提醒沃夫，「你得去參加那個記者會。」

他們的發現爲他額外爭取了一些時間，也促使凡妮塔要正式宣布沃夫參與該案的消息。她認爲「顧問」這個詞足夠模糊，能涵蓋他們前所未有、錯綜複雜且必然充滿爭議的協議，便決定搶在媒體張牙舞爪之前先發制人。

「我很樂意留下來陪瑪姬一會。」克里斯丁補上一句。

可以想見，案情的新進展對瑪姬是最難以承受的，這種情況大家都不想留她獨自一人。

「你不用去記者會嗎？」巴克絲特在門口停下問道。

「這個傢伙為什麼要去？」喬伊疑惑。

「這場是凡妮塔的個人秀。」克里斯丁不理他，逕自說道。「她喜聞樂見……而且，她說的會是我叫她說的內容。」

「我再問一次。」喬伊開口，十分合理地一臉不自在。「這傢伙為什麼要去？」

「您先請，廳長先生，長官。」喬伊滿臉燦笑，站在樓梯底端，帶了更多裝備。

巴克絲特向瑪姬道別以後，從廚房走出來。

「天殺的，妳總可以先警告我一下吧！」喬伊在她經過時用氣音說。他站得直挺挺的，克里斯丁踏下最後一階樓梯時，他行了個禮。沃夫緊跟在後。「佛克斯。」他以職業性的態度頷首道。

「實驗室宅。」

喬伊退回去工作時，克里斯丁送他們出去，針對不該在媒體面前說的話給了沃夫幾句最後的忠告。

他們三人踏入室外的一片寒冷之中。

「今天麻煩你關照她了。」沃夫停下腳步想跟克里斯丁講話。

「你要搭便車去局裡，沃夫，我們現在就要走了。」巴克絲特邁步走向車子，對他喊道。

「我會的。」克里斯丁向他保證。「你最好快走吧。」

沃夫匆忙跟在巴克絲特後面，克里斯丁的身影消失，回到屋內，關上背後的門。

「該死！」沃夫一打開副駕駛座的門便說，看著巴克絲特哼氣時冒出的白煙。

「現在又怎樣？」

「大衣忘了。」

巴克絲特翻翻白眼，爬進車裡發動引擎。

「妳可不可以等——」沃夫才開口，就被加速駛離的車噴了一身髒雪。她開過轉角，副駕駛座的車門一甩就關上了。這股似曾相識感真是令人難以招架，他擦擦溼掉的褲子，沿著步道往回走。

他朝門把伸出手，卻被堅實的前門狠狠撞個正著。

「嗚！」他埋怨，揉著頭。克里斯丁又出現在門口。沃夫頭還有點暈，過了一會才說：「我忘了我的——」

克里斯丁面帶微笑，把那件飽經風霜的黑色大衣遞給他。

「在這。」

安潔雅．霍爾對著一號攝影機微笑，近乎看不清的幾道身影在遠處的陰影中流連。攝影棚的照射燈再度大放光明，「播出中」的燈號便黯淡下去，原本靜默的觀眾又瞬間陷入狂熱。

「麻煩哪個人去把那臺爛提詞機修好？」她大發牢騷，沒有特定的對象。

她灌下剩餘的冷咖啡，從主播臺後起身，一團髮膠迎面噴來，可能來自她的造型師。造型師對於「他們」引領風潮的紅金髮處理之慎重，彷彿面對的是雕塑名作。兩者的價值可能眞的差不多吧，畢竟安潔雅的髮型可是在一夜之間將她從「知名主播」昇華成「時尚界代表」。

「接下來換誰？」她問一旁忙碌的助理。

「某個主教，來討善款重建聖保羅大教堂。」

她忍住呵欠。「那個開發商叫什麼名字？」安潔雅問。「那個想把教堂剩餘部分拆掉，改成蓋辦公大樓的？」

「哈蒙德。」

「對。我們也把他找來吧。『上帝對上渾球』應該至少可以多娛樂大家幾分鐘。」

工作人員已經在爲下一段訪談做準備了。安潔雅挪到一旁，讓同事在攝影機前就位。那名臉色嚴峻的女人一入座，就被人拿粉撲熱情招呼。

「那麼，妳打算從哪個角度切入？」她問，一邊不太雅觀地擠眉弄眼。兩人對彼此甚無好感，但是都欣賞對方的犀利無情。「孤狼重返獵場？狼王回歸？」

「我不知道妳在講什麼。」

對方的眼睛一亮，她的職業使命正是告訴別人他們原本不知道的事。「妳的前夫。他回來了。有人看到他與廳長和艾蜜莉．巴克絲特在馬斯威爾丘那邊。」

「馬斯威爾丘？」安潔雅知道了他的去處，抓起包包。「我得走了。」

「妳四點鐘和伊萊賈要開會。」助理提醒她。

「改排別的時間。」

「那麼『上帝對上渾球』呢？」

「我會趕回來的。」安潔雅向她保證，同時穿上外套。「噢，還有，叫吉姆畫一張毫無靈魂的辦公隔間，上頭是廊柱大廳……還要一張上帝坐在頂樓的辦公桌邊。這樣應該就成了。」她微笑道，匆匆趕出去。

天空下著滂沱大雨。

石製十字架矗立如林，巴克絲特迷失在其中，穿梭於一排排長滿青苔的天使雕像之間，尋找羅歇、荷莉，或者只求找到車子。她腳下的土地逐漸融解。

即使撇開最近發生的事件，也沒有幾個地方比暴風雨中的墓園更讓她敬而遠之。

她差一點點就在水窪裡掉了一隻靴子，正挫敗地要踹上一座墓碑時，猛然醒悟這樣太逞強了。她環顧四周想辨清自己的所在位置時，發現一個披著斗篷的高大身影站在幾排墓地以外，一股席捲而來的非理性衝動令她想躲藏起來。

「該長大了，巴克絲特。」她對自己咕噥著。然而，她要去叫人的時候卻遲疑了，心裡納悶爲什麼會有人頂著冰寒的冷雨站在那邊。

她警戒地走近，試圖回想荷莉的穿著，啪噠踩過墳墓之間的泥巴。她放慢腳步，那道身影在視線邊緣忽隱忽現，儘管大雨傾盆，讓她連眼睛都幾乎張不開，對方仍然靜立不動。

分心的巴克絲特滑了一跤，摔在地上，距離陌生人只有幾公尺遠。

片刻驚慌一閃而過，她發現那個長袍男子是石頭做的，懸在其中一座墳墓上方——精確描繪了絕望的概念。它空蕩的斗篷令人看得入迷，原本應該屬於臉龐的位置只有深而黑的空洞，彷彿裡面的雕像掙脫了。她往更深處凝視，確信她能看得出一對眼睛的輪廓——

「艾蜜莉？」

巴克絲特驚叫一聲。

荷莉叫得更大聲。

「老天爺啊！」巴克絲特按著心口喘氣道。

荷莉發出一陣焦慮的笑聲，對她伸出一隻手。「我想，我以前都沒聽過妳尖叫呢。」她說著，將巴克絲特從地上拉起來。

「我只是眞的、眞的很不喜歡天使。」

「我找到她們了……不是他。」看見朋友的臉上掠過一抹滿懷希望的神色，荷莉迅速補上一句。

兩人走了過去，巴克絲特一隻眼睛仍盯著長袍造型的雕像，她跟隨荷莉穿過一排樸素的石碑，造型一致的大理石板上刻著簡潔的銘文。她們停在中間一處最簡樸的墓地：

蘇菲・羅歇

31/07/1982–07/07/2007

&

愛莉・羅歇

08/01/2001–07/07/2007

我的一切。

有那麼一分鐘，兩人都靜默不語，碑銘上刻的四個字，比所有的天使雕像和裝飾十字架加起來更熱烈地宣誓了愛與失落。有一把新鮮的花束，花瓣如血般流入大雨中，旁邊是一隻小小的海象布偶，顯然跟企鵝佛朗基是同個系列的玩具。

「他來過這裡。」荷莉說。「今天是她的生日。」

巴克絲特沒有發現。自從芬利死了之後，她就失去了時間感。這一切感覺就只像一場漫長的噩夢。她對羅歇曾經懷有的憤怒，在下一個心跳的瞬間便煙消雲散。

「來吧。」她說。「我知道他在哪裡。」

車裡的暖氣開到最強，巴克絲特駕車帶她們往破敗的市區外圍駛去。她訝異荷莉竟說對了墓園的事，訝異她竟然一直都知道。她太分神於同步發生的其他事件，而沒注意到羅歇跟她的老同學逐漸親近起來。現在想來，是很明顯——荷莉未經預告就出現在她的公寓，發現他失蹤時嗓音中的驚恐，還有，她總是化著不適合工作場合的妝。

巴克絲特在心裡又寫了一條備忘，要在手機裡修改她這朋友的聯絡人名稱。

她很高興他們相處愉快，但考慮到他們剛經歷過的種種，她懷疑羅歇能不能滿足荷莉所尋求的事物。

「他快死了，艾蜜莉。」荷莉說得突然。「我每天都看著情況逐漸惡化。我們必須送他去醫院。」

巴克絲特這才意識到她們自從離開墓園，就沒有對彼此說過任何一句話。她瞥向她的朋友，金色短髮造型仍一如往常地完美，反觀她自己，看起來像隻溺水的老鼠。

「我們還可以試別種抗生素嗎？」

「要是感染演變成敗血症，全世界的抗生素都救不了他。」荷莉堅定地告訴她。「我們現在講的可是血液中毒。」

「我認識一個……護理師。」巴克絲特原本不願把瑪姬牽扯進來，但現在想來，照顧羅歇也許能讓瑪姬轉移注意力。

「不。」荷莉提高聲音。「聽著，我們是朋友，我可能還比其他人更怕妳一點——」

「誰怕我了？」

「……但妳這樣是在害死他。」她不管巴克絲特臉上的表情，繼續說。「羅歇兩個星期前就準備要自首了。是妳的自私在阻擋他。」

「我是在試著保護他！」

「不，妳是抓住他不放，這是不同的。我寧願他被關，也不要這樣。」

「妳有去過監獄嗎？」巴克絲特用說教的口吻問道。

「沒去過。」荷莉承認，她們逃出了令人心情低落的大街，車速終於快了一點。「但我去過墓園。」

她們將車停在荒廢的羅歇家舊宅外，夜幕已黑，雨勢卻仍然沒有歇息的跡象。巴克絲特帶路走上通往屋子的陡峭車道。她上次造訪後，這裡多裝了一扇堅固的金屬門，第一組毫無創意的塗鴉像個黑點，宣示不久後就會將這處被人遺忘的物業給整個占領。荷莉以蔓生的常春藤作爲遮蔽，推動被擋住的入口。門一甩而開，讓她驚訝了一下。

「我去檢查後面。」巴克絲特說。

巴克絲特從垃圾桶之間閃身而過，沿著陰暗的通道走向屋子側邊，踏入變成野地的後院，一盞溫暖的燈光從小木屋的塑膠窗戶透出來。她鬆了一口氣似地微笑，越過高高的雜草，彎下身避開門廊，在朽壞變形的門上敲了敲，然後進去。

羅歇看起來徹底脫力，坐著將頭靠在牆壁上。灰色的鬍碴讓他看起來老了許多，爲了降溫，他解開襯衫鈕釦，露出無數傷口中的一小片。

「嗨。」他疲憊地打招呼。

巴克絲特在雨中拉上門，拖著腳步走進這間空蕩蕩的房間，同時試圖避開火光搖曳的蠟燭。短暫的目視搜索後，她找了個舒適的位置，伸過去捏捏羅歇的手。「你這混帳。」

他笑了，痛得按住胸口。

「如果你有開口，我今天會帶你來這裡……你知道的，對吧？」她說，明白表示她知道這個日子的意義。

雨勢加劇了。單薄的屋頂聽起來快撐不住。

「妳要忙的事已經夠多了。」羅歇說。

下次她要告訴羅歇，他知道的還不到一半呢……還有，沃夫一直是對的。

「荷莉在這。」她透露。「在屋子裡。你知道她喜歡你，對不對？」

羅歇沒有回應，試圖坐起身時臉孔扭曲。

「別動。」巴克絲特對他說，但他勉強自己挺直身子，對上她的眼神。

「我實在很抱歉。」

「爲什麼？」

「爲了一切……讓我們惹上這團亂……變成妳這麼沉重的負擔……爲了所有的事。」

「艾蜜莉？」荷莉從外面的院子喚道。

「在裡面！」巴克絲特大聲回應，爬過去把門推開，然後在她膽敢用力的限度內把羅歇盡可能抱緊：「你不是負擔。我們是一起的。你不用爲了任何事道歉……不用。」

11

二〇一六年一月八日，星期五

下午五點二十三分

安潔雅買下店裡最貴的花束，卻忘了花還得塞進她那輛淺藍色的保時捷副駕駛座。她把上面那張平庸得像在侮辱人的慰問小卡拿掉，帶著花到門前，按下門鈴。

燈亮了。腳步聲逐漸接近。

「嗨，瑪姬。」她微笑，捕捉到對方訝異的神情。

「安潔雅！」瑪姬驚呼，熱切得過頭。

「送給妳的。」

「眞美。妳不進來避避雨嗎？」

那束花宛如一座連根拔起的花園，瑪姬奮力讓它通過門口，帶路走進廚房。她按下水壺燒水，在水槽邊著手整理鮮花。「我今天正想給妳寫封短信……爲妳寄的卡片……道謝。」

安潔雅在工作時，一個叫湯瑪士·艾寇克的人傳了訊息給她，此人負責了聯絡芬利眾多親友的艱鉅任務。自從芬利五十五歲生日宴會上的那樁事件之後，她已經好幾年沒見到沃夫的這位導師，但她一直跟他和瑪姬相處融洽，聽到噩耗時也是發自內心地哀傷難過。她隨手寫了張不太特別但溫暖體貼的短箋，連同她的個人聯絡資料一起夾進卡片裡。

瑪姬的倒影映在陰暗的窗戶上，看起來憂心煩亂。她在花瓶裡裝水，但接著又關上水龍頭，在抹布上擦擦手，轉過去對著她意外的訪客說：「原諒我這麼問，但妳是以朋友的身分來這裡……還是記者？」

「朋友。」安潔雅誠摯地回答。

這對瑪姬而言就足夠了：「抱歉。」

「別抱歉。我甚至很驚訝妳願意讓我進門呢。」

「妳在找威爾嗎？」

「是的。他來過嗎？」

「來過。可是，他兩、三個小時前走了。」

「他……」安潔雅有些遲疑，意識到她近期的背叛之舉讓她失去探問權。「他還好嗎？」

這個問題難以回答。瑪姬不記得沃夫有哪段時間沒被某種個人或職業上的災難糾纏。

她聳聳肩：「就是威爾嘛。」

這個答案竟似乎給了安潔雅一些安慰。

她們在舒適的廚房裡邊喝茶邊聊天，瑪姬一度崩潰，透露警方已不再將她丈夫的死定調爲自殺。

「誰會想要傷害芬利呢？」她淚眼汪汪，迷惑地問著。

二十分鐘後，安潔雅認知到自己必須回去了。她伸手越過桌面，握住瑪姬的手。「我能做些什麼嗎？」

瑪姬搖搖頭，正要婉拒時，心中掠過一個念頭。

「什麼事？」安潔雅問她。「任何事都行。」

「威爾。」

「他怎麼樣？」

「他需要我們幫忙。」

「他恨我。」

「他永遠不會恨你。」瑪姬笑著說。

安潔雅保持禮貌，沒再爭辯。

「他們都以爲我聽不到他們談話。」瑪姬告訴她。「但我聽得到。這一切一結束，威爾就要直接進監獄了。我們來試著阻止這件事，好嗎？」她淘氣地提議。

「妳聽起來好像有計畫了？」

瑪姬發出不置可否的聲音。

「我還是懷疑他永遠不會原諒我。」

瑪姬安撫地拍拍她的手臂：「聽聽老人家的智慧：一段友情能夠承受多少風雨，會讓妳大大意外。」

「我似乎又小看你了，佛克斯。」凡妮塔說。兩人正等著進入記者會，她檢查著牙齒上有沒有沾到唇膏。「你一直都是對的。」

他沒回答，並不覺得這有什麼好慶祝的。他往會場瞄了一眼，室內塞滿了毫無熱情的記者，被派來報導警察廳這位渴望上鏡的指揮官要發布的某項無聊公告。

凡妮塔用拇指抹掉粉紅色的線痕，撥了撥她黑緞般的秀髮。「我看起來如何？」

這感覺是個大哉問，沃夫繼續沉默。

「謝謝。」凡妮塔微笑，顯然幻想出一句讚美。「你準備好了嗎？」

「我想是吧。」

「佛克斯，這是我的拿手本事。」她沾沾自喜地對他說。「如果我做得沒錯，我在提問時間開始前，就會斷了他們可能想到的所有切入路徑。就像風滾草過境。那麼……你準備好了嗎？」她又問了一次，彷彿她剛剛發表的是美國運動電影裡，中場休息時的庸俗信心喊話。

沃夫聳聳肩：「我想是吧。」

凡妮塔洩氣了。「你褲襠拉鍊沒拉。」她告訴他，然後一把推開門，邁著自信的步伐走了進去。

一個亂按快門的攝影師拍下了沃夫在拉拉鍊的照片，然後這位二度捲入醜聞的前警探閒散地緩步走向前臺。

他走過時，群眾中開始有人認出他：「是威廉．佛克斯！」

沃夫將自己的目光鎖定在凡妮塔身邊的空座位上。

「他不是應該上手銬嗎？」有人問。

他努力克制衝動，別用他沒上銬的手對那個多嘴的女人比中指。

「他胖一點的時候性感多了。」全是男性的第一排座位有人補了一句。

沃夫被自己的腳絆到，踉蹌地就定位入座，記者們拿著各種攝錄器材高舉過頭，宛如搖滾演唱會上的螢光棒。

凡妮塔清了清喉嚨，感謝媒體在如此匆促的安排下到場參加，接著展開精心編寫的宣言：

「……退休偵查佐芬利．蕭的死亡，目前已被視爲可疑案件處理，這起表面跡象看似自殺的事件，有全新的證據出現……」

不管是隱瞞芬利的身分，或是他貌似自殺的事實，都沒有太大意義。沃夫、巴克絲特和廳長在他家外面的照片已經流傳開來，也代表鄰居都被媒體找過了，毫無疑問，每個人都表示了他們對瑪姬的忠誠具有多少價值。

「當然，你們之中許多人知道，蕭偵查佐對於調查布娃娃謀殺案的貢獻。」凡妮塔繼續說，更接近了他們的主題——亦即沃夫爲何在她身旁。

「他這個老傻瓜，我們還得用消防車把他從屋頂上救下來呢。」沃夫嗤笑著加上一句。

採訪記者中傳來咯咯笑聲。

「安靜。」頓失地位的凡妮塔重新掌控全場。現在每一雙眼睛都盯著沃夫，她判斷在此時做總結再好不過了：「調查期間，威廉．佛克斯會在顧問的權限內與倫敦警察廳合作，藉由他的專業能力以及與被害人的長年相處，確保調查行動能迅速有所結果。如今已經證實的是，他的參與發揮了莫大的價值。」

眾人開始嚷著要提問，但凡妮塔的發言壓過他們。

「在此同時，針對前警探佛克斯過去一年半的動向，我們無法做細部的討論。」

群眾發出了不滿的咕噥聲。

「我們有一樁調查行動正在進行，不容冒險！」她得用吼的才能讓人聽得見。她接著對上了沃夫的視線：「請放心，我們不久後就會提供完整詳實且開誠布公的說明。」她回望室內。「請各位記得這點。有任何問題嗎？」

在場每一個人的手都舉了起來。

沃夫忘了有支麥克風直指著他的臉，壓低聲音咒罵……卻透過擴音系統大聲地傳了出去。

「老天！」踏進克里斯丁辦公室的門之後，凡妮塔倒抽了一口氣。「你嚇死我了。我以爲你下班回去了。」

克里斯丁揉了揉眼睛，開始翻著抽屜找衛生紙。

凡妮塔從手提包裡抽出一張，往他的方向走去。

「謝謝。」他接過衛生紙擦拭眼睛。他發現她的目光落在辦公桌上散置的那些褪色拍立得照片，便拿起一張遞給她。「那是我……右邊那個。」他說。

她抬起眉毛：「眞不錯的馬尾。」

「時代不同了。」克里斯丁笑道。「左邊那是老芬，樣子還是一樣稱頭，站在我們中間的那個是他太太，瑪姬。」

凡妮塔微笑著把照片還給他。

「我……我只能說，今天充滿挑戰。」他坦承。

「他是你的朋友。」凡妮塔對他說理。「我呢，並不是。所以，我可能不是跟你談這個話題的最佳對象。」

「的確。」克里斯丁坐直身子。

當初，在布娃娃謀殺案後的組織重整中，凡妮塔俐落地除掉了上一個坐在廳長位子的人，有意自己爭取此位，這並不是祕密。

「也許你該要休假幾天。」她半開玩笑地提議。「爲克里斯丁考慮考慮。讓他退下來休息一下。」

「噢，吉娜，那樣我會太想念妳緊咬著我不放的刺激感。」他對她咧嘴而笑。「記者會進行得如何？」

「大致如同預期。」

「呃，那麼糟啊？」

她把帶來的檔案扔進他的文件櫃，朝門口走去。「晚安。」她說。「還有，小心一點。」

「我們現在要直白地威脅對方了嗎？」克里斯丁問。「我肯定是錯過了這條備忘錄。」

她轉身回去面對他。「其實正好相反。有某個相當聰明，顯然也非常危險的傢伙，大費周章地把蕭的死僞裝成自殺。我們剛公開宣示了正在追捕這個人，一個根本沒有想過要逃的人。誰知道對方會如何回應？」

克里斯丁一臉煩心。

凡妮塔對他報以微笑：「好吧，晚安囉！」

沃夫逗留在破敗的外帶餐廳外頭，咬了一口披薩。對街有一塊大型廣告看板，在陰冷的背景中打上了耀眼的燈光：

布娃娃殺手

以狼制狼

二月二十八日星期天晚間八點首播

光是這張海報，就顯示出製作團隊做了些自由發揮。舉例來說，沃夫看起來被重新設定成男模，身穿午夜藍的西裝，而從西裝底下兩塊幾乎要破衣而出的突起看來，他們也把胸前的脂肪堆積改造成肌肉。一個相貌剽悍的女人站在一邊，雙臂交疊，背對著他；另一邊則是一位紅髮美女，也擺出相同的姿勢。

沃夫在心中暗記，要在播出時間以前入獄。他朝著帕丁頓—格林警局的方向漫步而行。有人歡迎他「回家」，將他送進已經關滿今晚第一批酒後鬥毆者的牢房中。他關上身後的門，發現他新熨好的襯衫掛著。喬治甚至幫他整裡了一下環境清潔。

他無法把自己的電視改編版甩出腦海，便放棄最後一片披薩，改做了七又四分之一下伏地挺身。接著，他拖著拉伸後的肌肉，走到鏡子前。再也毋需偽裝的他，用手指爬梳過參差不齊的鬍子，拿起了刮鬍刀。

桑德斯在轉成靜音的電視機前睡著了，他的椅子旁邊放著三個空啤酒罐，以及證明他在晚間十一點去過漢堡王的證物。

這一天，他和艾德蒙斯淪為快遞員，搭了兩次飛機、通過三次安檢，為了拿到達爾馬諾克警局總部逐漸解體的證物箱，和蘇格蘭所有値勤的關務人員都鬧得不愉快。受到沃夫發現的新證據所激勵，艾德蒙斯提議他們該利用這趟旅程，去訪談其中一件舊案的兩名關係人。那兩名不願合作的男子沒有給他們任何有價値的資訊，浪費的時間導致他們錯過了預定的回程班機。

凌晨三點過後不久，桑德斯在睡夢中翻來覆去，窗外每當有人回家就會觸發的安全感應燈亮了。一陣輕輕的碎裂聲傳來，然後是玻璃碎片撒在柏油路面的聲音。他呻吟著起身，差點踩到空罐扭傷腳踝，拖著蹣跚步伐走向窗邊，發抖著往外望向共用停車場內他視線所及的範圍，吐息噴霧了玻璃。他正要回到椅子上時，一陣警報聲大響，橘色的燈光閃過潮溼的地面。

「別又來了！」他嘆道，從檯面上抓起鑰匙，跑到走廊，拿著一根板球棍防身。

只穿著襪子、四角褲和T恤的桑德斯快步下樓，衝進室外一片寒氣中。原來是他的車子發出警報，但停車場並沒有人跡。他解除警報，戒愼地走近，注意到駕駛座的地板有閃光。置物抽屜大大敞開，裡面的東西散落在座椅上，導航裝置不見了。他眞蠢，竟然把導航裝置留在看得到的地方，送艾德蒙斯回家之後，他累到無法好好思考了。

三更半夜的，他也沒辦法做什麼，逐一檢查了車門。接著他發現，後車廂是開的。

「混帳。」他對自己喃喃低語，把後車廂關好，回床上去了。

12

二〇一六年一月九日，星期六
早上七點五十三分

不論巴克絲特多少次要求湯瑪士轉到別的新聞臺，安潔雅．霍爾那張完美得無懈可擊、該死的臉，似乎就是離不開他們的電視螢幕。她進廚房的途中拿了遙控器，拇指懸在「電源」鍵上，此時她注意到那個女人身上穿的黃色T恤。巴克絲特的衣櫥深處，也埋著一件一模一樣的衣服：

放狼出籠！

正在緩慢進行的是一名無聊政治人物的訪談，顯然這位知名主播正再次操控輿論，就如同幾年前爲了替沃夫爭取自由與復職而發起的那場運動——在火葬殺手最後一次出擊的那個早晨，沃夫的輕率行爲原本已注定遭受制裁，卻因媒體大肆宣傳此事，讓他在一夕之間搖身變成了絕望的英雄。司法系統敗壞至此，讓一個殘暴的連環殺手溜出手掌心，引起了大眾的不平之鳴，當權者也不得不低頭，「重新評估」他們的定位。這場行動將沃夫描繪成一位眞正替人民奮鬥的戰士。

然而，巴克絲特知道，真相落在兩造之間的灰色地帶。

「早安。」湯瑪士在門口微笑著說。

他還穿著睡衣和可笑的保暖室內靴。巴克絲特關掉電視，接過他端來的咖啡，陪他一起待在廚房裡。

「我真的遲到了。」她放下咖啡，在前一晚脫鞋的地方穿上靴子。

「那是妳本來想辭掉的工作。」湯瑪士指出，把一個法式巧克力麵包捧到她面前。

她看都沒看就咬了一口。

「我看到佛克斯回來了。」他告訴她，並在她的黑咖啡裡放了根吸管。

「對啊。」她扣好外套，吸了一大口咖啡。「我正打算跟你說。」

湯瑪士輕輕帶過：「妳沒事吧？」

對於和沃夫複雜的關係，她從沒跟湯瑪士說過謊，但也絕對沒跟他交代完整的故事。

「我很好。」她邊說邊站起身，在他的臉頰輕啄一下。

出門的路上，她發現又有一個包裝精美的盒子加入了聖誕樹下堆積成塔的禮物。

「我在想，今天要把頂端的樹枝修剪掉。」湯瑪士發現她在看，便這麼說道。「它開始有味道了。」

「明天如何？」她建議。

他的臉上露出大大的笑容：「聖誕節終於來了嗎？」

巴克絲特忍不住也微笑了。她點點頭。

「晚餐吃烤雞?」湯瑪士問。

「聽起來很不錯。」

「看《聖誕快樂又瘋狂2》?」他興奮地在她背後喊著。

「只要可以接著看《小鬼當家》就好。」她喊回去,打開前門。

「我要邀我媽來嗎?」

「不要!」

在工作現場,沃夫隨時都得有人陪同。所幸他跟桑德斯同一時間抵達倫敦警察廳。桑德斯放人進去,護送沃夫穿過大廳時,他的搭檔剛好走過來。

「還好吧,老兄?」桑德斯大聲嚷嚷。「有沒有想我?」

「你不在嗎?」布雷克問他,停下來閒聊。「還眞沒發現咧。」他轉向沃夫,點頭作爲招呼。「芬利的事,我眞的很遺憾。」他說著伸出手。

沃夫握握他的手,把剛拿到的那張彩色便利貼放進口袋。

桑德斯抬起眉毛:「我會想知道嗎?」

布雷克轉向他:「恐怕不會。」

鑑識實驗室裡有一股不安的氛圍,沃夫、巴克絲特、艾德蒙斯、克里斯丁和桑德斯都在等喬伊回來。他們朋友的屍體就在這個房間的某處,藏在某一扇制式的冰櫃門後,這項事實令他們無法忽視。

巴克絲特不由自主地將眼神轉回沃夫身上。他看起來跟前一天的樣子判若兩人：鬍子刮得乾淨，穿著一件鈕釦沒有繃緊的俐落白襯衫。他看起來像是她所記得的、很久以前的那個沃夫……在布娃娃謀殺案以前……在火葬殺手以前……在一切尚未錯得無法挽回以前。

她發現沃夫往下看著一張顏色鮮豔的紙條，但沒有多問，反而將注意力轉向桑德斯。即使以他的標準而言，他今天的狀態都相當不佳。

「你看起來糟透了。」

「昨晚沒睡好。」他打了個呵欠，眼睛下方還有暗沉的眼袋。「車子又被砸了。」巴克絲特張口，打算說些什麼。

「別擔心。」桑德斯告訴她。「我放艾德蒙斯下車時，他把證物箱全都拿走了。」

「好吧，這倒是令人欣慰。」一直在聽的克里斯丁說。

「我的車窗不會因爲這樣就修好，導航裝置也找不回來。」桑德斯指出。「但我很高興你們覺得開心。」

門猛然打開，喬伊走進來，放下他的裝備：

「歡迎、歡迎！」他熱切地招呼眾人。「我需要好心的各位讓我刮一下口腔內膜、採集一下指紋。但首先要說呢：這眞是有趣的一晚……」

他趕忙跑到一臺擺在一堆列印文件旁的筆電前。

「我找到了地板下血跡的匹配結果。」

「已經找到了？」艾德蒙斯有些詫異。

「對。因爲血是芬利的。」

克里斯丁清了清喉嚨：「那這點如何能幫助我們呢？」

「其實沒有眞正的幫助。」喬伊接著承認。「不過，乾黏在血跡上的布料纖維並非來自芬利死時身上穿的任何衣物。」

「那麼……」克里斯丁開口，試圖理解這古怪的小個子爲何如此興奮。「你認爲，那是從其他人身上來的？」他指出明顯的事實。

「我是這麼認爲。」喬伊點頭，咧開嘴笑得像個瘋子。他已經在準備發表流程中的下一個發現了。「想想看：我們先前證實，某人可能跟芬利一起待在那個上鎖的房間裡，而且那個隱藏空間，在某個時間點可能躲了人。但是現在，我們知道某個衣服上沾了死者血液的人，曾經待在那個隱藏空間，並且可能跟芬利一起在密室裡……看得出差別嗎？」

五張茫然的臉孔，就是對他的回應。

「是有差別的。」喬伊向他們保證。

「我姑且扮演一下魔鬼代言人的角色。」克里斯丁說。「但有沒有可能，那個人依然還是芬利，只是在不同天穿了不同的衣服？也許是在裝修房間的時候穿的？」

「理論上有……但我不這麼想。」喬伊的回答沒有半點助益。「這就帶到了我的下一個重點。」他戴上拋棄式手套，將一把複製模型槍放到托盤上，尺寸跟芬利身旁發現的那把相仿。

「沃夫……」

「怎樣，實驗室宅？」

「可以請你來把槍拿起來嗎？」

沃夫依言走到喬伊那邊去。他的手指覆住槍柄，用另一隻手撐住槍的重量，調整位置，將手指放在扳機上。

「很棒。」喬伊微笑著說。「請放回托盤上……好。我們現在來看看。」

他關掉電燈，然後撥了一下紫外燈的開關，燈在他手裡嗡嗡作響，像光劍一樣。一群人擠到黑暗中的紫色光源旁邊。沃夫的指紋閃閃發亮，覆蓋了槍枝的握柄和槍管。

「到處都是，對吧？現在，來看看芬利的槍做完同一項測試之後的樣子。」喬伊將筆電轉向他們：一列相對整齊的指紋排在手把上，扳機則沾了一個被抹糊的局部指紋。「是只有我這麼覺得呢，還是這樣有點太過整齊了？」

「特別是對一個整晚都在大量飲酒的人來說。」艾德蒙斯指出。

「你一開始不是這樣想的。」巴克絲特指控似地對喬伊說。

「他或許就是那樣拿起槍，畢竟他是在密室裡被發現，這是最有可能的解釋。」喬伊聳聳肩。「可是，妳要我找出任何除此以外的可能，我想我就發揮智慧，提點別的意見。」

巴克絲特皺起眉頭，退回沉默不語的狀態。

「屍體也是一樣的狀況。」他繼續說，沒有察覺到聽眾的情緒因爲他冰冷無情的說法而緊繃起來。「那些輕微的外傷，原本只被當成ＤＩＹ工程造成的小傷，現在仍然可能只是ＤＩＹ造成的小傷。唯一值得注意的是鼻內軟骨創傷，但這點也毫無意義，因爲芬利的臉挨揍的次數，幾乎就跟桑德斯一樣多。」他笑著說。

其他人都沒有笑。

「總之，某人用相當傑出的手法掩蓋了行跡。這是一個命案現場，但我們目前所知，就只有這些了。我就攤牌吧：我不確定還會不會有更多發現。」

「不管手法傑不傑出，這都沒有改變任何事。」看著整個團隊沮喪的表情，沃夫對他們說。「我們就從一樣的點繼續進行：動機和凶槍。其他都不重要。」

離開倫敦警察廳之後，克里斯丁開車去馬斯威爾丘探視瑪姬。先前她表示，等調查一結束就賣掉房子，因爲她無法承受繼續留住，也無法像芬利設想的那樣，讓她的孫兒住進那個房間。克里斯丁答應，等時候到了，會幫她處理售屋，找新的住處安頓下來。接著，爲了想鼓舞她的精神，他做了「赫赫有名」的馬麥醬煎蛋捲，不可思議的是，這東西的味道比聽起來的還要恐怖。

「看來是不太喜歡？」克里斯丁把他廚藝大作的殘骸倒進垃圾桶裡時，瑪姬正在喝她的第三杯水。

「沒有的事。我只是沒辦法把那味道從嘴巴裡弄掉。」她笑著說。

「妳要知道，可是有不少幸運的小姐，早上是伴著那味道起床的呢。」

「有哪位小姐還想再嚐一次嗎？」

克里斯丁得要想一想：「既然妳提起了……」

瑪姬放聲大笑。

「我有東西要給你。」她告訴他，站起身沒入走廊。

片刻後，她拿回一個紙箱，箱子上有市警廳的警章，還用紅色大字印著「證物」。

「這是什麼？」克里斯丁皺著眉頭問。

「噢，別管箱子。老芬以前總是從辦公室拿這個回來，擺得整個車庫都是。只是一些舊照片，和他當警察用的東西，跟一點剪報。我想你可能會想留著。」

「妳確定嗎？」他接過箱子。

「這只是他的東西。」瑪姬說。「並不是他。」

中午十二點十四分，克里斯丁向瑪姬道別，帶著他那箱紀念品，步入室外陽光中。顯然有某位鄰居向媒體提供了線報換取五十鎊，因爲他的Lexus旁現在聚集了一小群記者。

他走近車子，勉強在臉上掛著微笑。

「廳長先生，案情目前有沒有任何突破？」

「你知道我現在不能談這個。」他輕笑，努力用單手打開後座車門。

「箱子裡是什麼？你們發現了更多證物嗎？」

「也許吧。」克里斯丁答。「借過。」他說著，擠過一位攝影師，打開駕駛座車門。

克里斯丁上車關門，啓動引擎後，降下車窗回答了記者的問題：「我說點話吧。我想……我想說，芬利生前是……他是我的……」

「廳長先生？」他話聲漸落，記者催問他。

「芬利命不該如此。」他空洞地說，被困在自己的思緒和對方的問題之間。「他和瑪姬都值得活得更精彩。那個害他送命的可悲懦夫，活該爲了自己的罪行烈火焚身，直到永遠……就這樣。」

克里斯丁當著那個記者驚呆的臉升上車窗，然後慢速駛離。

13

二〇一六年一月九日，星期六
中午十二點三十分

沃夫對著本田Civic的深色車窗檢視自己的映影。

他重看了一次布雷克幫他找到的地址，然後再度望向那棟簡潔俐落的公寓建築，心中充滿懷疑。大廳裡的管理員直盯著他，沃夫猶豫了二十分鐘，終於決定要採取行動。他拿著在加油站買的花束，從旋轉門進去，走到櫃檯。

「請找艾希莉·洛克蘭。」他偷看了那張揉縐的便利貼一眼。「一一四號。」

櫃檯後方的男子一臉不情願，拿起話筒的樣子像在舉鉛錘。

「叫什麼名字？」

沃夫上前回答，露出笑容：「佛克斯。就說是佛克斯。」

男子認出來者何人，坐挺身子敲下電話號碼，興奮地在這場布娃娃凶案倖存者大團圓戲碼中，扮演好他的小角色。

「恐怕沒有人在。」他告訴沃夫，如今他發現自己站在小有名氣的人面前，態度大幅改善。「不過……我其實不該跟你說的——」他偷偷摸摸地傾身靠在櫃檯上，「這條路走到底有一座遊樂場。你或許能在那裡找到他們。」

幸好這個人願意接受公車票價碼跟不大熱絡的自拍當作酬勞，沃夫謝過他，循著指示來到一座愜意的遊樂場入口。他心跳加快，開始四處徘徊、掃過爸爸媽媽們凍僵的臉孔，直到他看見她。針織帽底下的金色長髮落在肩膀上，完全跟他記憶中一樣美麗。她坐在長椅上，一名穿著有型的男子跟小男孩玩著轉圈圈，她看得笑出來。

「他很瘋的！」她用略帶愛丁堡腔的嗓音提醒那名男子。

沃夫從沒期待她會等他回來。他也沒有認眞渴望藉由這樣唐突的拜訪，來重燃他們短短幾天的戀情。他只是想要爲自己解釋，解釋爲什麼他沒有跟她聯絡。他覺得這是她應得的。

他舉步走上前。

艾希莉真心希望喬丹別吐在泰德的麂皮鞋面上，但她沒打算出手干涉。她從沒見過喬丹如此開心的模樣。

她將外套拉鍊拉到脖子上面，此時有人走到她身旁的垃圾桶。這個人停留得太久了點，顯得不太自然，於是她轉頭朝對方露出疑惑的微笑……

「媽咪！看！」喬丹大笑著，臉色看上去明顯不太妙。

「我知道，寶貝。我看著呢！」她喊回去。

她回頭看見一名身穿黑色大衣的高大男子離開，接著發現垃圾桶頂部冒出一把廉價花束。

這讓艾希莉想起了某件事……某個人……她忍不住笑了。

艾德蒙斯留下來，跟喬伊一起將五箱歸檔證物中的實體文件做整理標記。每封存一樣物品，喬伊就多一分興奮，後來乾脆將實驗室裡的各項設備全都打開來做測試，自己在機臺間跑來跑去。

艾德蒙斯的手機在口袋裡震動起來。他拿出來，看到湯瑪士的名字在螢幕上閃爍。被困在倫敦警察廳深處的他走到實驗室另一頭，曉得喬伊正聽著他說出的每一個字。

「嗨……不，不要緊……是？……是、是？……你什麼?!……今晚嗎？」

艾德蒙斯轉頭瞄了喬伊一眼，皺了皺眉頭。對方顯然沒打算掩飾偷聽的意圖，他只能盡量壓低聲音。

「這實在不太……時機實在不太對……是，我曉得……這我也知道。我現在只是覺得，這不是個好主意……是啊，嗯……掰。」

他低頭看著螢幕，搖了搖頭，回到座位上。過了一會，他再次拿起手機輸入一小段訊息：

對不起。我們可以晚點聊這件事嗎？

艾德蒙斯無視喬伊好奇探聽的眼神，試圖專注在工作上，但心思立刻回到那通電話，以及這逐漸迫近的又一樁慘劇。

「該死。」他悄聲說，揉了揉眼睛。

巴克絲特大半個下午都在陪羅歐玩「釣魚趣」。這款芬利最愛的紙牌遊戲，現在成了她每次拜訪的既定活動之一。也許這是她一廂情願，但羅歐看起來比較像以前的樣子了，所以她決定不要提起血液中毒、器官衰竭、十年牢獄之災等顯而易見的問題。離荷莉過來剩下一個多小時，她替他做了三明治，然後出發回家。

沃夫靠坐在瑪姬家正門的牆前，看著天空的色彩逐漸褪淡，車頭燈的亮光從轉角發出。那輛車直接停在門口，一名身穿破洞牛仔褲和運動鞋的年輕男子下了車。

「藍道警員？」沃夫有些沒把握。比起警察，他的樣子更像是個大學生。

「沒錯。」他微笑，上前和沃夫握手。

「感謝你休假日還來見我。我是威廉·佛克斯。」

「我知道您，長官。」

「我不會占用太多時間。方便帶我走一次你那夜抵達這裡後的動線嗎？一步一步來。」

「當然沒問題。」藍道愉快地說。「不過，我不確定除了筆錄裡的資訊外，我還能多告訴你什麼。」

沃夫聳聳肩：「試試無妨。」

「好吧，我當時是回應一通『緊急救難』的報警電話，把車子停在現在停的位置。」他領路走過花園步道。「樓上有燈亮著，所以我按了門鈴然後敲門。接著我從信箱報上身分。沒有人回應，我就試了一下門把，發現鎖上了。」

「確定是鎖著的？」

「沒錯，長官。後來我決定強行開門。」

「用了多大力氣開的？」

「就踢了一下。」藍道說，指了指門把下方的凹痕。

沃夫打開門，兩人走進了走廊。

「我又喊了一次，並檢查過一樓的每個房間，才往樓上移動。」

他們上樓時，木頭在腳下嘎吱作響。

「我先探頭查看每個門開著的房間，才發現這間鎖著。」

沃夫點點頭，推開門進到犯罪現場。藍道跟著進來，這位年輕人低頭，疑惑地盯著地板上暴露的小隔間。

「我們相信有人待在這裡過。」沃夫解釋道。「藍道？」

「我……我從來沒想過……」他的聲音弱了下來。

「沒人能想到。別擔心——你不會有麻煩。」沃夫向他保證。「接下來發生了什麼事？」

藍道閉上眼睛，試著回想。「我強行開門，看到屍體面朝下趴著，旁邊有槍。我……檢查脈搏，然後離開房間去做通報。」

「走一遍給我看。」

他們走回樓梯間，沃夫跟著他下樓到外頭的車子旁。

「我在這裡通報的。」

「門就像那樣開著？」沃夫問。

藍道點頭。

「你就一直待在這裡？」

「對。」

沃夫往回看向屋子。任誰都不可能掩人耳目地從正門逃跑。

「然後呢？」

「嗯……廳長就來了。」

「好。是從哪個方向？」

年輕男子指向路的尾端。

「他臉色很糟。一過來就只是問：『芬利？』然後我搖頭，他就跑進屋內。」

「你人在哪裡？」

「支援抵達以前都在這。」

「然後呢？」

「我們全都進去屋裡。」藍道回到走廊。「廳長坐在最上方的樓梯上，看起來非常驚恐。我帶他下來到廚房，問他要不要喝點什麼。他說不用，於是我檢查了每個房間、門口和窗戶……老實說，我只是不想礙到警探們做事。」

「有發現任何東西？」

「一切都正常。」

「鑰匙當時也像那樣，插在門鎖上？」沃夫問，朝後門示意。

「沒錯。肯定有上鎖，而且是從裡面拴上的。」

「車庫你也檢查了？」

「是的。」

沃夫搓著臉頰，想不到更多有意義的問題了。

「你眞的認爲這是謀殺？」藍道問他。

「對……我們這麼認爲。」

「這表示那個人在地板底下待了好幾個小時，對吧？」

沃夫露出困惑的神情，他還在把這些新資訊拼湊在一起。

「我沒見到任何人從正門離開。」藍道把思考的過程大聲說出來。「剩下的出口都是鎖著的。門從裡面上鎖，代表那個人肯定一直都在下面：從我強行進門，廳長跑進來，再到警探們……跟驗屍官。」

「卻沒留下任何證據。」沃夫喃喃地說，頭開始發疼。

「抱歉，你說什麼？」

「沒事。感謝你，藍道警員。你幫了很大的忙。」

14

二〇一六年一月九日，星期六
晚上八點〇五分

湯瑪士爲了他們這頓遲來的聖誕晚餐使出渾身解數。外面天色逐漸轉暗，伴隨著平．克勞斯貝和瑪莉亞．凱莉的背景音樂，他和巴克絲特喝了不少酒，吃得更多，還差點用爆竹把房子燒了。他們放棄清理廚房這個苦差事，換上睡衣，跟艾可窩在一起看電影。

湯瑪士起身，再度幫聖誕樹噴上消臭噴霧，枝條上的裝飾品也改爲車用芳香劑了。「拆禮物吧？」他滿懷希望地提議。

巴克絲特一躍而起。她暫停電影，斟滿兩人的杯子，在地板上就位，手伸向禮物堆上新添的那個包裝精美的盒子。

「也許該把這個留到最後喔。」湯瑪士建議道。

巴克絲特將它放到一旁，拆開另一個禮物。「《妙探尋兇》桌遊。」她語氣平板。

「沒錯。因爲……畢竟妳是警探嘛。」

她鼓勵似地點頭：「在舒適的家裡，就可以享受這份工作的一切樂趣呢。」

氣氛有點僵了。

「拆那個。」她跟他說。

「襪子！」

「送給你的腳丫子。」

「太棒了。換妳。」

「耳環！金耳環……跟我媽買給我的一樣。」

「妳可以拿去退，但我記得妳說妳把其中一只弄丟在雪裡了。」

「算是那一晚少數幾個正面結果之一。」巴克絲特喃喃說道。「噢，那個！」

湯瑪士撕開包裝紙，對一雙頗有品味的拖鞋皺眉。「妳爲什麼這麼討厭我的保暖靴?!」

如此進行了好一陣子。

一個路牌標示出艾坪森林的邊界，克里斯丁立刻感覺到自己放鬆下來。開車回家總是爲他帶來這樣的效果。這個小巧的市鎮坐落在蜿蜒錯縱的地鐵網絡最末端，是他的避難所，讓他能逃離首都那些充滿壓迫感的摩天大樓和擁擠街道。他造訪了他最喜歡的餐廳，在他習慣坐的那張桌獨自用餐，然後才啓程返回他那座有七間房的木造大宅，心裡後悔自己對一個本該十分簡單的問題做了極不專業的公開回應。

他在一處小圓環停下來，看到一對閃亮的頭燈在他後面暫停。他揮手爲自己無故停車致歉，打檔再度啓動車子。他知道自己開車不專心，努力要集中精神。他打方向燈左轉，路邊排列著陰暗的群樹，一道白光突然掃過儀表板，他後面的那輛車縮短了行車距離。克里斯丁皺起眉頭，稍微加速，但後照鏡裡那兩道刺眼如太陽的光源仍然跟隨在後，照得他目眩。

一輛車從另一個方向接近。

後面車輛加速逼近他的保險桿，然後超車，快速開走了。克里斯丁注意到，那是三菱的某款黑色卡車，但他看不出款式，也沒有理由或力氣去記下車牌號碼。他放緩車速，繼續走完他旅程中的最後幾分鐘。

克里斯丁停在他家門前的道路邊，按下電動車庫門開關，每一夜的標準行程在他經過鄰居闊氣的房子時完美結束。環繞式的燈光爬在牆壁和造景庭園上，在滿布星斗的天空下宛若藝術品，這是倫敦人少有機會欣賞的景致。

他轉動方向盤，開進車道，突然被淹沒在一陣強烈的白光中……

強力引擎的粗重鳴響和輪胎疾轉的尖銳聲音傳來，接著他感覺自己的頭衝撞上玻璃。車身搖晃，金屬碎片撒落路面，同時那輛黑色卡車倒退了幾公尺。

幾乎失去意識的克里斯丁被人拖下車，扔在兩輛車之間。暴力攻擊發生時，刺眼的頭燈模糊了他的視線。他被兩個看不清臉孔的人影從各個方向又踢又打，只能抱住頭縮成一團，祈求這一切結束。其中一個攻擊者踩腳踩他的胸口時，克里斯丁哭喊出聲，聽見自己的肋骨斷裂，意識到他們要置他於死地。他瘋狂地往外踢擊，總算是翻滾到卡車底下。有隻手試圖伸進來拉他，抓掉了他的一隻鞋子。

他對著溫熱的車架喘氣吐出白霧，看見一雙黑色靴子在卡車周圍繞圈。他們太有經驗，不會冒險讓別人聽到他們的聲音。他聽到他們用口哨對彼此吹出暗碼，其中一人去搜索他撞毀的車子，另一人爬回卡車上，發動引擎，放掉手煞車。

克里斯丁別無選擇，只能爬出去，踉蹌跑向開始緩緩關閉的車庫門。

卡車車門在他身後猛然甩上。

他聽見遠比自己更迅速的腳步聲追過來，情急之下撲身穿過逐漸變窄的空隙，沉重的大門旋即喀喀關上。

那道身影隔著欄杆看他，打量他們之間那堵普普通通的屏障，炫耀似地揮動一支輪胎撬棒。克里斯丁躺在離暴徒只有幾呎遠的地方，知道自己已無力反抗，如果他們選擇爬過來，他甚至不會嘗試逃跑。

藍色的閃光照亮了陰暗森林上方的天空。

那道身影也看見了，冷靜地對他的同伴吹口哨。兩道暗影爬回撞損的卡車上，猛力倒車。白光從克里斯丁身上退去，彷彿潮水落下。

卡車加速上路，紅色的尾燈在轉角消失，他躺下來等待救援，姑且讓自己相信無論如何會活過這一夜。他比過去任何時候都更認眞欣賞晶亮的繁星。

巴克絲特疑惑地低頭看著艾德蒙斯、緹雅和萊拉的全家福相框。她和湯瑪士決定休息一會，不再爲對方送的禮物爭論，改而談談別人送的。

「我怎麼會想要這個？」她問。「我又不是他奶奶。」

湯瑪士將禮物拿過去看了看，然後拉長了臉。「我是覺得這有一點……沒錯。」他投降，把它放下。

「我可以開這個了嗎?」她拿起那個由店家包裝的小禮物，儘管基於先前的開箱結果，她的期望並不高。「最後一個。」

「開吧。」

她小心解開緞帶，從包裝紙裡倒出一個小盒子。她困惑地打開盒蓋，然後對著盒中美麗的鑽戒倒抽了一口氣。她沒有發現湯瑪士單膝跪下，製造了一陣尖銳的碎裂聲，艾德蒙斯的全家福可能被他壓在膝下。他溫柔地拿過盒子，取出戒指。她則目瞪口呆地望著他。

「艾蜜莉・蘿倫・巴克絲特……我從來不曾像跟妳在一起的這九個月，那麼擔憂、無力、焦躁，覺得自己多餘又沒用。我想要下半輩子都這麼過……妳願意嫁給我嗎?」

巴克絲特當場愣住了。

湯瑪士竭力維持他充滿希望的笑容，原因之一是他的膝蓋開始刺痛。難道艾德蒙斯說對了嗎?艾德蒙斯花了將近一個小時試圖勸阻他的求婚計畫，解釋巴克絲特對這個舉動的解讀跟他不會相同，她會視爲額外的壓力，添在她已經十分可觀的一連串重擔上。

她的手機響了。

巴克絲特猛地站起來，走去廚房，湯瑪士則保持著屈膝的姿勢耐心等待。

「我是巴克絲特……該死!他還——我馬上到。」

她回到客廳，尷尬地低頭對著男友微笑。

「我，嗯……我得走了。但……你知道的……謝謝。」

她十分慷慨地對他比出兩個大拇指，然後就衝上樓換衣服了。

15

二〇一六年一月九日，星期六
晚上九點三十九分

「放狼出籠喔，老兄！」某個垃圾傢伙在沃夫衝過喬治國王醫院大門、沿著指示前往急診室時吼道。

他在那裡撞見瑪姬。瑪姬一見他來便上前擁抱他，明顯已經哭了一陣子。

「他狀況如何？妳說他被……攻擊？」沃夫問。

她點頭，把他帶到一排閒置的座椅。「他會沒事的。斷了幾根肋骨，還有頭部遭到重擊。剩下就是擦傷和瘀青……很多擦傷和瘀青。」她說明了情況，顯然還未恢復鎮定。

「我們能見他嗎？」沃夫問。

「他們說等一下會讓我進去。」

沃夫緊握她的手，坐進不太舒服的座椅，準備度過一晚。

巴克絲特和桑德斯坐在沃夫兩側。兩人看著靜音的電視，臉上都掛著同樣慘澹空洞的表情，瑪姬獲准進去探視克里斯丁幾分鐘。廳長住宅外發生的事件細節及時登上ＢＢＣ晚間十點新聞。從對面某棟房子窗戶錄的手機影片，恰巧捕捉到救護車抵達後的幾分鐘：克里斯丁那輛Lexus幾乎面目全非，流到路面上的汽油，保存了胎痕。

「老天。」桑德斯喃喃說道。ＢＢＣ接著援引當天稍早拍攝的幾段影片：克里斯丁對殺害芬利的凶手做出廣爲流傳的表態前，正將一箱證物放入車後座的畫面。「典型的媒體作風……製造問題……再拍下後果。」

沃夫跟巴克絲特都沒回應，甚至沒注意到他開口。

「我去打電話給艾德蒙斯。」巴克絲特起身跟其他人說道。她並不想要艾德蒙斯覺得自己也得來醫院等候室陪他們過夜。畢竟他已經不是警探了，她也曉得這個案子已經占用太多他跟家人相處的時間。

「嘿。」等巴克絲特離開視線範圍後，桑德斯低聲說。「沃夫？沃夫！」他推了推他好引起注意。

「幹麼？」

「你還好吧？」

「嗯……只是……在想事情。」

「我不想在其他人面前提這件事。」桑德斯傾身過來，打開話匣子。「就是啊，我花了大半個下午，想釐清芬利過世那晚發生的事件經過。」

「是被謀殺。」沃夫糾正他。

「是，被謀殺。我仔細翻過瑪姬和廳長的筆錄，然後——」他對於提起此事似乎略有罪惡感，「——有個小地方不一致。」

「繼續說。」

「計程車行那裡，沒有廳長半夜回去芬利家的紀錄。」

沃夫點頭，但沒有對這個消息表現出驚訝或憂慮。

「也許是叫了別家計程車。」桑德斯推測。「但我需要知道車行名稱。在這個階段還沒有辦法問他什麼問題，對吧？」

「我去跟他談。」沃夫說，無聲的電視上再次出現克里斯丁車子毀損的影像。「我們能弄到芬利報警的通話內容嗎？」

「那是無聲報案。」桑德斯說，彷彿他問了個蠢問題。

「我們可能得再確認一次。」

「我再想辦法。」桑德斯告訴他，垂下肩膀往後坐。

瑪姬確定沃夫會留在急診室之後，才答應讓桑德斯載她回家。去打電話的巴克絲特一直沒回來，他要求換到等待室裡比較安靜的角落，試著小睡一會。

一聲尖叫驚醒了他——跟雷歐·杜博斯和那些不受控的手下相處一年之後，這種事多少也習慣了。沃夫出於本能地舉起雙手保護頭部，他被同屆同學打得最慘的那次經歷，至今仍盤據在他的夢境中。

一名待產孕婦被驚慌的丈夫用輪椅推進來，迅速穿越一道道門。

沃夫看了看手錶，滿有把握他今晚睡了四十分鐘，接著站起來想伸伸腿。他在安靜的樓梯間迷失方向，一團團光暈堆聚在緊閉的門下。他四處閒晃，沒有遇到半個人，感覺就像累人的夜班結束後，看著日出灑過城市那樣平靜——彷彿看著一頭沉睡的猛獸。

經過禮拜堂門口時，他往裡頭瞄了一眼，很驚訝有道熟悉的身影坐在前排。

「巴克絲特？」他問道，在進入溫馨明亮的室內時禮貌地敲了敲門。

她摺起手中的破舊紙片，轉頭看向他。

「嗯？我沒事……」他沒有問話，但她如此回答。

沃夫皺著眉將門帶上，坐到她另一側的走道上，望著中間被釘在十字架上、等身比例的耶穌像。上帝之子被巴克絲特當成了練習靶，雕像底部累積了一堆小紙團。

「還以為妳走了。」他說。

「只是需要點時間思考。」她把臉埋在掌心，深深嘆了口氣。

「回家沒辦法思考？」

「回家沒辦法思考。」她回答。

沃夫點點頭，將視線拉回到立在他們面前的駭人雕像上。雕塑家在創作時想必認爲，有必要在這座消瘦的身軀上裝飾幾抹深色的血跡，才能更有效地彰顯全能的上帝做出了多少犧牲，世人又因此積欠了多少債——金屬長釘刺穿掌心、荊棘刺入肌膚，斷折的雙腿一起被釘在離地十二吋的位置。

凶手送來一則支離破碎的訊息——第一具布娃娃。

巴克絲特沒有動靜。

「要我給妳獨處的空間嗎？」沃夫問。

她抬起頭，朝他虛弱地微笑：「不用。」

感覺到對方並不排斥，他便從口袋裡拿出一堆星巴克收據。「打中頭得幾分？」

「五分。尿布算三分。」

「我想，那個叫腰布。」

巴克絲特做了個表情，表示她並不在乎，「如果你能把他的髮帶弄正，就算十分。」

「荊棘冠。」沃夫低聲說，揉著紙團做成子彈。「十分！」他在第三發時大叫出聲。

「你跟我坐在不一樣的角度。」巴克絲特不服輸地嗆道，「你作弊。」她起身來到走道，坐在堅硬的地板上。

她用視線對沃夫施以壓力。

「好吧……這樣公平了？」他問道，狹窄的走道空間被緊靠的兩人填滿，但巴克絲特沒有怨言，比賽安靜地繼續進行。

「妳覺得……妳覺得，我有可能當好一個……父親嗎？」他突然這麼問。艾希莉觀看那個噴了滿身有機香氛的混帳抱著她的七歲屁孩邊來邊去時，臉上的表情是那麼喜悅，在他腦中揮之不去。

「你想要聊這個？」巴克絲特問。「聽著，沃夫，我現在還很茫，而且就算是在狀況好些的時候，我的標準也已經夠低的了。」

她別過臉去，丟出另一個紙團，沃夫仔細地審視她。這句隨口拋出的意見，或許是她講過最敏感的發言了，這讓他意識到自己離開的期間發生了多少改變，她又有了多少改變。

在這近得不自然的距離下，他能看見藏在她妝容底下的無數傷口，想到自己丟下她獨自面對，一股罪惡感便如常地在他體內翻攪。

「是啊。」他嘆口氣。「我也是。」

巴克絲特停下動作，轉而面向他。「你覺得我算得上半個合格的妻子嗎？」

可惜沃夫在想好該如何應對前，臉上驚恐的表情就先替他回答了。

「是吧。」巴克絲特苦笑。「我也不覺得。」

「提摩西求婚了？」

「是湯瑪士。」

「眞沒想到。提摩西有表示什麼嗎？」

「沒有提摩西這個人，只有湯瑪士。」

「而他求婚了？」沃夫聽起來頗驚訝。

「對。」

「跟妳求婚？」

「對。跟我！」她厲聲說道。「沃夫，你也許很難相信，但我其實非常樂於照顧人，也很好相處……你這王八蛋。」

沃夫感到有些受辱，丟出一個紙團：「三分！」

「那是大腿。」

「什麼?!」

「頂多只能算大腿上面一些。」

「妳跟我開玩笑？那百分之百絕對是神的罣丸！」

「隨便你。」巴克絲特讓步。「反正我也沒在計分。」

一切眞的都不同了。

「妳打算怎麼做？」沃夫問她。

「我完全不曉得。一切都好好的。全部都是。我不明白他為何要……」她聲音漸歇，然後搖頭。「大家的生活都這麼複雜嗎？」

沃夫聳聳肩，他的肩膀抵著她的。

「記得有一次，我跟錢伯斯聊到……」她緩緩開口，「夢想和渴望，以及對未來人生有什麼想像。」

沃夫沒有說話，有點訝異她會在他面前提起錢伯斯的名字。

「我大概說了什麼『時髦的新車跟給艾可的花園』之類的話。這不重要。但你知道他說什麼嗎？他在世界上最渴望的是什麼？」巴克絲特的雙眼因為沉浸在回憶中而閃閃發光。「平凡無趣的日子。就這樣。他只想要一段簡單、平凡的人生，可以他媽的好好睡過一夜而不被噩夢驚醒，心無旁騖地好好跟伊芙說一次話。當時我覺得這眞蠢。」

剩下的紙團從她手中落在地上。遊戲結束了。

「世上沒有什麼幸福結局。」她做出結論，盯著占據禮拜堂的犯罪現場。「對我們這種人來說，對錢伯斯和伊芙來說，甚至對芬利來說。」她哭了起來。「瑪姬的人生都毀了。我們還能有什麼希望？」

沃夫牽起她的手，緊緊握住。

「我們被詛咒了。」她輕聲說。「我們的生命就是死亡與痛苦，我們就該孤老一生。」

她放聲大哭，沃夫伸出雙臂緊緊環抱住她。

「妳沒有被詛咒。」他溫柔地告訴她。「妳是我這世界上最喜歡的人，妳選擇了這充滿死亡與痛苦的一生，是爲了拯救其他人，因爲妳比其他所有人加起來都還堅強。而當妳的職責終了，妳和我們任何人一樣，都值得擁有妳的完美結局。」

巴克絲特扭開身。她一邊在口袋裡翻找面紙，一邊抬頭對沃夫露出笑容。她看上去亂糟糟又無比美麗：哭暈的眼妝，亂髮散落在背上，鮮紅的唇在她穩定呼吸時微微張開……

被吸引住的沃夫傾身過去，完全沒意識到自己的動作……

巴克絲特的手肘精準命中，毫無疑問該得三分，他痛得雙眼噴淚。

「搞什麼，沃夫?!」她大吼起身，沃夫側身翻滾。

「對不起。」他皺眉，撐起身子。「妳跟提摩西在一起。」

「是湯瑪士！」

「我們可以忘了這件事嗎？我剛剛被沖昏頭了，妳看起來又美麗又難過，而且……我跟妳道歉。」

「我們才剛講完那些事！」她沒打算讓他毀了她獨自建立起的人生。

「我覺得我要吐了。」沃夫依舊痛苦地扭動著，一邊提醒她。

「你……離開了……我！」巴克絲特受傷地說。「你並不想要我。」

他一臉困惑。

「超過一年的時間，沃夫！」

「我們談過這個了。」他試著坐起身。「我有想要回來。」

「狗屁。你就是太沒種，不敢面對自己幹的好事。」

「不是那樣。」

「在此同時，芬利被人謀殺。我經歷一場活生生的噩夢，幾乎撐不下去。而你在哪？你躲了起來。你又有什麼難關要克服？」

沃夫艱難地起身：「如果我能回來找你，我會。」

「老實說，我才不相信你說的——你在做什麼？」

他開始解開襯衫的釦子。

「沃夫？」

他把襯衫從肩膀褪下，丟到地上，然後轉身背對她。

她倒抽了一口氣。

他的皮膚滿是紫色與青色的色塊，側腰上一大片細碎的傷口，皮膚被磨得粗硬。另一邊的身側有一道不太整齊、而且顯然早該拆線的縫針。在他背部正中央，有一個眼熟的烙印：

L.A.D.

雷歐．安東．杜博斯的私有財產，被烙印的皮膚焦黑壞死——用來提醒那些忘了自己該效忠誰的人。

「如果我能回來找妳，我會。」沃夫再說了一次，轉身朝她露出悲傷的微笑。「死亡與痛苦，是吧？」

巴克絲特緩緩朝他走去。

「該死。」她屏息說道。

「我知道。」他不自在地說，捲曲的頭垂到眼前，下巴滿是一整天沒刮的鬍碴。

「你聞起來很香。」她告訴他，聲音有些顫抖。

「喬治給了我幾瓶潤膚乳。」

「喬治是誰？」

「現在別管他。」

她深吸一口氣，接著卻後退離開他：「我要走了。」

「好。」

她拿起包包，走了五步後停下來：「該死！」

沃夫困惑地望著她轉身朝他大步走來。

「該死！該死！該死！」兩人視線交會，她因爲天人交戰而露出痛苦的神情。

沃夫緊張地回以微笑。

「不行。你知道嗎？不行！」她堅決地說。她轉過身往門口衝去，沃夫彎下身撿起扔在地上的襯衫。

「該死。」

他還沒站直，巴克絲特便往他撲來，修長的雙腿纏繞在他腰際，飢渴地親吻他，他踉蹌著往後撞到雕像，它危險地搖晃……然後在一陣巨響之下翻倒。

兩人都僵住了，恰巧看見耶穌的頭顱滾到一排長椅下方。

「這不是什麼凶兆吧？」沃夫問道，仍沒放開她。

「才不。」她溫暖的喘息落在他臉上。

她將他的下巴轉過來，吻上他的嘴唇，他將她輕輕推倒在禮拜堂的地上。

巴克絲特把雷瑟尼爾・麥斯的黑大衣拉到肩膀上。

過了一會，她睜開眼睛，坐挺身子。沃夫在她身旁輕輕打呼。

「不！」她倒抽了一口氣，從臨時的被單下鑽出來，在三排座椅之外找回她不知怎麼會掉在那裡的內衣。

走廊傳來人聲和床輪滾動的噪音，她盡可能迅速把衣服穿上。她跨過斷頭的耶穌，拿起包包從門口溜走。她遮住清晨的微光，沿著前一晚的路線經過急診等候室，來到停車場。

「艾蜜莉！」有個聲音從後面叫住她。「艾蜜莉！」

她轉身看見瑪姬跟著她到外頭，迅速用還能動的手指整理打結的髮絲，卻對暈開的睫毛膏無能爲力。

「瑪姬！」她熱情地予以回應。

她的朋友上下打量她：「妳還好嗎，親愛的？」

「我？沒事。」巴克絲特露齒一笑，牙齒上也有口紅的痕跡。

「我只是……希望妳不介意我這樣說，但妳看起來好狼狽。」巴克絲特沒有回應，於是瑪姬轉移話題。「妳有見到威廉嗎？」

「沒，沒看到他。」

「他跟我保證會留下來的。」瑪姬有點受傷地說。

「不是……他確實有留下來。但……」

「但……妳沒看到他。」瑪姬心領神會地替她說完。

「沒錯。」巴克絲特回答，像在出庭受審一樣。

「妳知道到妳的上衣前襟開了一半嗎？」

巴克絲特低頭看看自己匆促著裝的慘況，嘆了口氣。

「來吧。」瑪姬說著，帶她離開出入口。她替巴克絲特扣好上衣，清掉她臉上花得最嚴重的睫毛膏，並試圖處理她打結的頭髮。

「我覺得我犯了天大的錯誤。」巴克絲特輕聲說，視線失焦在遠處。

「除非妳當時並不想要，那它就是錯誤。」瑪姬點出事實，同時用溼紙巾跟備用梳處理她的頭髮，達成了奇蹟般的效果。

「我毀了一切。」

「好了！」瑪姬欣賞著她的傑作。「真美！」她一隻手搭在巴克絲特的手臂上，要巴克絲放心。「生命太短暫了，沒時間後悔。如果湯瑪士愛妳，他會原諒妳。如果妳跟威廉該在一起，那你們已經踏出第一步了。」

「但湯瑪士……妳沒見過他。他待我和善、耐心、大方，又很帥氣；他當過Littlewoods網站型錄的模特兒……而且他很和善……」

「妳已經說過了。」

「我應該怎麼辦？」

「我恐怕幫不上忙。」

巴克絲特看起來備受打擊。

「等時機到了。」瑪姬跟她保證，「妳就會知道要怎麼做。聽起來很蠢，我跟芬利有過這樣的時刻，稍縱即逝但無比肯定的一刻……那一刻會來臨的。」

16

一九七九年十一月十六日，星期五
晚上九點十八分

「酒保！」克里斯丁在布里奇蓋特的克萊德船酒館裡隔空喊道。「繼續送酒來！」吧檯後方那位粗獷的蘇格蘭男子搖了搖頭。

「好吧、好吧。」克里斯丁哼了一聲，大動作從皮夾裡抽出一疊鈔票，搖搖晃晃地走向吧檯。他輕蔑地把那疊錢摔到男子面前：「也請在場的每個王八蛋都喝一杯！」他的喊話在熱鬧的酒吧中引來熱烈的掌聲，他對全場揮手鞠躬。

「你還記得曾叫我在你犯蠢的時候提醒你吧？」芬利悄聲問他。「你現在就是在犯蠢。」

克里斯丁醉醺醺地對著朋友咧嘴笑，捏捏他鬆垮的臉頰。「放輕鬆嘛！我們在慶祝！順便跟你說，你挺帥的。」他點點頭，注意到芬利爲了這個場合努力穿了襯衫。他又點了一根菸，然後走開了。

芬利嘆了口氣，跟著搭檔回到煙霧瀰漫的室內那屬於他們的角落，瑪姬和她的五位同事正享受著整個格拉斯哥警局搶劫組全心全意的關注。

克里斯丁推開他的同事，重回他在瑪姬身旁的位子。「看起來你該再點一杯了。」他一邊說，一邊指向在他暫離時陪著瑪姬的法蘭奇。

「你要請客嗎？」

「不要。」

瑪姬左右的兩個人繃緊了神經。

「看起來你也該再點一杯。」她對克里斯丁說，他困惑地看著面前那杯半滿的苦啤酒。瑪姬拿走他手中的酒杯，頭一仰，五口乾完整杯。

「好樣的！」克里斯丁鼓掌，菸灰落了她一身。「幹。對不起！」他伸手想去擦。

「沒關係。」瑪姬微笑著說，離席去清理她最心愛的洋裝。

芬利看著她穿出人群走進女廁，發現她頭髮上綁著一個藍色蝴蝶結，顏色跟她的眸色一模一樣。他的視線越過撞球桌望向克里斯丁，她離席期間，他開始逗她最漂亮的朋友開心，儘管喝醉了，還是不費吹灰之力就迷倒對方。芬利看著她的手不斷找藉口碰觸克里斯丁的臂膀，突然清晰地察覺到自己周圍的空缺。

「嗨，英雄。」

芬利轉過身，發現瑪姬滿臉笑容面對著他。

她那個朋友發出一陣穿透性的尖銳笑聲，半間酒吧的人都往那裡看去。他們在玩某種罰酒遊戲，克里斯丁雙手環著她的腰。

瑪姬皺著眉頭。

「他……他今天特別……他今天晚上比較惹人討厭。」芬利試著為朋友開脫。要努力避免罵髒話真是累人。

「沒關係。」瑪姬轉回來面對他。「我寧願跟你講話。」

十分鐘後，克里斯丁又喝完一杯酒、抽了兩根菸，手臂上還讓人寫了電話號碼。他好奇瑪姬上哪裡去了，跌跌撞撞走過室內，看到她在點唱機旁和芬利站在一起。

「妳在這啊！」他燦笑。「有沒有人要再喝一杯？」

「我們不用了，謝謝你。」瑪姬回答，並舉起杯子。「芬利剛請了我一杯。」

克里斯丁有點迷惑，搖晃著走向吧檯。

「好傢伙，來一杯威士忌。」他對酒保說，此時點唱機發出更換唱片的聲響。「眞是首好歌！」他突然大叫，將酒一飲而盡，接著踉踉蹌蹌地走來找瑪姬。「妳非得跟我跳舞不可。」

「我在和芬利說話呢。」她微笑道。

「是啊，但這是……我的愛歌耶。」

「她說不了。」芬利告訴他，表情傳達出警告意味。

克里斯丁舉起雙手投降，轉身要走開，但抓住了瑪姬的一邊手腕。「來嘛！」

「不，克里斯丁！」

芬利移步到她身邊……

「克里斯丁，你弄痛我了！」

……然後強行把他推向吧檯，吸引了酒吧裡所有人的注意。

「去外面打，小子。」酒保命令道。

「不用。」芬利說，他和克里斯丁緊鎖著彼此的視線。「我朋友只是多喝了點。我們沒事了，對吧？」

克里斯丁從口袋裡又拿出一根菸點燃。

「對吧？」芬利重複一次。

「對。」他聳肩，轉頭對目睹他公開挨罵的同事們露出笑容。「反正我本來就不是眞的想和那個賤人跳舞。」

芬利從來沒有打人打得這麼用力，克里斯丁倒在桌子上後重新爬起來時，表情驚駭不已。他抹抹下巴，撿起地上的菸，抓了一張翻倒的吧檯椅衝過去撞倒芬利，同事們紛紛趕來把他們拉開。法蘭奇把威克的酒潑到克里斯丁和剛剛跟他聊天的護理師身上，克里斯丁改對他出手，引發第二場打鬥，使得店家介入了。

「我要叫警察了！」酒保大吼。

「我們就是警察，渾蛋！」有人告訴他。

又一張吧檯椅飛過酒吧，砸碎了玻璃層架和上面放的所有東西，芬利此時掙扎著起身，用一記把克里斯丁打昏的左勾拳結束這場鬥毆。

「你就是學不乖。」他對他意識不清的朋友說。

芬利頂著血淋淋的鼻子走回去找瑪姬，對她伸出手。她試探地將手放在他掌中，兩人快步跑出彩繪玻璃門，進入十一月寒涼的夜色中。

芬利在鹽市街的公廁清理完之後，以他微薄的財力招待瑪姬在鎮上玩了一夜。他們搭計程車，不知用什麼方法說服了海岸餐廳繼續爲他們提供甜點。他帶她去衛星城跳舞，稍後陪她沿著河岸走回家時，還把自己的外套給她。

他們終於抵達瑪姬分租房門前，黑暗的街道上只有這一戶的窗子亮著，她的朋友們熬夜在等她。芬利朝著其中一張往下望的氣憤臉孔揮揮手。

「那麼……」他尷尬地開口。

「那麼……」瑪姬微笑著說。

「撇開酒吧裡的打架不談，這眞是很棒的一晚。」

她靠過去吻了一下他的臉頰。「有件事情，我早些並不想告訴你，因爲我不想毀了我們這一晚，我玩得好開心。」

「所——以？」

「我過幾個星期就要換工作了。」瑪姬告訴他。

「不錯啊？」芬利點頭附和，放鬆了一些。

「在倫敦。」

「倫敦？」

「很抱歉沒有早一點說。」

芬利往下瞥視街道，看起來有點恍神。

「芬利？」

「跟我來。」他再度對她伸出手，帶她進了一間電話亭。

「我們這是在做什麼？」她問。

他撥了一個熟記於心的號碼，等待「嗶」聲響。「老大。我是芬利．蕭……」

「別打給你老大！」瑪姬驚恐地悄聲說道，想搶下話筒。

「……我要辭職了。聽到留言請打給我。」他準備把話筒掛回去，但停下了動作：「對了，我要搬去倫敦……是爲了一個女孩子。」

他掛斷電話。

「芬利，你瘋了嗎?!」

他轉向她。「聽我說，我不希望妳覺得我帶給妳壓力，我不知道我們之間會不會有發展，我也不了解倫敦，不曉得我在那邊有沒有工作可做。」他解釋著，努力將他的感受化爲言語，「我只知道，妳値得我冒這個險。」

17

二〇一六年一月十日，星期日
早上九點十分

巴克絲特仍舊坐在湯瑪士的淋浴間地上，手裡緊緊握著他給她的戒指。熱水迎頭打下的刺痛感似乎磨鈍了那些她還沒準備好面對的思緒。她待了四十分鐘，手指都發皺了，湯瑪士兩度過來敲門關心。

她起身轉動水龍頭，溼潤的皮膚感覺到空氣中的涼意。不出幾秒，她的思緒就再度開始飛快運轉，讓她無法承受，於是又將水龍頭轉往反方向，想逼退那股躁動，一直到她只聽得見雨般落下的水聲。

「放狼出籠喔，老兄！」

「那傢伙還在啊？」沃夫皺著眉頭說，他和瑪姬正前往急診室。

他們得知克里斯丁已被移送到私人病房，獲知早餐時間過後便可以進去探視他，院方勸他們自行去販賣部先吃點早餐。沃夫問過瑪姬，她爲何一直掛著那彷彿抹不掉的狡黠微笑，但她只答說她很慶幸克里斯丁的狀況逐漸好轉了。

他們進入狹窄的病房。沃夫的臉上擺出的輕鬆表情，淡化了廳長所受攻擊的嚴重程度。想到自己第一次在鏡子前檢查傷勢時的戒慎恐懼，他能夠感同身受。不過，克里斯丁的心情似乎不錯。他們三個聊了十五分鐘，瑪姬又找到了更多的老照片，帶來給他們當消遣。

「瑪姬，我不想無禮……」沃夫開口。

「但是你們男人有警察的公務要討論。」她幫他說完，聽起來對於自己每次都被趕離現場有點心生厭倦。

沃夫內疚地點頭。

「不用多說啦。」她起身。「我會待在等候室。」

她小心擁抱了克里斯丁一下便出去了，留他們獨處。

「有消息嗎？」克里斯丁滿懷希望地問。他的一隻眼睛腫得睜不開，身上還有安全氣囊造成的擦傷。

「沒有新消息。」沃夫回答。「誰負責調查你遭遇的攻擊事件？」

「他們留了張名片。」克里斯丁指向床頭櫃。

「我會去聯絡。」

「拜託你了……但我想，這不是需要請瑪姬迴避的原因，對吧？」

「不是。」沃夫承認。「桑德斯還沒能跟計程車行查到你離開芬利家的紀錄。也許你叫的是別家的車，跟你在筆錄裡提到的不同，或者——」

「是的。可以先這樣嗎？」克里斯丁打斷他，瞥向敞開的房門。

沃夫起身把門關上。

「是我一廂情願地希望這件事不會浮出水面。」克里斯丁解釋。「我是自己開車的。」

沃夫看起來對這個答案並不意外。

「天曉得我那天晚上超速了多少。」他繼續說。「我看到那封簡訊就慌了，想也沒想，立刻就跳上車。威爾，你就自己判斷該怎麼處理這項資訊……顯然我並不在最好的狀態。」

沃夫考慮了一下，然後站起身。

「是別家計程車行。」他下了結論，扣起大衣。「跟我想的一樣。」

聽見車門關上，巴克絲特整個人緊繃起來。

她把咖啡杯往右推了幾吋，然後又決定她比較喜歡原本的位置，把它移了回來。她坐得直挺，凝視著前門，一段紅髮艾德的〈樂高小屋〉亂唱版愈來愈大聲。

「啵啊啊啊！」湯瑪士發出抖音，在門墊上蹭了蹭鞋底，放下鑰匙，然後才發現她坐在那兒。「妳回家了！妳一定會很高興，聖誕樹弄走了。」他閉上眼睛，貪婪地深吸一口氣。「聞聞這清新的──我想，艾可大概便便了。」

沒錯。

湯瑪士走過喋喋不休的電視機，在巴克絲特額頭上一吻，她動也沒動地接受了。

「喝咖啡嗎？」她提議。

「噢，該死。」他在桌邊坐下。「怎麼了？」他甚至還沒脫下風衣，就伸出手握住她的手，但她慢慢從他的掌心滑開。「艾蜜莉，發生什麼事？」

巴克絲特清了清喉嚨。「你知道嗎，我們都有過那種人？」她語焉不詳地開始說，看起來一臉不舒服。「那個人？那個錯過的人？」

「我……我想是吧。」他回答，現在他臉上也鏡射著同樣的不適神情。

「就像你跟我說過的那個大學時代的女孩。」巴克絲特說，試圖回想那段故事。「叫潔瑪什麼的？」

「潔瑪．霍蘭！」湯瑪士點頭，無法再維持臉上的笑容。

「對。就算你現在和我在一起，我們有了屬於我們的……關係，如果她這一秒就走進那扇門，你想你會有什麼感覺？」

「我滿確定她現在是個男生了。」湯瑪士說。

巴克絲特哼了哼聲。「好吧。這例子很爛。但是，威廉．佛克斯……沃夫……他就是我『錯過的人』。」她解釋著，對上他的眼神。「而我昨天沒有回家的原因是——」她做了一個深呼吸，穩住自己，「——我跟他在一起。」

湯瑪士一臉困惑。

「我說的『在一起』，是聖經裡的那種意思。」她說明。

「我不認為有這種說法。」

「好吧。可是——」

「妳要說的是『認識』吧。」

「我不認為現在這點有什麼重要。」

「對。」他表示同意，神情茫然失措。「不重要。」

「我可以列給你一堆爛藉口，說我被你的求婚嚇壞了，或是昨晚喝太多了。我可以怪罪上個月以來發生的所有事情把我的頭腦搞得不對勁。但那些都只是藉口。」

電視裡傳來不合時宜的歡樂廣告歌曲，湯瑪士點點頭。

「我開始收拾東西了。」她繼續說，並把戒指盒擺在桌上，推過去給他。「我猜你會想把這個拿回去。」

他低頭看著盒子，然後抬頭看她：「那麼，就這樣了嗎？」

「呃，我只是覺得——」

「別推到我身上。我說想要跟妳一起過下半輩子，是認真的。如果那不是妳要的，那麼妳就該成為斬斷關係的那一方。抱歉。」他說著站起身。

「你要去哪？」

「出門。」湯瑪士走到沙發邊，整個人完全是冷靜自制的典範。下一個廣告比上一段更令人難以忍受，於是他拿起遙控器。

「出門去哪？」

「散步。」他失神地回應，按著似乎毫無作用的按鈕。最後，索性把那個黑色小方塊丟向螢幕，看起來是達到了效果。「抱歉。」他對驚呆的巴克絲特又說了一次，走出大門時，電視仍在發出電流的吱吱聲。

沃夫總算進了淋浴間洗澡，這對他而言是好消息，對其他人來說更是。他和桑德斯被攔截了，那天下午就去和負責調查克里斯丁遇襲的艾薩克斯警局警探會面。這起犯罪事件的受害者竟是倫敦警察廳廳長本人，著實令人震驚，但不可否認的是，這點的用處也相當之大。那位警探不遺餘力地爲他們效勞，拚命想要幫忙，而且對於其他警察部門參與他的調查工作，表現得興奮不已。

可是，一夜過去，仍然沒有多少線索好報告。有人發現那輛三菱卡車被棄置在哈特菲的小徑旁燒燬，鑑識人員正在拆解殘骸。鄰居用手機錄的影片經過畫質強化後，可以肯定的只有那兩人絕對是男性，身高超過六呎，肌肉發達且經驗豐富，有清理行跡的反偵察能力。殘餘的碎片已全都蒐集完畢，帶回編目歸檔。

沃夫身上的味道好聞了些，他在腰間圍著一條浴巾，半裸著身子大步走過帕丁頓—格林警局，到他的牢房裡過夜。

艾德蒙斯就著一盞用膠帶固定在除草機頂端的故障檯燈工作，完全失去了時間感。他留緹雅和萊拉去看週日下午的電影，自己退守回院子繼續工作。他草草寫了張字條提醒自己：要申請關於造船廠倉庫那個幫派的其他檔案。當時緝毒組領導了另一樁完全獨立的調查行動，他相信這和他們現在的調查有直接關連。他往後仰、伸伸懶腰，關節發出令人滿足的喀喀聲，這時，屋裡傳來一聲尖叫。

他踢開凳子，一股腦衝出門，跑過陰暗的花圃。

「艾利克斯！艾利克斯！」緹雅叫道，開了廚房的燈，萊拉則在她的懷裡哭號。

他一趕到後門就了解她如此警戒的原因：他們之間的油氈地板上有泥濘又潮溼的靴子鞋印，從客廳進入，好整以暇地繞了廚房一圈，然後離開。

「有人闖進屋子裡了！」她喘著氣說，同時搖晃萊拉作爲安撫。

「待在這裡。」艾德蒙斯告訴她，並打開廚具抽屜，找到了一把刀。

他踏出門口，看到闖入者的路線繞過未婚妻和女兒睡的沙發，讓他感到生理上的不適。他注意到空氣中瀰蔓著一股奇怪的氣味，追著那串腳印衝上樓。他檢查過衣櫃，快步回到樓下，那股氣味變得更強了。他踏上走廊時，一陣冒泡的嘶嘶聲傳來。三箱證物被移動過位置，上下堆疊，看起來彷彿正在熔化。

他小心繞過那座正在崩解的小塔，靠邊而行，檢查右邊的浴室，然後來到前院。他沿著路邊慢跑，天寒地凍的街上沒有任何動靜。他站在那兒，凝視著一片黑暗整整一分鐘才回到屋內，踢翻那幾個箱子的殘骸，希望能搶救點什麼東西。最後，他趕回家人身旁，拿出手機，點選了巴克絲特的號碼。

喬伊蹲在艾德蒙斯家地板上那堆亂糟糟的黏稠物旁。桑德斯問：「是強酸？」

他晃了晃手中的瓶器，舉起來對著燈光檢視，液體漩渦慢慢變成紅色。

「噢，沒錯。」喬伊回答，重新站起來。

艾德蒙斯掛著嫌惡的表情：「那個人拿著這種東西在萊拉旁邊。」

沃夫驚愕地看著巴克絲特探過去握住艾德蒙斯的手。她到場時直接從他旁邊走過去，目前爲止都還在逃避和他視線接觸。

「她們去她媽媽家了嗎？」她問。

艾德蒙斯點頭。

「那麼，我們現在應該都覺得，我的車子被砸不只是單純的砸車，對吧？」桑德斯問。

「我……廳長……現在是艾德蒙斯。我們被鎖定了。」

「也就代表我們接近眞相了。」沃夫說。

「或者是接近停屍間了。」桑德斯咕噥。

每個人都對他皺起眉頭。

「幹麼？」他無辜地問。「只是講講而已。」他轉向巴克絲特，換了個話題：「沃夫說，昨晚實在是不怎麼樣。」

「噢噢噢噢！」艾德蒙斯在她的指甲刺進自己手掌時哀號抱怨。

「只是一直在等待永遠不會發生的事情。」他進一步說明，感覺周遭氣氛驟然改變。「很不舒服。」他補上一句，並不確定自己該不該繼續說。

「他跟你說什麼?!」巴克絲特問。這個時候，她肯定是跟沃夫有眼神接觸了。所有人都轉向桑德斯，但沒有人能確定他說錯了什麼話，他本人也不知道。

「呃。他說他想……打個瞌睡，但是沒辦法。」

巴克絲特憤慨地張著嘴。

「我想。」終於跟上進度的沃夫開口。「他指的是我們在等候室椅子上過夜的那次。」

「嗯……對啊。」桑德斯聳聳肩，頗爲困惑。

「喔。」巴克絲特嘆了口氣。「我沒有待整晚。」

「她離開的時候差不多是……」

「十一點？」她提示。

「……過兩分。」沃夫猛盯著她。「十一點過兩分。」

「你現在該不會是在監視我吧，還是怎樣？」巴克絲特發出假笑。

「天啊，才沒有！」沃夫回答，用史上最不自然的方式結束了這段對話。他不曉得到底有沒有「可疑的沉默」這種東西，如果有，他現在面對的一定就是。他迅速改變話題：「不知道箱子裡是什麼東西，那麼重要。」

喬伊從腮幫子呼出一口氣，看著腳邊那堆黏液，「很不幸，我們永遠不會知道了。」

18

一九七九年十一月五日，星期一
篝火之夜
晚上九點十四分

芬利重重倒在地上，手掌被水泥地刮傷，吸入肺部的煙幾乎令他窒息。他掙扎著想呼吸，溫暖的光芒籠罩在他身體的一側，同時感覺到第一陣刺痛感流過他的雙手。

「老芬！」克里斯丁在後方大叫，聲量越來越大：「老芬，給我起來！」

克里斯丁忙著處理自己負責的部分，搖搖晃晃地走過去：幾個裝滿好幾公斤灰白色粉末的袋子，被他丟上逐漸增高的小山。芬利跪坐起來，動身拿起散落在他身邊的袋子。

「還有多少？」芬利語無倫次地說，克里斯丁跑過來幫忙。

但克里斯丁沒有回答，逕自把自己拿起來的部分交給他。

「還有多少？」芬利又問了一次。

「我要再進去！」克里斯丁喊道，建築物遙遠的另一頭發生爆炸，他護起自己的雙眼。

「有多少?!」沒得到答案的芬利再次詢問，但他的夥伴已經往卸貨區跑回去了。「啊！」

他無助地做了個鬼臉，差點在堆放海洛因時跌進去。

芬利拖著疲憊不堪的身子，趕回去處理剩下的部分。他穿過變形的鐵捲門，繞過貨車殘骸，然後停下，難以理解眼前發生的事情：他站在金屬樓梯最下方的位置，克里斯丁本來在這裡把塞滿袋子的推車交給他……但眼前沒剩半個要搬的袋子。

推車消失了。

克里斯丁消失了。

「你這該死的白痴！」芬利啐道，他本來都要爬上陡峭的樓梯了，但最後還是轉身往火坑走回去。

涼爽的裝卸碼頭讓克里斯丁誤以為他們很安全。汗珠流入他的眼睛，他將平板推車推往走廊盡頭的濃煙之中，此時建築的金屬結構就好像巨型烤箱一樣。他經過最後面的門，高溫變得令人難以忍受，他考慮要回頭，但人已經來到房間，火勢也已在腦後。

他抵達目的地後，千辛萬苦地把推車拉過門口的屍體，貨物無意間掉落下來。

他進到房間裡，聽見加壓門在身後重重關上。

「媽的！」他大吼。

整面後牆都映著火光。他感覺自己的雙眼在燃燒。他用圍巾掩住口鼻，開始將堆疊整齊的鈔票丟到推車上。不到三十秒，他回到緊閉的出口。他雙手握上金屬門把，還沒反應過來，就先聽見皮膚發出的嘶聲。他痛哭出聲，回到火坑中，被橫跨天花板朝他竄來的火勢給震懾了。

他想到一個方法：拿出芬利交給他保管的手槍，瞄準一組鉸鏈……

「克里斯丁！」

「老芬！」他咳嗽出聲。「老芬，我被困住了！」

幾聲巨響傳來，芬利徒勞地嘗試從另一側開門。

「老芬，快點！」他絕望地呼喊，旋即困惑地看著受阻的逃生出口；他聽見空氣流竄時清楚的嘶嘶聲，感覺到一股暖流沖過耳梢。

他身後傳來猛烈的重擊聲。

克里斯丁轉身，定眼看見一名傷勢慘重的男子，年紀跟他相近，或更年輕。他衣著輕便，顯然是倉儲人員的一分子，而非參與這場愚蠢搶案的職業傭兵。陌生男子發現他站在那裡，看起來和他同樣吃驚。第一時間的驚嚇開始消退，他們看向彼此手上的槍，本能地舉起……

他們同時舉起武器。但克里斯丁搶先一步開槍。

一陣錯愕之後，他看著那名健壯的年輕男子往牆一倒，手上的槍跟著滑落到地面。

芬利在門的另一頭聽見槍響，發瘋似地喊著克里斯丁的名字。他發出一聲哭喊，終於成功徒手推開滾燙的金屬大門。芬利的視線從夥伴轉向他手中的武器，再到癱倒在牆邊的男子，一邊還努力撐住門。

「去檢查心跳！」他指示，克里斯丁只是茫然地站在那裡。「去看他是不是還活著！」他大吼，在門口調整位置並盡可能往屋內站。

克里斯丁丟下手槍衝到屍體旁，燃燒的天花板開始崩落。他發現陌生人正看著他，感到一陣反胃，因爲他已經做出決定了。他曉得芬利在看，放了兩根手指在男子喉嚨上，感覺到肌膚之下規律的節奏。

「對不起。」他低聲說，然後轉身跟他的夥伴說：「他死了！」

「那就過來！」這位蘇格蘭男子站在門邊喊。

「錢啊！」克里斯丁在他身後吼著。

「別管了！」

「老芬！」

「別管了！」

克里斯丁抓住推車手把，試圖以一己之力將它推過狹窄的出入口。

「老芬！幫個忙！」他拚命地拉，無法讓輪子跨過金屬門檻，兩疊鈔票從推車後方滑落，旋即被烈火吞噬。「老芬！」

芬利突然回到克里斯丁身邊，用粗厚的雙手握住金屬手把。接著兩人齊心給沉重的推車最後一拉，終於讓它離開這座火爐。

芬利站在岸邊看著煙火。

經過一連串擺姿勢拍照和自吹自擂，他看見克里斯丁獨自坐著，還無法控制自己包紮過的手。但芬利沒有過去找他。

他們的同僚正漫無目的地閒晃，以觀賞消防隊執行任務爲樂，或是欣賞四散在福特跑天下引擎蓋上的彈孔。至少在此刻，沒人意識到他跟克里斯丁私藏了什麼……幹了什麼好事。他從未跟大夥感到如此陌生，這些他共事多年的同僚；剎那間的決定就這樣改變一切。他後悔自己沒有讓大火吞噬推車就好，燒了它、燒了那些錢，連同罪惡感跟羞恥一同燒燬。

就算我們沒拿，也會燒成灰。

他們只會把它永遠關在證物室裡。

沒有人會知道我們拿了。沒有任何人受害。

克里斯丁的話盤據在他腦海。只不過，事實完全相反，因爲他們在那堆焦黑的屍體上再添了一具。

芬利拿下腰帶上的手槍。他用乾淨的繃帶抓著握柄，避免沾上更多自己的指紋。他不太確定自己爲何把槍從地上撿起，當時的火勢肯定會毀了這份證據。

寧可謹慎點，也不要事後遺憾吧，他猜想。

他看著漆黑的水面，思考一個謊言增生出下一個謊言的速度能有多快，並著手把槍管擦拭乾淨。但接著，因爲他自己也不完全明白的原因，他停下了動作。

他很快地用繃帶包裹住手槍，塞進褲子後面，他撐著受傷的手臂，看完剩下的煙火表演。

19

二〇一六年一月十一日，星期一
早上八點〇二分

聽完了平克·佛洛伊德的《月之暗面》、齊柏林飛船的《第三輯》和凱蒂·佩芮的《花漾年華》，喬伊在凌晨三點左右倒在一張金屬推床上。把早班清潔女工嚇得魂飛魄散之後，他拉掉身上的白床單，爬下來補充咖啡因。

他睡眼惺忪地一一檢查昨晚放著運作的各項儀器，像個宅男殭屍一樣拖著腳步穿梭其間，一面翻閱文件、一面無精打采地在終端機鍵入資料……直到他處理到第四個螢幕。他把咖啡放在一旁，瞬間完全清醒過來。他拿起那疊列印的文件，在鑑識實驗室裡踱步，紙張沿路掉落。

「我……眞是……超棒的！」他大聲宣告，一把拉開門，跟本來就緊張兮兮的清潔工撞個正著，對方因爲吸塵器的聲音而沒聽見他接近。

羅歇翻身背對光線明亮的窗戶，感覺睡意迅速退去。他把枕頭翻面，伸長了雙腿，赤腳碰到了羽絨被上面某個堅硬的東西。用腳趾試探了幾下之後，他還是沒想到答案，坐起身查看，發現自己踢到的是荷莉的臉。

她翻身欲醒，羅歇趕緊將腳移開。

「嘿。」她微笑著說，撥了撥自己的金色短髮。

她看起來筋疲力盡，像隻貓一樣蜷縮在床尾。荷莉下班後來探望他，兩人一起享用了吐司夾義大利麵當晚餐，配上英式牛奶糖口味的沖泡甜品。起司盤被換成了有點令人失望的一把藥錠，然後她便送他上床睡覺。

「抱歉。」她坐起來，身上的制服都縐了。「我只是閉眼休息一下下。」

羅歇感覺糟透了。在全職工作之外還要照料一個狀況惡化的病人，顯然造成她沉重的負荷。荷莉天性善良，是那種天真地相信自己在這腐敗的世界還能力挽狂瀾的人，他開始覺得他和巴克絲特是在利用她的這一面性格。

「妳要不要休息一晚？」他建議，坐直身子的時候不禁一縮。「出門……看個電影……去Frankie & Benny吃頓晚餐，或是做點什麼你們這些瘋瘋癲癲的年輕人會做的事。」

「電影和Frankie & Benny？」荷莉笑著說。「這就是你想像中的進城狂歡夜？」

「目前在我聽起來還滿不錯。」他虛弱地微笑。

「是啊……其實，我也這樣想。」

「那就去啊！」羅歇對她說，展現出的活力比她過去兩週所見的都更豐沛。「我也想去，但是，妳知道的：聯邦調查局……直升機……飛車追逐……槍戰……死亡。」

她笑著下了床：「你感覺怎麼樣了？」

「妳猜怎樣？很好。其實是棒極了。」

「你只是嘴上說說而已嗎？」

「當然不是。」羅歇回答，並挪動到床邊。「我要來幫妳做早餐。」

「你在開玩笑吧。」

「答應我，今晚休息？」他確認，同時抬起雙腳，作勢要站起來。

荷莉一臉爲難。

最後，他們達成協議，荷莉出門和回家時會各打一次電話，並承諾至少喝三杯琴湯尼，條件是羅歇晚餐要吃蔬菜。如果他可以跟她一起在外面的廚房吃早餐，其餘時間他就會待在房間裡，還有各種附加條款，包括暖爐、拿信和看《淘寶人》[1]。

她還來不及表示抗議，他就把髒盤子拿去水槽，還幫她查到了電影播映時間，是某部在講垂死女主角愛上準器官捐贈者的爛片，相較之下，想像中的聯邦調查局槍戰都沒那麼糟了。

「我得走了！」荷莉發覺時候不早了，拿起自己的東西。「你放輕鬆，好好休息。」

「我會的。」羅歇保證，並堅持送她到門口。

他們互相擁抱，對於要分開一整天感到不習慣。不過，荷莉似乎是眞心高興。

「我眞不敢相信，你今天有這麼大的進步！」她說。

羅歇揮手送她離開，她輕跳著下了樓。門一關上，他就頹然倒下靠著門板，趴在地上痛苦地喘息。維持假象所耗費的力氣使他幾乎無法呼吸。他看到流理臺上的止痛藥，卻無法令自己移動。於是，他就這麼癱在那裡，抬頭盯著那個紙袋，視線在他開始哭泣時一片模糊。

1 Bargain Hunt，英國電視節目，主持人和來賓會在二手市集等地比賽尋寶。

「你到底在做什麼啊，威廉？」瑪姬問道，廚房裡的水壺正燒開。「我快凍死了！」

沃夫蹲在走廊上打開的前門旁邊弄門鎖。「對不起。再一分鐘就好。我保證。」

「門有什麼問題嗎？」

沃夫將門把扳上扳下，檢查構造。他聳聳肩，把門推上。

「它前幾天卡住了。只是檢查一下他們重裝門框的時候位置有沒有對準……這麼一來，妳如果需要協助，我們才進得來。」

「你真是個好孩子。」

他狐疑地看著她。

「這個嘛，至少你對我很好。」她微笑著說。「要喝茶嗎？」

「我正要把垃圾拿出去。」他進廚房拿了半滿的垃圾袋。

他打開老式的後門門栓，帶上門，把袋子丟進垃圾桶後，他走到院子裡。院子兩邊以長成的灌木劃出邊界，他一路走到後方的柵欄，爬上矮牆，望過森林，看向後方廢棄的房屋。他檢查過四下無人，便翻過單薄的牆壁，在牆的另一側跌個狗吃屎。

「該死。」他呻吟。

口袋裡的手機開始嗡嗡震動。他還沒準備好移動，連忙扭著身子摸索手機，要在巴克絲特避他唯恐不及後跟她對話，令他感到措手不及，但稍後就鬆了一口氣：「桑德斯？」

「還好嗎？喬伊說他有發現了。」

「誰？」

「那個實驗室宅。」

「啊。」

「廳長想跟上進度，所以我們十二點半在醫院碰面。」

沃夫看看手錶：「到時候見。」

「查到芬利的報警電話了。」桑德斯如此告知沃夫。他們拐過轉角，又接上一條幾乎一樣的走廊。「長度是二十四秒。接線員問他需要哪種緊急救助，說了兩次都沒聽到對方的聲音，於是跟他說，如果不能講話就咳嗽或是敲敲電話。有兩聲明確的敲擊聲，通話就中斷了。完全無法證明到底是不是芬利在求救……或是完全不同人。」

「嗯嗯。」沃夫說。

「已經拿去給科技產品技術專員史蒂夫強化音質了，但我想我們不該抱持太高期待。」

他們進入私人病房，發現自己是最晚到的。

克里斯丁在床上半身坐直，手中握著嗎啡點滴的控制器，背後的螢幕顯示他的多種生命徵象，人人都看得見。巴克絲特刻意占了最角落的位置，讓自己可以不用跟其他人對上視線或有所互動。艾德蒙斯先前十分不智地提起了湯瑪士災難性的求婚過程，對方此時在對面的角落裡，表情惱怒。喬伊對這一切渾然不覺，正因自己傑出的表現而傻笑得像個白痴。

「啊！佛克斯和桑德斯。請坐。」喬伊迎接他們，以肢體動作朝廳長的床尾示意。

克里斯丁的拇指懸在嗎啡控制鈕上方：「請別過來。」

「我們站著就好。」沃夫說。

「請自便……大家都好了嗎？」喬伊開口，他讀空氣的能力近似於文盲讀書。「幾年前呢，我申請了表面材質分析3D製圖系統的獎助金，他們一開始並不想批准，因為——」

巴克絲特大聲打呵欠。

「對。你們不在乎這個。但用平常人的語言來說呢，最接近的類比就是人臉辨識……像是……子彈之類的物品。」喬伊露出笑容。「我昨天都在忙著把芬利和廳長先生經手的舊案證物資料輸進系統。花了點時間，但總算得到匹配結果。」

他舉起一個透明證物袋，裡面裝著幾個金屬物件。「編號A證物：六個彈匣的子彈，是在篝火之夜的倉庫突襲現場蒐取的。全都是從相同的槍枝發射。」

「你是怎麼知道的？」桑德斯問他。

「子彈的大小和材質？」艾德蒙斯提出疑問。

「假如我沒記錯。」克里斯丁插嘴。「那天晚上有不少把槍，發射了不少顆子彈。」

「真高興你問了。」喬伊的興奮之情表露無遺。他拿起一張單顆子彈的放大照片，各種顏色的線條強調了布滿擦痕的表面上分割出的不同區域。「槍管的小瑕疵會在子彈通過時留下非常細微的刮痕，永遠都是一樣的……可以說，就像是蝕刻上去的指紋。」

「老兄，我不是自以為了不起。」桑德斯突然發難。由於克里斯丁在場，他的表現再規矩不過了。「但就邏輯來說，不論槍是誰的，只要這人不是個徹頭徹尾的廢物，他在中槍之前，一定都會射個好幾輪子彈。這哪是新聞？」

「噢，我說的新聞不是這個。」喬伊澄清。「這只是在建立基準線。」他舉起另外幾張子彈的照片，上面有同樣的鮮豔彩色標記。「我們接下來就要開始找最頻繁出現的刻痕。」

「然後拿來和芬利的槍比對?!」艾德蒙斯興奮地脫口而出。

「不是。」喬伊的聲音聽起來有點洩氣。「但你那樣說也不能說錯。」他拿起第二個證物袋，裡面只裝著一顆有汙漬的子彈：「編號B證物。」他宣告，「B代表屁股（buttocks）。這就是曾經卡進這位偉大人物左半臀部的子彈——」他向克里斯丁示意，後者大力揮手，活像是得了獎，「——事發僅僅幾天之後，在喬治廣場中彈。配對度達百分之九十二！」

他的聽眾看起來有點無聊。

「麥克風有開嗎？」他拍拍自己的胸前裝幽默。「你們懂得我要說什麼嗎？」

他的聽眾看起來仍舊有點無聊。

「聽不懂嗎？這代表發射這些子彈的槍，在兩個犯罪現場都出現了！它爲什麼會在那？」

艾德蒙斯和沃夫同時回答：

「那個荷蘭人。」

「打不死的狼尾頭男。」

喬伊顯然就是在等待這一刻。他再度舉起那個裝著屁股子彈的證物袋。「你們是說，在這顆子彈擊發前兩天，就已經死翹翹的狼尾頭渾蛋嗎?!」他愈來愈興奮了。「結論是：那個荷蘭人不是唯一逃離造船廠大火的倖存者……還有其他人逃了出來。」

「那是不可能的。」克里斯丁說，他的樣子看起來比五分鐘前更糟了。

沃夫瞥向床頭的監測螢幕，心跳正在加快。

「一切都回頭指向那間倉庫。」喬伊信心滿滿地告訴他們。「就是這樣。不管那第二個神祕的倖存者是誰，目前他就是我們的頭號嫌犯。」

20

一九七九年十一月五日，星期一
篝火之夜
晚上九點十六分

天空在燃燒。

他無能為力地看著這棟垂死建築的金屬骨架發出哀鳴，望著煙火在他身旁的天空綻放；螢火蟲在氣流中飛舞。五公尺外，那堆鈔票剩下的部分正燒得閃亮，成了焦黑的廢紙和灰燼。殘酷的是，子彈射歪了，悲慘地嵌在他的肩胛骨下方，任他被火焰處以極刑。

這正是他即將面臨的下場。

天花板持續在他四周崩毀，讓他能往上看星星最後一眼。接著，傾倒的倉庫唱起終曲。地板在他下方轟隆作響。加壓門被火焰給扯下。他閉上雙眼，任其倒塌。

他躺在工廠地板上，身旁滿是殘骸瓦礫，不曉得上帝是否也太樂在其中了點。他雙眼依舊緊閉，想靠意志力撐到最後，同時，最後一個巨大的氣瓶在附近爆開。

「來吧。」他低聲說。「來吧！」

他感到後頸有一股涼意，睜開眼睛。兩面牆相交的角落，形成了一道狹窄的開口。他拾起落在一旁的手槍，拖著身子逃到外頭的夜色之中。一旁是漆黑的水面，七彩繽紛的煙火點亮了天空，他來到鐵絲網欄邊，藍色閃光燈照亮貨櫃。

在燈光與煙火之中，一臺普通的攝影機捕捉著芬利與克里斯丁光榮的一刻、斯特拉斯克萊德警局數十年來最大規模的緝毒案件。它拍下了堆成五呎高、準備交貨的高純度海洛因，以及兩名阻止毒品流入市面的員警面貌。

21

二〇一六年一月十二日，星期二
早上九點〇六分

「喂！喂！喂！」一個頤指氣使的女人在沃夫和瑪姬經過護理站時叫住他們。「所有訪客都必須登記。」說完，她又回去講電話。

他們兩人都是第一次聽說這件事。沃夫順從地走到登記簿前，上面洋洋灑灑展示著其他不幸被那個粗魯女人逮住的訪客姓名。他掃視著名單，拿起原子筆準備簽到。但接著他改變了心意，反而把那寶貴的一頁紙撕下來，筆也塞進口袋。

「威廉！」瑪姬悄聲說。

「抱歉。我只是不喜歡她跟妳說話的方式。」他趁沒人發現，帶著她走開。

克里斯丁獲准出院了，沃夫自願陪瑪姬來接他，她理所當然地完全開啓護理師專業模式，把車後座椅背放平，像救護車一樣。車子由沃夫駕駛，他們終於擺脫市區，開上略有陽光穿越森林的公路。開到私人道路後，就不再需要克里斯丁的指示，留有胎痕的水泥和日光下閃耀的散落玻璃碎片，都爲他們指路。進入大門，他們眼前是一棟優雅的現代獨棟房屋，三層樓高的北歐式木造與玻璃混合建築，設計得像是從周遭的樹林之間自然生長出來的。

「哇。」駕駛座上的沃夫讚嘆，不過他的意見或許不能參考，他近來都住在牢房裡。

他們把車停好。克里斯丁把鑰匙遞給沃夫，還有保全系統的密碼，警報聲在極簡風的建築物裡發出刺耳的鳴響。一進到屋內，克里斯丁就堅持自己關上前門，重複檢查兩次、確認門已關上，才放開門把。他轉動門鎖，推上兩道門栓，瑪姬和沃夫在一旁耐心地看著。

「請原諒我這樣疑神疑鬼。」他說。「我想，我要過好一陣子才能在這裡找回安全感……請進。」他招呼兩人進到客廳。

一面三層樓高的玻璃牆，俯瞰著用一道小木門和遠處森林隔開的整潔庭院，上方的一道走廊彷彿飄浮在空中，將客人的目光引向寬闊的壁龕式天花板。

「老天爺啊，克里斯丁。」瑪姬倒抽了一口氣。「我本來覺得你那間舊房子已經很棒了！就你一個人住在這裡嗎？」

「很令人遺憾，是的。」他苦笑，掙扎著過去坐他最喜歡的椅子，瑪姬趕緊上前幫忙。

「威爾，能不能跟我說說新的進展？」

沃夫還在眺望森林，吸收冬日的陽光：「呃？」

「其他的進展。」克里斯丁重複了一次。「你會讓我跟上進度吧？」

「有消息一定會讓你第一個知道。」

「他可不會這麼做！」瑪姬斥責道。「你要臥床休息啊，這位先生。」

「好吧、好吧！」克里斯丁退讓，在瑪姬開始翻找枕頭和藥物的時候對沃夫狡黠地眨了一下眼。他顯然喜歡被需要的感覺，不想成為他人的負擔。

「我走了。」沃夫宣布，努力從窗邊離開往門口走。「我搭計程車去地鐵站。」

「你確定嗎？」瑪姬問他。「我可以載你。」

「不用了。」他微笑著說。「妳就看好克里斯丁吧。」

吊盆植物在微風中輕輕搖曳，渴求陽光的冬季花卉紛紛往上攀爬，同時扼斷其他花朵的生機：生物的求生本能殘酷地展露無遺。

艾坪地鐵站一定是沃夫所到過最奇怪的車站了，那裡不像抽乾水的游泳池，反而更像公園涼亭，經過細心維護，沒有垃圾也沒有人潮。他搭上等待發車的列車，閉上眼睛，他周圍的空間逐漸被填滿，接著車廂潛下地底，往市區而去。

沃夫在聖詹姆斯公園站冒出地面，走了一小段路到倫敦警察廳。他在櫃檯簽名，接待人員要他等人來接，這時他注意到幾名執勤中的武裝警員。

「抓住那個人！」其中一名警員吼道，指著人來人往的大廳。

沃夫正好有心情欣賞五名沒精打采的武警打算把某個不明就裡的笨蛋壓制在地，他轉過來看他們是在講誰，這幫了那五位警員一個大忙，他們隨即上前將他壓倒在地。

沃夫覺得自己的處境似乎沒進步多少，他又被上了手銬，坐在跟一星期前一樣的椅子上、待在同一間偵訊室裡。幸運的是，沒等多久，凡妮塔就大步走進來，隔著桌子坐在他對面。

「我們長話短說好嗎，佛克斯？」她如此招呼他。「我早知道你辦不到。我知道你無法抗拒違背合約的衝動。我只是很訝異你撐了這麼久。所以，我想這點還是值得鼓勵的。」

「謝謝妳。」沃夫點頭，他眞心覺得挺自豪的。「我好奇問問，妳說的違背合約是指哪一項條款？我是說，妳指的是什麼事？」他翻翻白眼，感覺沒那麼自豪了。

凡妮塔翻開檔案。

「星期六晚間八點五十八分，你在宵禁時間後離開了指定的受監管住所，至隔天下午都在外未歸。」

「因爲我在醫院陪克里斯丁……廳長。」他提醒她。

「然後。」凡妮塔繼續說。「經過整整四個小時，你又再次違反宵禁。」

「是爲了前往艾利克斯．艾德蒙斯家的犯罪現場！」沃夫現在開始感到挫敗。「這也許令人意外，對某些剛度過又一個愉快長週末的人來說——」

「我去上訓練課程。」

「……但偶爾，偶爾而已，那些煩人的犯罪分子就會決定在不合常理的時間，把警察廳廳長打個半死，或是往別人家裡潑灑腐蝕性液體！」

他的暴躁只讓凡妮塔更加得意。「其他人不能處理嗎？」她翻到下一頁。「我們還發現，偵查員艾隆．布雷克在星期五下午進行了一次非必要且違規的資料搜尋，調取艾希莉．洛克蘭的聯絡資訊。」她抬頭看他。「你是認眞的嗎，佛克斯？她可是在布娃娃凶殺案名單上！你一定知道這會在我們的系統中跳出警示吧？」

沃夫開口要反駁——

「最後。」她打斷他，貌似對於眼前白紙黑字的資訊有些嫌惡。「喬治國王醫院的司鐸表示，他發現你全身赤裸地出現在禮拜堂裡——」她皺著眉頭，「——躺在一座無頭的耶穌像旁邊。」她抬起眉毛：「有任何解釋嗎？」

沃夫再度張開嘴……又闔上……然後搖了搖頭。

「我會在報告裡詳述你對芬利．蕭命案的貢獻。再見了，佛克斯。」她起身離開。

「我得跟巴克絲特說話！」

「不行。」

「那麼我要跟我的律師談談。」

二十分鐘後，沃夫被護送到一間空房裡打電話。那名警員走到門外，門縫裡仍然看得見他的影子守在崗位上。第一個想到的是柯林斯與杭特法律事務所，沃夫忘了聯絡資料，只好撥了其中一個他少數背下來的號碼。

「瑪姬？我是威爾。我需要妳幫個忙。」

「地板下面採集到的毛髮是廳長和巴克絲特的。」喬伊宣告。「不太意外，因爲他們在那個房間裡待得最久。」

巴克絲特、艾德蒙斯和桑德斯在鑑識實驗室集合，決定不再等遲到半小時的沃夫。

「艾德蒙斯家的靴子鞋印呢？」巴克絲特問。

「是男鞋，尺寸七號，足弓略高。沒有什麼特別之處。」

她哼了一聲：「那麼，強酸呢？」

「我還在做測試，才能判斷它精確的成分——最有可能是某種自製的混合液。然後，我們或許有機會縮小範圍，鎖定它的供應商……也或許做不到。」

「很好。我和艾德蒙斯又花了一個上午到處敲門，問有沒有人看到任何可能派上用場的線索。桑德斯，你——」

布雷克砰的一聲快步衝進實驗室。他一副慌亂匆忙的樣子，皺眉看著托盤裡一團血肉模糊的內容物，是他剛剛弄倒且踩到的。

「那是……人腦嗎？」他問。

「已經不是了。」喬伊發出嘖嘖聲。

「老天，我超討厭下來這裡！」他哀叫著，在乾淨的地面蹭了蹭鞋底。

「那就別來……正合你意。」

布雷克轉向巴克絲特：「老大，抱歉打擾了。」

「什麼事？」

「事關沃夫。」

「他怎樣？」

「他被逮捕了……妳知道的……又被逮捕了。」

22

一九七九年十一月十三日，星期二
晚上七點二十四分

「別亂動，寶貝。」她站在他們破舊的小廚房中央對他說，努力撕下他皮膚上的敷料。

他咬緊牙關，再喝了一口啤酒。

「那位醫師對你做了什麼啊？」她不可置信地說。

「他本來就沒啥用……這八成就是他只能治療我這種人的原因吧。」他開玩笑地說，往她手臂內側的靜脈注射疤痕親下去。

「我需要專心。」

「我也是。」他把她拉到大腿上。

「我在試著讓你舒服點耶！」她笑出來。

「那麼，我也在試著讓妳舒服點啊！」

有人敲門。

他們立刻警戒起來，雙雙閉嘴起身。

「去房間。」他拿起手槍低聲說。「是誰?!」

「我是狄倫，你這王八蛋！讓我進去！」

他鬆了口氣，把槍藏在桌上的襯衫底下，然後開門。

「哇！你看起來跟坨屎沒兩樣。」狄倫在他打赤膊的朋友鎖上門時對他說。

「你也是。你有啥藉口？」

緊張的氣氛霎時伴隨兩人爆笑散去。

「蘿娜。」狄倫笑著說，注意到她在臥房門口徘徊。

「啤酒？」

「好啊，很不賴。」

她經過他身旁往冰箱走去時，看見他外套底下露出一截槍柄，但沒多做反應。感覺到對方的視線停在自己身上，她拿出兩瓶啤酒，回去加入他們。

「謝謝。」狄倫敲瓶互敬後喝了一小口。

「什麼風把你吹來的，狄倫？」他問，一邊審視手臂上一處更嚴重的灼傷。

「人嘛，單純想跟聽說早死透的老朋友碰個面，不行嗎？」他回道，突然嚴肅起來。「真是一場糊塗。老大他……他殺紅了眼。倉庫……大火……警察……我們全都沒了。」

「而我正在努力補救。」

「那天廣場上的事，就是爲了這個？」

「貨沒了。錢還在。我還能拿回來。」

「其實，老大決定要採取……另一種方法。」

「那樣沒辦法幫助我贖罪。」

「是啊……我想，沒辦法了。」

狄倫伸手要拿槍，蘿娜轉而將酒瓶砸在他頭上。她跳到狄倫背上，流著血的手掌在他外套上抹出猩紅血跡，她小孩般的身型很難起到多少阻撓作用，被重摔在牆上。狄倫取出武器時，第一發子彈擊中肩膀。狄倫痛苦地哭喊出聲，再度舉槍時又來了兩發子彈。

狄倫倒在廚房地板上，他身旁的蘿娜毫無動靜。

「寶貝……寶貝?」他倒抽一口氣，放下槍，跨過他逐漸失去生氣的朋友。「沒事的。」他告訴她，一邊對她大腿上的槍傷加壓止血。

他伸手在狄倫的屍體上摸索，找到車鑰匙。

「好了，我在這裡，在這裡。抓穩我。」他低聲說，將她抱起來。「一切都會沒事的。」

23

二〇一六年一月十二日，星期二
傍晚六點〇四分

一扇門砰地關上，一時擾亂了沃夫映在鏡面大窗上的影像。被關在偵訊室好幾個小時之後，走廊傳來熟悉的聲音，這令他鬆了一口氣，同時也感到詫異。

「要不要去喝杯咖啡？」那道聲音提議，很幽微地透露出那根本不是提議。

他滿心期盼地朝門看去，克里斯丁拐著腳走進來。沃夫忖度著，一個人需要多少件訂製西裝？如果不是臉部受了重傷，廳長看起來會比過去還要有派頭。

「我見到你該開心嗎?!」沃夫問。「雖然我並沒有打算讓你跑來這裡。」

克里斯丁微笑的樣子彷彿這個表情也會弄痛他。「這個嘛，我感覺親自處理會有很大的幫助。」他走到桌邊，扯下麥克風和錄音裝置。「我猜，這是凡妮塔的傑作？」

沃夫點頭，手銬在他身後撞擊著金屬椅。

「你好好坐著。我來處理。」他轉身要離開。

「還有一件事！」沃夫脫口而出，焦慮地往鏡面窗看了一眼。

「只有我們兩個。」克里斯丁走回桌子那頭，要他放心。「我確認過了。」

沃夫放鬆了一些。「他們逮捕我的時候有搜身，但我很確定他們沒找到。」

「找到……什麼？」

「襯衫口袋。」

他困惑地將手伸進沃夫狀似空無一物的口袋，指尖隨即摸到一片小小的塑膠矩形物。

「就說吧。」沃夫鬆了一口氣地微笑，看著克里斯丁檢視手中的記憶卡。

「這是什麼？」

「艾利克斯．艾德蒙斯是個非常謹慎的人。」沃夫解釋。「出於他顯然不那麼像妄想的妄想，在那些證物箱被銷毀前，他決定花一整晚的時間替裡頭每一件證物拍照。」

克里斯丁一臉震驚：「所以……它們還在？全部都在？」

「全部都在。」沃夫點頭。「你得盡快備分……」

克里斯丁疼痛不已地扶著前額，令沃夫停了下來。

「你還好嗎？」沃夫問他，無助地望著廳長往窗戶那頭搖搖晃晃地走去，倚著窗戶穩住重心，上頭的映影像是被攪亂的水面般扭曲。

「克里斯丁？跟我說話啊。怎麼回事？」

沃夫徒勞地拉扯著手銬，努力想聽他在呼吸間喃喃自語什麼，卻幫不上任何忙。克里斯丁終於將身子撐起來，像喝醉一樣，踉蹌朝他走來。

「克里斯丁？」沃夫擔憂地問，接著一記重擊讓他連人帶椅倒下，被銬在一起的雙手無力阻止頭部撞上地板。靠著僅存的一絲意識，他往上看著那位無比威嚴的男人在小房間裡來回踱步：焦躁、發狂……絕望。

「操！我沒想過要這樣！我他媽從來……」

沃夫的視線在黑洞般的眼角邊緣來回游移，不確定自己在冷冰冰的油氈地板上躺了多久。他的頭骨彷彿裂開了，嘴裡有鮮血的味道，視線隨著耳鳴益發劇烈而漸漸模糊。

至少克里斯丁恢復了足夠的理智，能專注在更緊迫的問題上，他蹲跨在沃夫身上，後者只能眼神空洞地盯著他。

「你為什麼不能就此收手別管？」克里斯丁懇求他。「為什麼不能接受這一切？我們本來能當朋友的。」他越說越荒謬，語氣聽起來極為克制，雙眼充滿絕望的淚水。「我想老芬會樂見其成的。」

沃夫沒有回應。

克里斯丁深情地拍了拍他，將記憶卡在沃夫的面前擺動。「你的調查。」他說。

沃夫眼看塑膠卡片裂成兩半，痛苦地呻吟出聲。

「結束了嗎？」克里斯丁問他。沃夫發狂的雙眼緊盯著他。「我恐怕需要聽你親口證實。結……束……了……嗎？」他傾身將耳朵湊到沃夫的嘴唇。

「去你媽的。」

「就知道你會這麼說。」克里斯丁哀傷地笑了。他仰頭望天，咬牙再揍了沃夫一拳，將人揍暈。

沃夫恢復意識後發現自己被扳正坐著，克里斯丁用沾血的手帕擦拭著他的臉——又一個被擦乾抹淨的犯罪現場。

「看著我。」克里斯丁強硬地彈了個響指，命令道。「看著我！」他抓住沃夫粗糙的下巴。沃夫的臉被抬高，對上一雙憤怒的眼睛：「你的證據沒了。你的團隊明早就會轉調。鑑識組查不到任何東西的。而你……接下來都得待在監獄裡。」他告訴他。「結束了。」

24

二〇一六年一月十三日，星期三
上午十點二十分

凡妮塔從她寬敞舒適的辦公室往下看著街上的抗議群眾：安潔雅．霍爾的「放狼出籠」遊行活動正進行得如火如荼。

上次的碰面至今仍使她處在驚嚇狀態中，那場使她事業墜落谷底的電視轉播，到現在都還是讓她輾轉難眠，她不知道那位令人生畏的記者是否正在人群中。倫敦警察廳一樓鼓譟的抗議分子似乎多半是紅髮，聽話的群眾努力將自己改造成時下紅人，模仿霍爾女士的髮型和穿搭，顯然連個人信念都學了。

她的訪客從椅子上起身，和她一樣走到窗邊，凡妮塔繃起身子。她看著玻璃窗上的他喝了口咖啡的映影。

「老天。」沃夫看見街上成群的前妻，反應沒比凡妮塔好到哪去。「有好幾十人。」

「是啊。」

「這可不好。」

「確實不好。」她同意。「那麼……祝你好運。」

沃夫從沒想過，自己得到離開廳長身邊的機會時竟還需要考慮，但他發現自己正在她的周圍徘徊。

「今晚有什麼活動嗎？」他試著問。「我看到一道檸檬雞燉飯的食譜——」

「佛克斯……」凡妮塔打斷他，視線停留在杯子上。

「吉娜？」他開心地回以微笑。

「出去。」

安潔雅正在測試收音，準備稍後為節目錄製一小段影片，一旁群眾突然興奮叫囂。她把麥克風扔給攝影師羅瑞，對方用受傷的手努力想接住但沒成功。她動身擠過因她而聚集的人潮。

四面八方都傳來歡呼聲。

「他在那！」一名陌生女子過度興奮地尖叫出聲。

「放狼出籠！」

安潔雅千辛萬苦來到前頭，看見沃夫不安地往一輛等著他的黑色計程車衝去。

「威爾！」她呼喊，聲音完全被噪音給蓋住。「威爾！」

前排可怕的人潮讓她難以前進。他匆匆停下往吵鬧的群眾看了一眼。

「請讓一下！」她大吼，用手肘推開人群讓自己前進。「威爾！」

車門關上了。

安潔雅遲了一步來到馬路上，眼睜睜看著計程車消失在轉角。

沃夫心目中排名第十的酒吧，是位在牛津街路底、Topshop服飾店那側的「王與國」（這只是因爲有人曾經在馬頭酒吧偷走他的酒杯）。至少這代表那邊會很安靜，沒有成群大吼大叫的都市年輕人，在路上喝酒喧譁，就跟被他們當蒼蠅驅趕的遊民一樣。

天色漸暗，大夥聚集到破舊建築物最裡面一處髒亂的座位。

「馬頭酒吧有彈珠臺。」桑德斯指出。

「他們這裡是在賣口紅膠嗎？」巴克絲特問，袖子上的羊毛被桌子黏掉了大半。

「各位，我們來這間店就是因為它很爛！」沃夫解釋，太晚才注意到老闆在隔壁桌收杯子。他縮了一下，假裝沒事地望向天花板。

「他在看嗎？」他不動聲色地用嘴角問艾德蒙斯。

「嗯哼。」

沃夫維持他僵硬的姿勢。

「你知道他並不是暴龍吧？他看得見你。」艾德蒙斯低聲說。「好……他離開了。」

喬伊徒勞地想擦掉杯緣上的油漬。想著眼前的漫漫長夜，桑德斯將一口杯的威士忌丟入一品脫啤酒的杯底。

他們終於給沃夫開口的機會，於是他重述了一遍昨天發生的事，不意外地迎來一陣無聲的驚愕。

「所以……」桑德斯開口，努力想進入狀況，「記憶卡只是在唬他？」

「對。」沃夫回答。

「那你又是怎麼說服凡妮塔把你放出來的？」艾德蒙斯問他。

「我讓她良心發現。」他開玩笑地板起臉，喝了一大口啤酒。「我告訴她，讓我處理好這件事，廳長的位子就會是她的。」

「可是……廳長，眞的嗎？」喬伊問，確信自己肯定是誤會了什麼。

「恐怕是的。」

「您是說廳長先生？」

「對！」

「但……」艾德蒙斯說，「克里斯丁不是比員警還晚到現場嗎？」

「對。」沃夫點頭。

「所以？」

「克里斯丁躲在那個小空間裡。」沃夫開始解釋。「藍道警員破門而入，接著下樓離開，想必以爲屋內只有芬利一個人。克里斯丁爬出來，換掉地板。他溜下樓，趁藍道回報狀況時從後門逃出去。然後他爬過後圍欄，從鄰居的花園離開，再從正門『進來』，確保自己的不在場證明成立。他是第一個回到屋內的人，門也被重新鎖上，這樣就能掩蓋他所做的事……就是如此簡單。」

桑德斯瞇眼看他：「你能不能再說一次……你剛剛說的？」

「不能。」

「你是怎麼……你是什麼時候知道的？」巴克絲特對於沒跟上進度明顯有點受傷，但她忘了他們有一陣子沒怎麼交談了。

「我不知道。」沃夫聳聳肩。「在那之前不敢肯定。但我有我的推測。」他揉了揉下巴，現在還是痛得要命。「是因爲門把。」

「悶法？」桑德斯咕噥，他已經喝了三杯深水炸彈下肚。

「門把！門的手把。他有個習慣。」沃夫解釋，回想著克里斯丁前一天早上在自家大宅鎖上門的畫面，「會把門鎖上。」

「『會把門鎖上的習慣。』」巴克絲特沒什麼反應地重述一遍。

沃夫不理她。「你的調查報告。」他接著說，朝桑德斯示意。「裡面說藍道警員不得不強行破門進屋。」

「誰？」

「藍道。」

「染刀？」

「老天，桑德斯，換喝咖啡或別的好嗎！」

桑德斯舉起杯子，臉上掛著醉醺醺的笑容。

「反正，報告裡是這樣寫的。」沃夫放棄，轉回去對著巴克絲特說。「芬利和瑪姬哪時候鎖過他們家正門了？」

「從來沒有。」她承認。

「那天也是。門把就這樣上了鎖……從裡面鎖的。」

艾德蒙斯點點頭，看起來很佩服的樣子：「你完全逮到他了！」

「是啊，對吧？」沃夫笑得很開心。

「一般來說，大偵探不會在逮到人之後被揍吧。」巴克絲特在他得意忘形之前點出事實。

「抱歉，回到廳長那邊。」喬伊將話題帶回嚴肅的重點上。「他爲什麼要殺害自己最好的朋友？」

所有人都看向沃夫。

「我不曉得。」沃夫承認。「而且說眞的，我也不是很在乎。他確實殺了人。對我來說，這就夠了。」

他們所有人都停下來，喝了一口飲料。

「這實在……非同小可。」艾德蒙斯想要在憤怒和興奮兩種語氣間取得平衡。「要調查倫敦警察廳廳長涉嫌殺人。」

「應該說是難如登天。」巴克絲特修正他的話。

桑德斯用力點頭，重新加入談話。「他知道我們能採取的所有手段……我們沒戲唱了。」

「所以我們該怎麼做？」艾德蒙斯問。

所有人再度看向沃夫。

「我們收手別管。」

「什麼？」

「我們收手別管。」沃夫重複，無視巴克絲特給他的作嘔表情。「就像桑德斯說的，他是警察廳廳長。我們所有可能的調查方向，他都一清二楚。我們贏不了的。桑德斯的車子在自家被砸，還有人趁夜闖進艾德蒙斯家裡！那還是在我們對他起疑之前。他趁我被捕的時候，在到處是警察的地方攻擊我，而我仍舊拿不出半點證據。」

「他開始自亂陣腳了。」巴克絲特說。

「這只是讓他變得更危險。」沃夫反駁。「而且別忘了，他殺了自己最好的朋友，還沒留下任何有力的證據。我們把他逼急了。也許芬利就是犯了同樣的錯才遭殺害。而我們沒人曉得他接下來會做出什麼事。已經結束了。」

「所以我們就讓他殺了芬利，然後全身而退？」桑德斯質問。

「當然不是。」沃夫說。「他以為所有證據都在艾德蒙斯家遭到銷毀了。但事實上，跟倉庫和喬治廣場有關的證據，全都好好地放在小倉庫裡。」

「是私家偵探事務所。」巴克絲特和艾德蒙斯齊聲說。

「他認為自己有優勢。如果他看到我們收手，他的自傲會幫我們打點好一切。剩下的檔案，包括法醫鑑識報告，都會在明天早上送到凡妮塔那裡。接下來她會處理。」

「那就這樣了？」艾德蒙斯問。

「就這樣。你可以帶你的家人回家了。」

艾德蒙斯點頭。

「我爺爺以前常說：『寧做苟活的懦夫，不做沒命的英雄。』」桑德斯補上一句，把酒灑到艾德蒙斯身上。「好像是吧。我從沒見過那傢伙。他逃跑時踩到地雷。不過，這話還是很有道理就是了。」

大夥看起來一片茫然。

「我想那是你表示同意的意思，桑德斯……我們的實驗室宅？」沃夫問。

喬伊不情願地點頭。

沃夫終於轉向巴克絲特。她的表情一向令人難以參透。她過了一會才給他答覆。

「你覺得好就好。」她的答案有點太簡短。

沃夫皺眉。

「幹麼?我贊同你耶!」

「沒錯，那就是我困惑的地方。」

「只要事情能處理好，是誰處理的不重要。你已經跟她說了凶手是誰，所以就算是她，也不太會出什麼錯。交給凡妮塔處理……就這樣吧。」

沃夫狐疑地看著她，但接著點了點頭。他高舉他的啤酒杯。

「敬芬利!」他致意，希望自己撒的謊夠有說服力，能夠保護他們。

安潔雅坐在自家辦公室的書桌後方，與其在大房子裡東摸西摸，等著傑佛瑞回家，被工作圍繞的感覺舒服多了。她正等著倫敦警察廳的總機替她轉接刑事重案組。一道熟悉的聲音接起電話，她已經和這個聲音講過好幾次話了。

「霍爾女士!您今天有什麼需要協助的呢?」

「沃夫，抱歉——我找威廉．佛克斯，麻煩您。」

「很遺憾，他不在辦公室，也不再受雇於倫敦警察廳，我昨天可能有跟您提過了。」

「您至少有幫我傳話給他吧?」

「我可以向您保證，如果他那邊沒有成功跟您做後續聯繫，都絕非由於我們嚴格遵守的作業流程發生疏失，完全是他個人意願。」

「誰會像你這樣講話啊?!你是要把人給氣死嗎!」

「非常抱歉讓您有這種感覺。我是否能建議您——」

「不。你不能。我明天再打給你。」她暴怒掛斷電話。

安潔雅在旋轉椅上轉得頭暈目眩，思考著是否要再嘗試問瑪姬一次。但她突然間停下，解鎖手機，滑過長得要命的電話簿，同時祈禱著在換了那麼多次手機後，那個她多年沒撥過的號碼還在……

竟然眞的在。

湯瑪士回到家時聞到一股燒焦味，這要麼是房子失火了，不然就是，老天保佑啊，巴克絲特又在燒飯了。他脫下外套，循著二〇〇〇年代初期後硬蕊龐克的樂聲來到廚房，踩到火災警報器的殘骸，巴克絲特才發現他站在那兒。

「嘿！」

「嗨。」湯瑪士回應，上前意思意思抱了她一下，拿起幾乎見底的酒瓶替自己倒了一點。

「我煮了你最愛吃的！」她雀躍地說。

「其實應該是別人煮的？」

她的笑容垮下來。

「對不起。我在開玩笑。不好笑。請給我線索，我最愛吃的是？」

「我的檸檬雞燉飯。」

「天啊。」他不小心講得太大聲了。「這是1世代的新專輯？」他開玩笑地問，把嚇死人的音樂調小聲。

「是玻璃下巴樂團。」巴克絲特回道，把音量調回來。「來點白酒？」她提議，在他那杯都還沒動之前，又開了一瓶新的。「話說，我在想……」她起了頭，打定主意要藉酒閒談來緩和氣氛。「我朋友艾薇。她挺漂亮的，對吧？」

湯瑪士的表情不太自在：「算是吧。」

「她會穿那種……好看的、很女生的東西。」她皺著眉頭往下說。

「妳是說裙子嗎？」湯瑪士提示她，終於喝了一口酒。

「對，裙子……你何不跟她做做看呢？」

湯瑪士把酒噴得滿地：「妳說什麼?!」

「我想她不會介意的。」

「哈，這還眞順便，是吧？因爲我想我他媽的會介意！」

巴克絲特一臉困惑，逐漸懷疑起自己是否不小心誤判了情勢。「我只是想，讓我們能稍微扯平一點……讓一切復原。」

湯瑪士把杯子擱在檯面上。

「艾蜜莉，我完完全全沒有想要跟妳『扯平』的意思。我想要這件事情從一開始就沒發生。妳不能就這樣……」他的話音漸弱，神情悲傷。「對不起。我今晚沒有很餓。」說完，他掉頭走了出去，不想再繼續這場對話。「來吧，艾可！」

本來在打瞌睡的貓咪睜開眼睛，朝巴克絲特看去。

「想都別想。」她神情堅定地對牠說。

牠從桌上跳下，跟在湯瑪士身後跑跳出去。

巴克絲特哼了一聲。「叛徒。」她對著酒杯喃喃自語。

距離宵禁只剩五分鐘，沃夫在埃奇威爾路站跳下地鐵，衝上樓梯。他繞過轉角時，看到喬治在出口等他，看上去好像擔心小孩安危的家長。他上氣不接下氣地爬上警局的樓梯。

「十！九！八！」喬治開始讀秒，他在沃夫穿過大門時，驕傲地搓了搓他的頭髮，因為時間還剩下七秒。

「我正要去泡一杯可可來喝。要來一杯嗎？」

沃夫氣喘吁吁的回應讓人難以解讀。

「我去幫你弄一杯。」

沃夫和來「送他上床乖乖睡」的喬治閒聊了十分鐘，結束後，他從口袋拿出揉縐的醫院訪客簽到單。他的指尖沿著名單往下移動，注意到其中一筆資料：

訪客姓名：J．杜爾
探視對象：克里斯丁．貝拉米
日　　期：10/01/16
簽到時間：18:35
離開時間：18:50

沃夫把那張紙擱在一旁，匆匆寫下筆記：

訪客？？？調閱監視錄影帶

星期日傍晚6：35～6：50

事情還沒結束。

25

二〇一六年一月十日，星期日
傍晚六點四十二分

克里斯丁在狹窄的醫院病床上翻身，意識在半夢半醒間游移。他沉重的眼皮打開時，一道模糊的身影映入眼簾。他盯著看了一會，然後坐起身來。

男子坐在床邊看著他，腿上還擱著一大束鮮紅色的花。

「你知道你會說夢話嗎？」他不安地問克里斯丁，後者正警戒地環顧室內。「噓、噓、噓。我只是想簡單聊聊。沒別的。」

克里斯丁鎮靜下來，試著放鬆。他往後靠在枕頭上。

「你知道。」男子開口，雙手抓了抓染得有些失敗的頭髮，「那些傢伙只是稍微教訓你一下。畢竟你死了對我也沒好處，是吧？但是——」他深深地嘆了口氣，「——你那顆漂亮的腦袋好像接收不到我的訊息：倫敦警察廳這樣追著我的人馬，我可不能放著不管。你跟我說過會處理好，但……」他聳聳肩。

「我會……我保證。」克里斯丁終於開口。

「別了。你需要恢復體力。我會用我的方法處理。」

「不！」克里斯丁脫口而出，忘了自己現在身在何處。「你不需要這麼做！我有在處理。眞的。」

那身材魁梧的男子打量了他一會兒。

「你最好眞的有。我不想再問一次。我們倆都老交情了。稱得上朋友的人裡頭，我最看重的就是你了。」

「我也是，基廉。」

「克里斯丁，你對我來說很重要。你知道的，對吧？」

克里斯丁露出笑容。

「但你絕非無可取代。」

26

二〇一六年一月十四日，星期四
早上八點四十六分

凡妮塔把車子開進倫敦警察廳的地下停車場，自動感應照明燈亮了起來。她轉進專用停車格，熄火下車。

「老天！」克里斯丁抓住車門，嚇得她驚呼一聲，手按在胸前。

他裂傷的嘴唇討喜地微笑著，傾身向前跟她說話。

「抱歉，吉娜。我沒有要嚇妳的意思。我看到妳停車，想說來跟妳打個招呼。」

凡妮塔緊張地笑了一下。「我沒料到你今天要來上班。」她拿起包包走出車門，卻發現自己被卡在他的手臂和車門之間。

「我沒有……要辦公。只是來處理點小事情。」他解釋，眼神銳利得讓她不太自在。

「那麼，很高興看見你好點了。」她微笑，故意往他擋路的手看去。「不好意思。」

他好像沒聽見一樣。「是我誤會了，還是妳昨天真的放了威廉．佛克斯？」

「你沒誤會。」

「我只是在想，有什麼原因……促使妳一反常態，做出這樣不合常規的決定。」

「我還以爲你會樂見其成呢？」

「喔，確實。確實。我只是想知道背後的原因。」

凡妮塔使勁推開他擋路的手，步向空曠停車場彼端的電梯。

「他兩次晚歸都有正當理由。」她努力用正常速度走路。「我認爲該再給他一次機會。」

她按下按鈕，聽到上頭某處有機械運轉的聲音。克里斯丁重新回到她身旁。

「沒別的原因？」他仔細打量她。

「比如說？」

他聳肩。

「聽著。」凡妮塔開口，她知道彼此都聽得出她聲音裡的顫抖，「身爲代理廳長，我做了一個決定，而我——」

「妳挺享受當代理廳長的，是吧，吉娜？」他打斷她，話中的暗示清楚刺耳。

他很清楚她放沃夫出去的原因。

她也不裝了，轉頭對上他的視線：「我會越來越習慣的。」

電梯發出叮的一聲，金屬門打開。他們都走了進去。

「爲了慶祝我復職，晚上在我家有場小派對。妳不來的話，場面可能不會太好看。」

「你該好好享受僅剩的自由。」凡妮塔狡黠一笑。「我是說，在你復職上班以前。」

電梯門關上，開始往上移動。

「所以妳會來？」

「排除萬難也要去。」

電梯在大廳層停下，有兩個人走進金屬空間加入他們。

「早安，廳長先生。」其中一人笑著說。

「早安。」克里斯丁頷首回應。「無論如何，」他再次對凡妮塔開口，「我覺得妳處理威爾的方式沒錯。他應該撐下去，苦苦堅持到底……不管結局如何。」

電梯緩緩接近他們要去的樓層，凡妮塔轉而面向他。

「不管結局如何。」她贊同地說。

巴克絲特感覺自己因爲最近發生太多事，好像忽略了羅歇，便去公寓探視了一下。他的復原速度驚人，讓她覺得自己不該在這次見面時對他哄勸或表示擔憂。於是她改而摘要報告了一下過去幾天發生的事情。

面對她分享的震撼彈，他的回應一如平常。「現在還有在賣那種裡面有玩具、小小的健達出奇蛋嗎？」

「啥？有……你想要我買一個給你嗎？」

他認眞想了好一會兒：「算了。沒關係。」

「我買一個給你。」她不悅地說。「所以說……廳長殺人……你有什麼想法？」

「喔對。眞是糟透了。」

她搖搖頭。「好啦，這個講完了，荷莉最近如何？」她問，掩不住臉上少女般的歡笑。

羅歇輕蔑地揮了揮手迴避這個問題。

「幹麼?!」巴克絲特說。「她明顯喜歡你啊。」

他無視她。

「她們會希望你開開心心的。」她往床頭櫃上羅歇和妻女的全家福照看了一眼。

「也許吧……」羅歇開口，渴望將話題從他已逝家人的遺願上帶開。「荷莉應該找個接下來幾週內不會：一、死掉；二、坐牢；或者是三、坐牢時死掉的人比較好。」

「喔，少那麼誇張了。」巴克絲特嘲笑地說。「但確實，你知道的，盡量別死掉。」很快補了一句。她的手機傳來震動，讓她本能地低頭看螢幕：「去你的！」

「出什麼事了？」

「去你的！」她讀著令人感到冒犯的訊息，又說了一次。「那個自大的混帳，今晚要幫自己開派對！」

「這好自大……也好令人火大。」羅歇完全同意。「然後他邀請妳？」

「我在管理群的聯絡人名單上。」她解釋，搖搖頭站起身。

「妳還好吧？」

「我？喔，好極了。不過我還有別的地方要去。我得到了這份榮幸，要負責跟瑪姬說，她交情最深的朋友、那個負責偵辦她丈夫凶殺案的男人、她一直以來傾訴甚至關心的對象，實際上就是對他們痛下毒手、滿手鮮血、無情又沒種的敗類。」

羅歇理解地看著她。過了一會，他張嘴想說什麼。

「如果又要講你的狗屁出奇蛋，」巴克絲特警告他。「我會揍你，我告訴你。」

他乖乖閉上嘴巴。

她瞪著他，拿起包包大步走出去。

中午十二點半，凡妮塔坐在辦公桌前試圖享用一份食之無味的沙拉，被一陣敲門聲打斷。

「進來！」她喊道，把午餐放到一旁。進來的是其中一位比較專業、也因此比較受寵的下屬，這讓她放鬆了一點。「今天有何貴幹啊，警探？」

「我需要妳的簽名、一張更軟的床，還有一張昆汀．塔倫提諾新片的本週晚場電影票。」沃夫越過護送他的人，衝到辦公桌前。

「好……不行……好像有點享受過頭了。」她有效率地回應。「謝謝妳，手指虎。」她說，讓短髮警探離開。

沃夫在對方離開時皺起眉頭：「她的名字叫……手指虎？」

「東西給我。」凡妮塔說，沒力氣跟他廢話。

沃夫把IC432-R表單放到她桌上，也有人稱之爲「把監視錄影帶吐出來，你這個王八蛋」申請表。她看也沒看就簽了。

「妳不想知道這是要申請什麼的嗎？」沃夫驚訝地問。

「我想是跟調查有關的？」

「沒錯。」

「我們尊貴的長官今早在停車場堵我。」她解釋。「他知道我放你出去只可能有一個原因，就是你告訴我眞相，而我想藉機拉他下台。他想恐嚇我，實在不太明智。我現在完全相信他罪該萬死。」

她把簽完名的申請表交給沃夫。

「巴克絲特不能幫你簽嗎？」她在他離開時才想到。

「我不想要把她捲進來。」

凡妮塔若有所思地點點頭。「大家都曉得我非常討厭那個女人，她態度惡劣、職稱虛有其表——」她克制自己不要罵得太忘我。「但要說有誰能保護好自己……只有她了。還有艾利克斯．艾德蒙斯，不管是以警探或私家偵探的身分，他的見解都值得參考。你自己考慮考慮。」

然而，沃夫把這當作歡迎他坐下來聊的暗示，這令她後悔自己開口說話。他看了一眼被丟在兩人中間的碗狀物。

「妳的盆栽快死了。」

「那是我的午餐。」

他做了個鬼臉。「芬利曾經跟我說，只有一種人比毫無後顧之憂的人還危險，那就是賭上一切的那種人。接下來的局面會很慘烈。」

「如果你有上戰場的準備，那我也是。」她回答。「說到這個，他邀我今晚去他家參加雞尾酒派對。」

沃夫露出嫌惡的表情，開口時卻很冷靜。「我猜，很多大人物會去吧？他想討好的那些人。這也許是個對他稍微施壓的好機會。」

「或直接讓他喝個爛醉，然後從實招來。」凡妮塔提議。

沃夫考慮了一下：「想『攜伴』嗎？」他問，臉上掛著不懷好意的笑容。

「如果你打算穿那樣就別了。」她告訴他。

他低頭看了一下身上的辦公服裝，聳了聳肩。

27

二〇一六年一月十四日，星期四
晚上七點四十四分

租來的西裝聞起來有狐臭味，臀部曲線也缺乏讓人遐想的空間，但要Moss Bros男裝店在這麼短的時間內生出這麼一套，他們也算是盡力了。沃夫試著打了幾次領結，卻屢屢失敗。最後他放棄，索性讓領帶鬆鬆地掛在脖子上。他還大費周章地再刮了一次鬍子，甚至試著整理他那頭不受控的頭髮。

沃夫和凡妮塔兩人不發一語地坐在後座，穿過森林，往克里斯丁住的高級住宅區開去。抵達時，長長的私人道路兩側停滿昂貴的轎車。他們的司機調了調後照鏡，要把車子塞進一輛奧斯頓·馬丁和一輛隨便亂停的路華中間。他們停車的同時，一名專業派對規劃師等在車道盡頭，手上拿著擺有香檳的托盤。

「歡迎！」她笑著說。沃夫下車，並為凡妮塔開門。「請問貴姓大名？」

「我是來作陪的，」沃夫回答。「這位是吉娜·凡妮塔。」

女子翻閱著她的名單，手指冷到要試好多次才成功翻頁。接著她遞給兩人各一杯香檳，看起來是某種精緻的入場證明。

「請上樓到屋內。克里斯丁和客人在客廳。」

他們踩過一條布置著五彩燈飾的碎石路。途中經過第一組打扮完美、溜到外頭抽菸的來賓。他們從敞開的正門走進去。

「哇！」凡妮塔驚呼，她的反應和所有第一次見到如此美景的人一樣：三層玻璃窗外是繁星點點的夜空，宛若太空船的艙窗。

不知從哪搬來的一架大鋼琴，發出幾乎聽不見的琴聲，完全被上上層階級的嬉笑玩鬧與自我吹捧給蓋過。就算打扮成這樣，沃夫還是清楚意識到自己有多格格不入。這些人臉上全掛著自視甚高的不耐表情，像穿制服一樣，而他飽經風霜的臉上毫無那種神韻。

「威廉．佛克斯？」附近有人喊著，前來和沃夫握手，引來許多好奇的眼光。「威廉．『沃夫』．佛克斯！」

「佛克斯，這位是馬坎．希洛普，切爾西和富罕區的國會議員，到了五月，大概也會是我們的新任市長了。」凡妮塔告訴他，並和這位光鮮亮麗男子的光鮮亮麗臉頰行了個貼面禮。

「吉娜，真榮幸又見到妳。」他機械地回答，把注意力拉回沃夫身上。「我在想啊……」他戲劇化地說。「可能我還是該放聰明點，別離你太近！」

他防衛性地舉起雙手，為不斷增加的觀眾帶來樂子。他指的是之前的鄧波市長。他在沃夫眼前被體內竄出的火焰痛苦地活活燒死。

「所以……現在我們都拿這事來開玩笑了？」他驚疑地問凡妮塔。

他們很快就吸引了許多關注，無可避免地，也讓遠在房間另一頭的克里斯丁注意到。他一認出這位不速之客，表情立刻垮了下來。沃夫不理會一旁眾人的誇張言論，朝宴會主人舉杯致意。他看到克里斯丁回頭繼續跟人談話。然而，他接著發現一道熟悉的身影，正穿過人群往他的方向移動。

「不好意思。」沃夫說，丟下凡妮塔，趕在其他人注意到之前，上前攔住那位身穿黑色晚禮服的女子。

巴克絲特距離克里斯丁不到三步遠，沃夫輕輕拉住她的手臂，將她往反方向帶。

「妳在這裡做什麼？」他低聲問，假笑著穿過宴會的人潮。

「你當真覺得，我會信你那套『我們放手別管』的屁話？」她也假笑，以免其他人起疑。舞會開始舉行，阻擋了他們逃脫的路線。

「我是試著想保護妳。」

「太沒用，也太遲了。」巴克絲特聳肩推開他的手臂，並轉身面向他。「他殺了芬利。這事我管定了。」

一名看起來位高權重的男子緩緩走上前，向她伸出手：「您願意賞光嗎？」

「我願意……什麼？」巴克絲特皺起眉頭，盯著他皺巴巴的手，看起來像握著一隻死掉的小貓。

那名男子突然間沒那麼有自信了：「願意跟我跳舞？」

「不，我不願意。閃邊，你這變態！」

沃夫滿懷歉意地微笑，不急不徐地將她帶離舞池，往最近的門走去。

「沃夫！我們要去哪？」她抱怨。「喔！」

他跟著巴克絲特進去，順手打開燈。關上門後，沃夫整個人壓在她的背上，旁邊還卡著一個小水槽。

「好極了。我們現在到了史上最小的浴室。開心了嗎？」巴克絲特問，試圖在狹小的空間裡轉身，過程中肘擊了他兩次。

「這不是浴室。」沃夫抱怨，心窩又被撞了一次。「只是個不肯承認自己身分的櫥櫃。」

至少他們面對面了，巴克絲特的胸部緊貼沃夫胸膛。說句公道話，他真的很努力表現得像個紳士，不做任何反應了。

「妳很漂亮。」他微笑著說。

「這樣很不得體。」她厲聲說。「沃夫？」

「是？」

「那最好是你的手機在頂我。」她威脅地說。

「確實是。」他跟她保證。非常不巧，他外套口袋傳來一聲簡訊提示音。

「喔！噁心死了，沃夫！」她罵道，爬到馬桶上想遠離他。

「幹麼?!妳很美啊！」

「我給你十秒鐘解釋。」巴克絲特警告他。「我們在這裡幹麼？」

「好吧。我沒辦法說服妳放手不管，我也尊重妳的決定。但妳也許可以……低調點，表現得好像妳沒參與一樣？」

「我才不怕他！」

「也許妳是該怕！」他吼回去，害她驚跳一下。

他舉起雙手表示歉意，巴克絲特警戒地看著他。

「我不會躲躲藏藏的。」她告訴他。

沃夫的外套又傳來一聲提示音，他無視它，點了點頭，明白自己不可能說服她。「但就只有我們兩個。不要將其他人扯進來。」

「同意。」

外頭傳來一陣急迫的敲門聲，緊接著又敲一次。

「沃夫？」有人在門的另一邊悄聲說。「沃夫？」

沃夫對巴克絲特投去一個困惑的眼神，轉動門鎖，跌跌撞撞地回到她那邊。艾德蒙斯也進到這狹窄的空間來加入他們。

「艾德蒙斯?!」

「巴克絲特?!」

他們圍在沃夫身邊，朝彼此揮揮手。

「早該猜到的。」艾德蒙斯大笑，乾癟的身子快被廉價燕尾服給吞噬了。「我本來想避免妳被捲進來。」

「你眞體貼啊。」巴克絲特笑了。「但我應付得來。一如往常。」

「所以，他做這種事就是『體貼』？」沃夫不悅地問。

「對了，妳眞美。」艾德蒙斯跟她說。

「謝了。」

沃夫露出一副挫敗的表情，轉身面對艾德蒙斯，過程中三個人都撞瘀青了。

「那最好是你的手機在頂我。」沃夫警告他。

「確實是。我傳簡訊給你……傳了兩封。我不曉得你跑去哪了。」

「我想你也沒要收手的意思，是吧？」

「當然。那渾蛋殺了我們的朋友。他的手下或同夥還闖進我家。我得參與這件事。我得幫忙……對了，桑德斯和喬伊也不會退出。」

沃夫放棄地點點頭，但隨即露出困惑的表情：「喬伊？」

「實驗室宅。」巴克絲特解釋，蹲在馬桶上讓她很快失去耐性。

「有人跟瑪姬談過了嗎？」艾德蒙斯問他們。

「我。」她回答。

「那她的反應……她還好嗎？」

「不太好。反應跟預期的差不多：說是我們搞錯了，問我們爲什麼要把事情弄得更糟，怪我們爲了不讓沃夫坐牢就抓克里斯丁當代罪羔羊。直到最後才接受事實。」

「謝謝妳。」沃夫說得很眞誠，轉身時，手肘撞到她的胸部。

「老天，沃夫！」她抱怨。「你能不能跟我們說清楚你的計畫，好讓我們能離開這裡？」

「克里斯丁住院期間有個訪客，」他解釋，費盡全力不要往下瞄她的裙子。「幾個小時後，證物箱就被毀了。筆和簽到單我都查扣起來了，也送了申請表調閱監視錄影畫面。」

「這人不會用眞名的。」艾德蒙斯說。沃夫再次轉身，讓其餘兩人發出驚呼。

「我知道。但這給了我們一段可以深入調查的時間點，一份筆跡樣本，還有，如果我們超級幸運，也會有他們的指紋。」

有人敲門。

「抱歉！」

「裡面有人！」

「走開！」他們齊聲喊道。

「那麼，我在想。」艾德蒙斯壓低聲音。「我們一直假設，桑德斯被砸車、克里斯丁被攻擊和我家被闖入，都是同一組人幹的。就我們現在所知的狀況，廳長讓自己被打得半死不活，好像沒什麼道理。」

「可能是要避免我們起疑。」巴克絲特提出想法。

艾德蒙斯似乎不太買單。

「如果眞是那樣，他其實可以選其他更輕鬆、不折騰人的方法。妳看他的車，他的臉……他可能會送命耶。」

「你的意思是？」沃夫問他。

巴克絲特驚呆了。顯然連他都認知到艾德蒙斯的可貴貢獻。

「有人跟廳長合謀，但出手攻擊他的另有其人。廳長當初很可能就是受這個人威脅，才殺了自己最好的朋友。針對倉庫外行動的那組人，我已經去申請調閱更多資料了。那天從火場逃生的人也許沒有殺芬利，但我很肯定，他們在某些方面跟這件事有所牽連。」

巴克絲特感到無比驕傲；艾德蒙斯一個人的價值可以抵過他們全體。

「你希望我做什麼？」她問沃夫。「別轉身！」

「查出動機。」他背對著她回答。「造船廠裡發生了什麼事我們還不知道。芬利破產了，房子要被扣押，克里斯丁卻在豪宅裡快活。我們需要填上這中間的空白。」

「很好。」巴克絲特說著，已經要爬下馬桶。「那我們要不要去外頭搞點事啊？」

沃夫點點頭：「有何不可？」

他們跌落到走廊上，無視其他客人打量的眼光。然而他們立刻就發現，今晚克里斯丁要擔心的還不只是他們……

舞池一片死寂。

音樂停止演奏。

所有人的視線都緊跟在派對主人身上，他站在豪華大廳的正中央，一名穿著輕便的女子賞了他一巴掌。

「瑪姬！」巴克絲特驚呼，推開看得傻眼的群眾去找她。

巴克絲特來到她身邊時，她一臉茫然，克里斯丁也是。他震驚地將手摀著臉頰，彷彿他的世界剛剛崩毀了。她失聲哭泣的時候，他還想伸手安慰她。巴克絲特拍掉他的手，把她難過的朋友帶到外頭。

克里斯丁過了一會才回神。他清清喉嚨。「各位，我對剛剛的事深感抱歉！」他微笑。「請別客氣——喝喝酒、跳跳舞、玩得開心點。我去拿些冰塊敷一下！」

緊張的笑聲轉變成再次此起彼落的交談聲，第一道清脆的鋼琴音符填補了中間的沉寂。克里斯丁還有點茫然，差點直直撞上艾德蒙斯。

「廳長先生。」艾德蒙斯咧嘴一笑，簡短地點了頭當作打招呼，然後去找凡妮塔，她似乎很開心看到他。

克里斯丁繼續往吧檯走去，感覺得到他的客人正在用八卦的眼神緊盯著他的一舉一動。正當他要呼喚吧檯人員過來時，某人遞給他一團包滿冰塊的布。

「謝謝——」他開口道謝，抬頭發現沃夫高大的身軀堵在眼前。他苦笑著說：「你告訴瑪姬了？」

「你聽起來很意外？」

「我是很意外……」他降低音量，吵雜聲中像是在喃喃自語。「你居然蠢到聽不懂我的警告。」他把冰冷的布料敷在臉上。

「喔，我聽得可清楚。」沃夫凶猛的眼神對上克里斯丁的眼睛。「現在，不如換你聽聽我的：你儘管繼續躲在你森林裡的豪宅。把你能找到的馬屁精和僞君子都邀來。用昂貴的酒和永無止盡的謊言塞滿他們……爲我來收拾你的那天鋪路。」

克里斯丁估量了一下沃夫的威脅。「瑪姬會很安全。這我能保證。至於你們其他人……」他遺憾地搖搖頭。

沃夫的大掌搭在克里斯丁的肩上，傾身在他耳邊低語。「我知道在倉庫發生了什麼。」他學芬利那樣，拍了拍聽長的背然後離開。

「都還好嗎？」附近一位客人問道，注意到主人臉上不適的表情。

克里斯丁看著沃夫穿過派對會場，不發一語。艾德蒙斯跟凡妮塔在屋子另一頭怒瞪著他，此時，送瑪姬平安離開的巴克絲特回到屋內。

「我說。」那位老紳士追問道，「一切都還好嗎，克里斯丁？」

「還好……還好，一切都很好，謝謝你，溫斯頓。只不過是我們這種地位的人常有的壓力。你曉得的。」他微笑，視線還在他們身上……在他身上。「那些伺機而動的豺狼虎豹。」

28

一九七九年十一月十八日，星期日
傍晚五點〇七分

值班的頭一個小時，克里斯丁和芬利都在聊些蠢話。沒人提及他們在彼此身上造成的傷口。克里斯丁的腿跛得嚴重，酒紅色的瘀青讓下巴骨折的位置更加顯眼。芬利的鼻子則再度易位，眼睛也是……又黑成一圈。

「今晚要吃什麼？」克里斯丁問他，他們正開著新的巡邏車努力爬坡越過卡斯金山，克里斯丁的腳在地板上拍動。

「隨便。」芬利簡短回道。

克里斯丁受夠了，他轉動方向盤，不顧安危地衝過轉角，讓車子彈出路面邊緣，轉向風景優美但惡名昭彰的車震勝地。儘管他的搭檔幾乎要把他們兩個害死，芬利依舊冷眼旁觀。克里斯丁讓車子打滑停下，引擎熄火，走出去坐在溫熱的引擎蓋上。風吹著他的長髮，他一隻手護著火點菸，此時夕陽正在霧茫茫的城市中落下。

芬利下車加入他。

「我很嫉妒。」克里斯丁眼睛凝視著遠方。「我酒喝了太多……跟平常一樣。我是個徹頭徹尾的混帳……跟平常一樣……我眞的很抱歉……這很可能是我第一次眞心感到抱歉。」

芬利依舊保持沉默。

「瑪姬她……」克里斯丁搖搖頭，然後笑了。「她是萬中選一的好女孩，你們兩個的感情又這麼難得。我很嫉妒。但你也不用這樣就走人啊！」

「我沒有。」

「沒有要走？」

「喔，我是要走。我要搭第一班飛機，離開這成天下雨的鬼地方，再也不回來。」芬利澄清。「但跟我們兩個無關。瑪姬要走……我跟她一起去。」

克里斯丁點點頭。

太陽短暫露了一下臉，片刻間，陽光灑落在灰撲撲的蘇格蘭市郊。

「我把錢對半分了。」克里斯丁告訴他，並把菸蒂丟進樹叢，再點了一根。

「那是你的錢。」芬利說。

克里斯丁咕噥著。

「我一毛也不想要。」芬利堅持立場。「但那晚發生的事……還有這筆錢的去向，我到死都不會說。我跟你保證。」

「這我可不擔心！」克里斯丁笑出來。「你救了我一命！」他把手搭在好友身上，充滿感情地晃了幾下。「你是我最信任的人。我只是希望你過得好。」

「我不想要那筆錢。」他重申，甩開身上那隻過分熱情的手。

「我這幾天都在想正義感這件事。」克里斯丁起頭道。「它不是那種久遠不變的事物。它不算是先天的人格特質組成。比較像是……一種期許，總是與現實生活相違背——考驗著我們、折磨著我們。一直以來，都有這樣的動態平衡在背後運作：正義感和我們的渴望，而我們的渴望，正是想認爲自己是正直公義的……這眞是一團糟。」

「我眞想知道。」芬利若有所思地說，「你沒說出口的東西到底有多蠢？」

「我只是想表達……人生很長。不管你要不要，一半的錢就是歸你。等有一天，人生終於磨光了你的正義感，你只需要開口問我一聲。就這麼說定了？」

「不可能的。」

「那就當好玩吧。一言爲定？」

「一言爲定。」

29

二〇一六年一月十六日，星期六
上午十一點〇一分

重新合體的小組全員聚集在「王與國」酒吧最角落，幾個人甚至還冒險嘗試從令人絕望的菜單上點了早餐。沃夫試圖把咖啡裡漂浮的不明物質撈出來，桑德斯準備開吃他的全套英式早餐。在此同時，艾德蒙斯不由自主地注意到巴克絲特在調整自己的內衣，然後他發現喬伊也注意到了。

他含蓄地輕輕推她一下。

「抱歉。」她悄聲說，看起來還是不太舒服。

爲了讓身上這套租來的燕尾服値回票價，沃夫清清喉嚨，站了起來。「各位早安。我希望你們都很享受——」他瞥了一眼桌上棄置的盤子，「——生活。我、艾德蒙斯和實驗室宅，昨天忙了一整天，爲你們準備了一份報告，包含三張A3書面資料、驚人的眞相揭露、各種顏色的奇異筆，甚至還有艾德蒙斯他未婚妻的iPad。」

「但是拜託，千萬別告訴她。」艾德蒙斯補充，焦慮地看著沃夫笨拙的手指戳弄螢幕。

「醫院的監視錄影畫面，拍到克里斯丁的神祕訪客神祕地來訪。」沃夫宣布，並舉高畫面讓所有人看到。

影片在那個人影抬頭直視攝影機時暫停，接著畫面放大，做出毫無必要的旋轉特效，在螢幕上到處彈跳。沃夫把這個新玩具玩弄得過頭了。

巴克絲特對他怒目而視。

「至少我沒加音效。」影像終於停止不動時，他興奮地笑著說。

哞！

「好啦，我有加！」他坦承。

畫面顯示一名跟芬利年紀相近的男子，但穿著顯得更為體面，滿頭油亮的深色頭髮往後梳得非常整齊。

「那位……」沃夫告訴他們，「是基廉·肯恩，就是造船廠倉庫裡那群人的首腦：專門搞製毒、詐騙，傷害罪的指控多到數不清，涉入好幾宗謀殺案……基本上，就是個徹頭徹尾的渾蛋。可是現在呢，他卻在一樁野蠻的毆打事件過後不久，來拜訪我們的警察廳廳長。這實在很令人好奇，對吧？」

「而這些人。」艾德蒙斯說著，將一組照片放在桌上，「是他已知的同夥。」

「紅色叉叉是什麼意思？」桑德斯含著滿嘴的薯餅問。

「代表他們死在倉庫大火裡。」

「還有……」桑德斯把食物吞下去，同時舉起一根手指。「為什麼有些人只放了名字？」

「因為我們不知道他們的長相。」艾德蒙斯回答，不知道對方期待什麼答案。「就我所能查到的，這就是他的整個幫派網絡了。」

「這表示逃出倉庫大火的傢伙一定是其中一員！」桑德斯宣告，似乎以爲自己破案了。

「對。」艾德蒙斯盡可能耐心地說。「所以，傭兵部隊和大火消滅了肯恩至少一半的人馬。」艾德蒙斯把打叉的照片從桌上拿掉。「我開始查其他人的檔案，然後——」他的手放在一張年代久遠的嫌犯大頭照上，「——這個人在大火後一個星期被殺了。現在換喬伊上場。」

喬伊想學沃夫和艾德蒙斯一樣戲劇化地站起身，卻發現自己被牢牢卡在桌子和牆壁之間。他放棄了。

「驗屍過程中，從屍體裡取出兩顆子彈。我心想：『管他的，我今年也沒別的計畫。』就將那兩顆子彈放進我的機器測試，你們猜結果怎樣？又是相同的印痕。是同一把槍發射的！」

「你認爲我們的嫌疑犯殺了自己的手下？」巴克絲特問。

「沒錯。」

「而且。」沃夫興奮地插話，顯然一直在等待這一刻到來。「有一位證人描述了某個逃離現場的人士。」他的手指比劃著最上面的那張A3紙。「他的證詞讓我畫出了這個……」

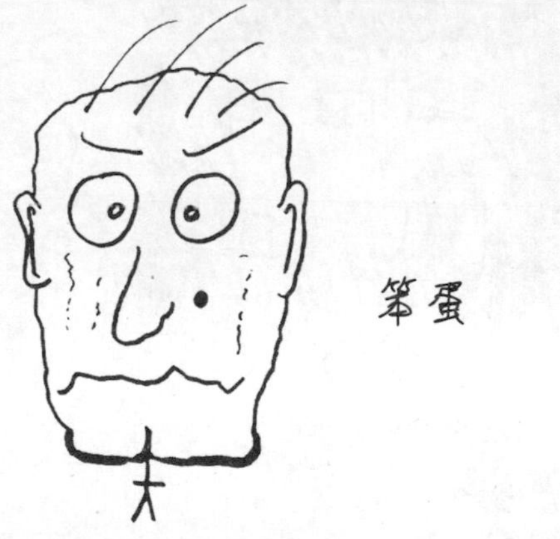

（根據繪者的印象）

一時之間，沒有人說話。

桑德斯張開嘴巴，這才發現連他也無言以對。

「我只想問一個問題，沃夫？」巴克絲特開口詢問。

「是？」

「這是什麼鬼?!」

「說是『繪者』也太好聽了吧。」桑德斯斜眼看著那幅畫，一面對於畫上的用字加以評論。

「絕對跟照片裡的人都不像。」艾德蒙斯盡其所能用鼓勵的語氣說。

「也就是說，我們可以把這些東西都扔了。」沃夫說著，把肯恩手下的照片從桌上的照片堆中拿走，只保留那些臉沒有出現在照片中的人名。

「請先讓我釐清一下。」桑德斯一臉困惑地詢問。「他殺掉自己的幫派成員，這是他在廣場上掃射芬利和廳長的之前還

是之後？」

「切莫驚莫慌，我健忘的朋友們！」沃夫微笑著說道，再度將手伸向他那疊A3紙。「我幫大家整理了這份好用的時間軸，爲了更清楚地記錄案情……」

「沃夫，你眞是個白痴。」巴克絲特豪不客氣地回應。

艾德蒙斯的表情恰如其分地波瀾不驚，桑德斯則大笑出聲。

「我比較想知道的是，如果用圖表或是表格呈現，傳達資訊的效果不是會好得多嗎？」喬伊問。

「我會讓你們知道，我在這些圖裡面到底下了多少工夫。」沃夫用一臉被冒犯的表情說。但他接著針對此事思索了一番，最後試圖扭轉局勢：「我說的『多少』，是指……總之，還有一張圖，還有沒有人想看的？」

唯一舉手的人是桑德斯。

「那個兔子的圖案是什麼意思？」巴克絲特問，她也不知道自己何必在意。

沃夫聳聳肩表示：「我只是很會畫兔子嘛。」

「不管如何。」艾德蒙斯說，他決定接管這場正在崩壞的會議。「根據描述，我在剩下的名單中縮小範圍，從報導片段中蒐集細節資料，追蹤他們在一九七九年十一月後的多項違法事件，合理相信我們那位下落不明的倉庫生還者就是……奧恩．坎卓克。」

「結案！」桑德斯笑著說，並且玩鬧地搖晃喬伊。

「是的。」艾德蒙斯贊同地說，「如果奧恩．坎卓克不是假名的話……如果使用這個假名的眞人沒有消失在地球表面的話。把我們確知的線索整合起來，再加上一些不負責任、沒有根據的假設，得到的結果是這樣。」

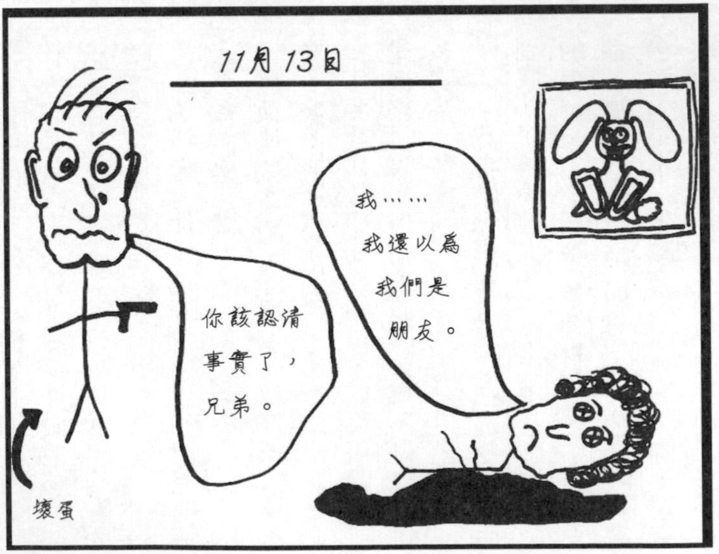

他把沃夫的圖畫推到一邊，拿起他自己更具專業度的列表：

——倉庫裡發生了某件事
——奧恩・坎卓克知道發生了什麼事
——奧恩・坎卓克替基廉・肯恩工作
——基廉・肯恩去醫院拜訪克里斯丁（而且可能就是一開始害他住院的人）

——克里斯丁的錢多得可疑

——奧恩・坎卓克的其中一名隊友試圖謀殺他
——奧恩・坎卓克在那次事件後消失了

「有人看得出任何能把這些點串在一起的連結、組合成一個說得通的理論嗎？」艾德蒙斯問其他人。

大夥思索著這道未解的謎題時，每個人看起來都有點吃力。

「我覺得我想到了……」桑德斯摸著下巴，突然發話。「克里斯丁就是奧恩・坎卓克！」

「還有別人嗎？」艾德蒙斯不耐地繼續進行。

「你就直接告訴我們吧。」巴克絲特逼問他。

艾德蒙斯試圖裝出無辜的樣子，但接著就放棄了。

「好吧。我想到一個理論。」他承認。「我認爲，不管那晚發生了什麼事，克里斯丁和芬利都想保密。他們沒料到的是，奧恩・坎卓克逃出了那場火災，告訴了他老闆基廉・肯恩，他就用這當作控制克里斯丁的把柄。也許芬利原本是要揭露眞相，或是勒索——」

「芬利不會這麼做……」巴克絲特打斷他的話。

「讓他講完。」沃夫說。

「……因此，他們才殺掉他。」艾德蒙斯繼續說。「奧恩．坎卓克嘗試彌補他在倉庫的失敗行動，但仍然沒有成功，使得肯恩決定除掉他。但是，奧恩．坎卓克反而射殺了那個殺手，然後躲了起來。意思就是說：我們若要知道那一晚到底發生了什麼事，唯一的方法就是找到奧恩．坎卓克。」

「要是他還活著的話。」桑德斯指出。他現在吃起了喬伊的剩菜。

「要是他還活著的話。」艾德蒙斯同意。「克里斯丁就算原本不知道當時火場還有其他生還者，現在肯定也知道了，而且他曉得我們在找那個人。所以，我們得假設，肯恩和他的手下也在找那個人。問題只在於，誰先找到坎卓克。」

會議結束，艾德蒙斯在巴克絲特旁邊的座位坐下，她正毫不害臊地調整內衣、擠出乳溝。

「妳今天好像有點事情。」他技巧性地說，同時確認喬伊沒有從吧檯另一邊偷看。

「你覺得這樣看起來有比較大嗎？」她問。

艾德蒙斯的視線絲毫不游移：「我不曉得。」

「你看都沒看！」

他發出一聲沉重的嘆息，往下瞄了一眼她的胸口。

「看起來都一樣啊……妳不吃這個嗎？」他問起她那份沒動過的吐司早餐，迫切地希望能換個話題。

「不吃。」她似乎有點反感。「聞起來不對勁。」

艾德蒙斯從她的盤子上拿走食物，聞一聞，然後咬了一口。

「今天需要幫忙嗎？」她問他。

「當然。」他回答，嘴巴塞得滿滿的。「得在路上幫萊拉買幾樣東西。」

Boots藥妝店的覆盆莓石榴口味果昔賣完了。

這徹底惹毛了巴克絲特。

那個在冰櫃上貨的痲臉年輕人恐怕有點無辜，成了她惡劣情緒下的炮灰，她非常公開地給他上了一堂供需法則課，對他闡述，如果全國每一家門市天天都賣完覆盆莓石榴口味果昔，那麼，也許某位擁有超凡力量的決策者應該至少考慮一下多進點貨。但是，當他的嘴唇開始顫抖、衝進儲藏室大哭特哭時，她感覺糟透了，等待艾德蒙斯購物時，她的情緒也不禁潰堤。

過了片刻，他從走道盡頭冒出來，垮著臉趕到他正在啜泣的朋友身旁。

「巴克絲特？怎麼了？」

「沒事……我只是……抱歉。」

「妳不用道歉。是我的錯。我不應該跑到……那邊去。」

「我是有什麼毛病？」她笑著擦擦眼睛。

艾德蒙斯張開嘴……低頭看著臂彎裡的紙尿片……再抬頭用探問的眼神望向巴克絲特。

「什麼？」她問。

他看起來有點不自在。

「什麼?!」

「呃嗯嗯。妳覺得累嗎？」

「總是很累。」

「胸部現在怎樣？」

「感覺怪怪的。」

「妳最近還會對其他食物沒胃口嗎？」

「可能吧。」

「妳還會在藥妝店裡公然落淚嗎？」

「很有可能。」

「恭喜喔。」艾德蒙斯丟了一包紙尿片到她懷裡，然後趕忙走開。

30

二〇一六年一月十六日，星期六
下午三點二十三分

沃夫坐在他刑事重案組的舊辦公桌前，正天人交戰地考慮要不要冒險吃一根從布娃娃謀殺案以前就放在抽屜裡的吉百利雙層巧克力棒。他檢查了一下模糊褪色的有效期限，本身的意涵已不言自明：

2015/2

他含著滿口的巧克力，繼續手邊的工作：提取克里斯丁手機號碼的通話紀錄和GPS定位資訊，同時不能讓協助的同事知道這支號碼是誰的。這比他原本預期的更加困難。

下午三點四十二分，沒有凡妮塔的批准，沃夫毫無進展，這時他接到一通個人電話，讓他的脊椎冒起一陣冷顫。

「媽？……妳說只要一小時就會到是什麼意思？一小時就到哪裡？……爲什麼?!……不，當然。我只是……她怎樣？」他咬牙切齒。「是啊。她人眞好！……不。其實我已經不住在那裡了。」他解釋，急切地想著該把父母送到哪兒去。「我再傳簡訊告訴妳地址……簡訊！……傳簡訊告訴妳！」

坐在附近的幾個人往他的方向瞄。沃夫用嘴型道歉。

「好。好。眞是太棒了。那麼待會見啦。拜拜！」

他掛斷電話，把剩下的褪色巧克力棒塞進嘴裡，然後雙手抱頭。

艾德蒙斯以前從來沒對巴克絲特大吼過，現在他們兩個都感到有點奇怪。

他們在他的小屋裡試圖釐清某些案件資料，對話無可避免地離題，然後巴克絲特淚眼汪汪地承認她跟沃夫上床眞是大錯特錯。平心而論，她已經向湯瑪士坦白了，此舉不錯，但對她而言不太妙的是，她發現自己可能懷孕了。

艾德蒙斯難過地嘆了口氣：「妳要告訴他嗎？」

「哪一個他？」

「湯瑪士。」

她聳聳肩。「我想，在我擠出一個氣鼓鼓的小嬰兒時，應該早晚會提起這件事吧。」

艾德蒙斯的手機響了。他低頭瞄了一下螢幕，然後焦慮地看向巴克絲特。「我得……」他話還沒說完，就消失在門外。

過了一分鐘，巴克絲特整理好自己的狀態，也準備好了用來冒犯艾德蒙斯的絕佳臺詞，好讓他別自以爲贏了。然而，他一臉疲憊地回來，她立時就忘詞了。他收起手機。

「是沃夫。」他解釋。「他隨便問了些關於妳跟湯瑪士的問題，還有妳現在住哪裡、妳的公寓租出去了沒。」

巴克絲特坐直起來，滿臉擔憂：「那你跟他說了些什麼？」

艾德蒙斯掛著苦尋不到正確答案的表情。

「我……跟他說了……實話？」他回答。

巴克絲特從凳子上彈了起來，衝出小屋。

「我們得阻止他！」她轉頭朝她困惑的朋友喊道。「你可以在路上打給他！」

「謝謝你啦，備用鑰匙！」沃夫對他的備用鑰匙道謝，很高興地發現它仍然能打開巴克絲特住的樓房大門。這是他保留的少數物品之一，是一項來自過往人生的紀念品。

他已先把溫布頓大街的這個地址用簡訊傳給他母親，然後趕搭下一班南向的地鐵。他拾階而上，挑出一把沾有髒汙的鑰匙，打開門……

因感染造成的臭味立刻迎面襲來。

「老天啊，艾可！」他埋怨道，走進客廳時從旁抓起一罐空氣芳香劑。

沃夫以袖掩鼻，從放滿繃帶和藥物的流理臺，看向一張歡快地寫著「冷凍庫裡有餅乾麵團！」的字條，再看向那個半裸著身子、持有武器的男人。沃夫發出一聲不太有男子氣概的驚呼，雙手舉高，對著空氣噴射了一發玫瑰花瓣樂園香氛。

「你是沃夫對吧？」羅歇微笑著說，他看起來皮膚汗溼、臉色灰敗，放下了槍便靠著門框頹然倒下。

「對。」沃夫訝異地回答，緩緩放下雙手。「你一定就是那個生前叫作達米安・羅歇的活屍囉？我在新聞上看過你。幸會。」他的眼神落到了橫跨羅歇胸膛的發黑傷口。

「我知道。看起來很糟，是吧？」

「味道也很糟。」沃夫向他保證，心裡希望羅歇沒發現自己已經偷偷對著他噴玫瑰花瓣芳香劑超過二十秒了。

「巴克絲特跟你一起來的嗎？」

「不。但她絕對跟我說過你的事……你住在這裡……逃過了追捕……等等。」沃夫編著謊話，查看了一下手錶。「現在或許是個通知你的好時機，我們馬上有客人要來。」

「客人？」羅歇看著沃夫在房裡兜圈，收起巴克絲特的照片，裡面拍的都是她各種不想被拍的反感表情。

「是啊。但別擔心。你什麼都不用做……只需要告訴他們這是我的套房。」

「是公寓。」羅歇糾正他。

「那樣更好！而且，你是我的好友兼室友——」他仔細看了看羅歇，「——海伍德。」

「海伍德？」

「你有上衣穿嗎？」沃夫問他，一面掃除，一面打開窗戶。

「我會流血流得整件衣服都是。」羅歇不太自在地回答。

「那就穿件紅色的如何？」他提議。對講機響了。「該死！好吧，上戲了！」

有一輛車停在巴克絲特的車位，很是惱人，所以她把小黑棄置在車道上，車裡的艾德蒙斯還像個白痴似地傻傻坐在副駕駛座。她跑進她家的大樓，奔上樓梯，衝入公寓。她大步逼近沃夫，他目瞪口呆地回望她。

「你以為你在幹麼？」

他一臉緊張：「巴克絲特，我——」

「你以爲你對我做出那些事之後，還可以擅自跑進——」

「巴克絲特，如果妳能——」

「你在我的人生中，就像他媽的瘟神。你明白嗎？你把一切都給毀了！」

「巴克絲特，我父母——」

「沃夫，我來晚了！」她吼道，表情十分難受。

「說句公道話，我其實沒邀妳來啊。」

「不是，你吃屎去吧！我說來晚了。那是我覺得『我有了』……或是『你把我肚子搞大了』的禮貌說法……你知道，就是懷孕的意思！」

「恭喜[1]！」沙發那邊傳來一道聲音。

她瑟縮一下，緩緩轉過頭，發現佛克斯先生和佛克斯太太耐心地坐在羅歐旁邊看著他們。羅歐很有技巧地把自己的座位安排在打開的窗戶旁。

「貝佛莉！」巴克絲特露出燦笑。

「是芭芭拉。」沃夫糾正她。

「還有巴柏！」

「是比爾。」

「眞是意外驚喜！你們要吃喝點什麼嗎？」

1 原文為猶太語Mazel tov。

「不用、不用。」佛克斯先生說。「海伍德已經招待我們了。」

她連問都不想問。

「妳懷孕了？」沃夫脫口而出，他終於把這個消息聽進去了。

「我覺得是。」巴克絲特獰笑著說，她現在看起來有點瘋瘋癲癲的。

「而且……我們完全確定不是湯瑪士的？」他懷著希望問。

「很確定！因爲湯瑪士做過結紮了。」

沃夫一臉驚愕：「是……太監那種嗎？」

「是天殺的輸精管結紮，你這個——」她回頭瞄向他正在偷聽的雙親，「——笨蛋。」

「我們佛克斯家是非常多產的。」沙發上的老威廉插進一句，他的妻子在旁邊點頭贊同。

「少噁心了，爸！」

「喂，如果我事先知道這個資訊，可能會很有用呢！」巴克絲特半吼著說。

「我是說，威爾可就是個完完全全的意外呢！」佛克斯先生補充道。

「爸，我都不知道欸。」沃夫看起來有點受傷。「多謝你的分享。」

「那麼，你們怎麼會來倫敦？怎麼特別來溫布頓？」勉強維持住不要崩潰的巴克絲特問。

「看《獅子王》。」佛克斯太太回答。

「就是那齣……《獅子王》？」

她點點頭。

「眞是太奇怪了。前幾天，我在跟艾瑟講話時，電話響了，我好驚訝，是安潔雅打來……

妳認識安潔雅嗎？」

「噢，我認識安潔雅！」

「嗯，有人送了她兩張最高價位的票，還有高級飯店的一晚住宿……她就想到要問我們呢。眞是太有心了，對不對？」

「眞的是太有心了，沒錯！」

巴克絲特和沃夫都開始思索他前妻如此行爲背後的動機，這時，一聲敲門聲傳來。

「我去！」羅歐說。抓到脫逃的機會，他當眞一躍而起。

對話進行到尷尬的中場，他們全都聽著羅歐招呼那位身分不明的訪客。

高跟鞋的喀喀聲逐漸接近。

「安潔雅！」佛克斯太太開心地喚道。「妳有收到我的訊息吧？」她說，並站起來親吻她的臉頰。

「有！」安潔雅轉向沃夫，因爲終於找到他而露出微笑：「威爾。」

巴克絲特在盛怒之下無言以對，沃夫則一點一點地從房間退出去。跑上樓梯的腳步聲砰地傳來。索性放棄的羅歐爲艾德蒙斯撐著門，讓他快步進入十分擁擠的室內。

「安潔雅要來了！」他重重喘著氣宣布道。看著這群組成複雜的聽眾，他領悟到自己來遲了。「等一下……那個是……羅歐嗎？」他問，帶著深受背叛的表情轉向巴克絲特。

「嗨！」羅歐疲倦地揮手，注意到安潔雅的眼睛亮了起來，她認出這個名字，然後也認出了這位虛弱的中情局探員本人。

「我不想再讓你背負更多祕密了。」巴克絲特內疚地告訴艾德蒙斯。

「妳怎麼不找個位子坐呢，親愛的？」沃夫的爸爸對安潔雅說，對於房間中央進行的尷尬對話渾然不覺。「我們在慶祝呢！威爾和艾蜜莉要生寶寶了！」

「是這樣嗎？」安潔雅問，帶著得意的表情轉頭面對他們。「寶寶呀？通常呢……這是兩人一起……發生性行為的結果，我知道我的表情像是在說『喔喔喔我早就知道了』，但我保證，我百分之百是想說：『這眞是個超棒的驚喜。』」

「一定是打肉毒桿菌的效果吧。」沃夫推測。

「威爾！」他母親斥責道。

「我要去躺一下。」羅歇宣告，他終於受不了了。

「晚安喔，海伍德！」佛克斯先生在他身後喊道。

巴克絲特將艾德蒙斯拉到一旁，沃夫則走近安潔雅，打斷正要開始解釋爲何佛克斯家族如此多產的父親。

「能借一步說話嗎？」沃夫問她。

安潔雅點頭，跟他一起到廚房。她看起來有點奇怪：比較年輕、依然美麗，卻和他記憶中她那個年紀時的樣子不同，像是來自平行宇宙的版本。不幸的是，她頑固的程度與他記憶中相比卻是絲毫不減。

「妳帶我爸媽來這裡？」

「你不回我電話！」

「我在躲妳！躲人的時候就是這麼做的！」沃夫悄聲說。「就像是有一本《躲人完全手冊》，第一頁上就會寫：不要回電話！」

「我不是來跟你吵架的，」她冷靜地告訴他。「我想幫忙。」

「幫什麼忙？」

「幫你的忙。」

「幫我……什麼？」

「一切。我真的、真的對芬利的事感到很遺憾。這是真心話。而且，我只是想……我想為我之前不慎犯下的錯做點補償。」

沃夫搖搖頭。

「是真的！你看……」她拉開外套拉鍊，露出鮮黃色的新版標語T恤（也間接展示了新做的胸部）：

放狼出籠！……活動再起！

「有注意到嗎，我還預留了空間，以備你再次華麗地搞砸你的人生，你懂的。」她微笑。

「把妳那……把它拿開。」沃夫迅速糾正自己。「把那T恤拿開。」

「你真是太不成熟了。」安潔雅說，但接著她笑著緊緊抱住他。「別再那樣做了！」她附耳輕聲說。「我好擔心你。」

沃夫不理會他母親臉上滿懷希望的神情，輕輕捏了捏她的背。

「沒關係。」艾德蒙斯在隱密處對巴克絲特說。她好奇著她去墨西哥時拍的照片跑哪去了。「我只是很訝異。就這樣。」

「而且，你又能幫得上什麼忙呢？完全不能。所以我才沒告訴你。」

「有難同當……」艾德蒙斯開口說。

「當教唆犯啦。」巴克絲特說完，贏了這一回合。

「他看起來很糟耶。」

「他在好轉了。」但這話連她都無法說服自己。

「而妳的計畫是……什麼？」

「把羅歇弄到某個安全的地方。他會康復，留起鬍子，然後過著幸福快樂的日子。」

「我還以爲『幸福結局』不存在呢。」艾德蒙斯引用巴克絲特的話，輕鬆贏了第二回合。

「他說他感覺比較好了。」她堅稱，爲了不被房間另一側沃夫爸爸的說話聲蓋過而不得不提高音量。

「就算他……就算是眞的。」艾德蒙斯心裡納悶自己爲什麼總是要負責傳達壞消息。「我們現在也有個嚴重的問題。」

他擔憂地望向安潔雅，看起來她無計可施地夾在佛克斯家的人中間。

「我會跟她談。」

「羅歇犯了謀殺罪被通緝，這樣一來，妳就是共犯了。」

「你希望我怎麼做？他是羅歇耶。」她只是這麼說。

「妳可能要去坐牢！」

「他一定會去坐牢！」

「我只是要說，保持一點距離也許比較妥當。如果他們發現他住在妳的公寓裡……」

巴克絲特點點頭，至少她承認他說的有道理了。「聽我說，畢竟是羅歆。我欠他的。他得留下來。」

艾德蒙斯又朝安潔雅看了一眼：「妳可別相信她。」

「我不會的。」她向他保證，深呼吸了一下，走向那位紅髮記者。「嘿。」她說，在佛克斯先生針對M４公路路況大肆嘮叨聲中插話。「能跟妳說一下話嗎？」

安潔雅看起來有點警戒，起身跟著巴克絲特到外面的走廊上，只剩這裡能私下談話了。

「如果是關於妳和沃夫的事。」安潔雅先發制人。「我眞的完全沒有——」

「不是。」

她一臉訝異：「那妳要說的是？」

「妳是個沒有靈魂、沒有羞恥心、害人不淺的超級大賤貨，再照這樣整形下去，妳拉過皮的額頭上都要出現魔鬼的666印記了。」

「很好。」安潔雅回答。她還被罵過更難聽的話。

「但不管我們之間有什麼問題，都和羅歆無關。他是個好人，而且已經失去了所有——」

「我不會洩漏妳的祕密。」安潔雅打斷她。「我知道妳覺得我在布娃娃謀殺案時背叛了妳，某些程度上這也沒錯，不過，原原本本的眞相是，我選擇了不要爲我們新建立的友好關係做出完全沒有意義的犧牲。我是可以那樣做，但我就會把自己的事業毀於一旦，而妳仍然不會多喜歡我一分。」

「妳可以省下『就算我不做，別人也會做』的那套說詞。」

「我老闆找了其他人在隔壁的攝影棚準備好，要照著跟我一模一樣的臺詞唸。我很抱歉，但如果能再做一次選擇，我還是不會改變心意。」

巴克絲特發出苦澀的笑聲，往門的方向靠近。

「恭喜妳。」安潔雅突然脫口而出。「我是眞心的。」

出於某種原因，巴克絲特停下腳步轉過身。

「我們在一起的時候，威爾從來不想生小孩。」她繼續說。「我很高興他現在想了。」

「儘管主流看法不同。」巴克絲特指控似地說。「但這是一椿毀滅人生的一次性錯誤。」

「那麼，他發現之後怎麼說？」

「我只能用猜的。最佳答案是：『噢，我的邪惡前妻在巴克絲特跟我通知完這個消息的十秒鐘後就破門而入，我們到現在都還沒機會討論呢。』」

安潔雅一臉內疚：「噢。」

「我實在不想談這個。」巴克絲特說。「特別是跟妳談。」

「有道理。」安潔雅和顏悅色地說。「我們來談點別的吧。例如達米安·羅歇怎麼會窩在妳的公寓裡。」

巴克絲特搖頭。「妳還不如談小孩的事。」她轉頭背對安潔雅，走進屋內。

巴克絲特驚奇地看著一束又一束的閃電光芒重複打在同一個位置上，一座介於天地之間的橋梁，撕扯著空氣，燒焦了巧克力布丁的杯蓋。她忘記在把它放進微波爐前拿掉鋁箔包裝，等她終於要採取行動時，保險絲燒斷了，幫她省了麻煩。

「妳那邊沒事吧？」湯瑪士喊道，他還穿著打羽球的裝備，回家趕赴又一場與巴克絲特的臨時晚餐約會。

「很好！」她謊稱，端著兩個布丁放到桌上，並且確保完全沒加熱的那一個是放在她自己面前。她回到座位上，準備再喝一口酒，卻突然意識到此舉或許不妥。

她放下杯子。

「味道不錯。」湯瑪士說。他對她微笑，拿起酒瓶：「妳要再來一點酒嗎？」

巴克絲特將手放在杯子上方。

「不用了……謝謝。其實，這跟我要和你說的事有點關係。我有個……消息要告訴你。」

「喔？」湯瑪士回應，探過去握住她的手……他無意中握得更緊了些。

「聽我說，我不太擅長這種事，但是……我……」

她放在桌上的手機響了。

「……愛……」

她忍不住低頭看螢幕。

「……沃夫。」

湯瑪士放開她的手：「妳愛……沃夫？」

「什麼？不！我愛你。我愛的是你！沃夫只是在這個非常、非常不妙的時間打來……」她的手蓋住那惱人的震動物體。

「但是妳不會接……對吧？」

「這是工作。等我一下就好。」她歉疚地說，接起手機：「你還是很不會挑時間，沃夫。你想幹麼？」

湯瑪士大聲哼氣，雙手抱胸。

「克里斯丁的通聯紀錄乾乾淨淨。『無定位資料。無來源不明或超過正常範圍的通話。』」沃夫讀出報告。「本來就希望不大。他太小心了，不會留下線索。」

「這件事不能等嗎？」

「這是為了芬利。」他聽起來有點受傷。

「對不起。你說的對。」她嘆道。「那麼，我猜他也不太可能用電腦了。」她朝對面的湯瑪士微笑，卻只得到他以瞪視回應。

「但他一定在跟某個人聯絡。」沃夫說。「艾德蒙斯家被人闖入的那晚，他在醫院裡，而且我實在沒法想像他親自撬開桑德斯的Skoda車鎖。」

「會是基廉・肯恩跟他的手下幹的嗎？」

「不。我想艾德蒙斯說對了。這看起來實在不像他們的作風。他們都當著證人的面把警察廳廳長痛毆一頓了，幹麼還要趁夜偷偷行動？」

「那麼，他一定有另外一支電話了。」

失去耐性的湯瑪士拿起湯匙，開始吃甜點。

「很有可能。」沃夫贊同。「我們得找出那支電話。不是在他家，就是在他辦公室。」

「那樣是非法闖入。」巴克絲特指出。

「只有被抓到才算。我知道他保全系統的密碼。」沃夫說。「我會負責搜查他家，但只有妳和桑德斯可以在倫敦警察廳自由行動。你們兩個人之中，妳有優勢，因為妳不是桑德斯。」

「你的邏輯我無法反駁。我會看看我能做什麼。」

「謝謝。嘿……妳覺得我們是不是該談談——」

巴克絲特掛斷電話。

「妳的布丁要冷掉了。」湯瑪士告訴她。

「毫無疑問。」她喃喃說道，拿起了酒杯，渴望地看著它，然後又把它放下。

「所以……妳的大消息是？」他追問，彷彿在叫劊子手快點磨完刀。

巴克絲特張開嘴，挖了一大匙沒加熱的甜點送進口中，搖了搖頭。「沒事。」

31

二〇一六年一月十八日，星期一
早上九點三十五分

巴克絲特很少這樣深入虎穴。她曾被找去凡妮塔的辦公室聽訓過幾次，那裡寂靜無聲的走廊，比起刑事重案組無政府式的動態平衡，總是讓她覺得不舒坦。

沃夫的新朋友凡妮塔告知，她九點半要和廳長開會，在這半小時間，克里斯丁的辦公室會保持空置。此時，巴克絲特帶了個看似重要的檔案夾作爲掩飾，邁著自信的步伐走過一堆又一堆的辦公桌。各自成群的助理和行政人員對她不太注意，全心投入手邊瑣事。她迅速往左一看，確定辦公室裡沒人，接著往右看一眼，檢查有沒有人監視，然後就快步進門。

「好。」她悄聲說，心臟跳得飛快。她檢視起克里斯丁豪華的辦公室，皮革和木材的香味搭配著從窗簾縫隙透進來的和煦陽光。

她走到大辦公桌前，拉開了最上層的抽屜。

沃夫已經在克里斯丁位於艾坪森林的豪宅裡待了將近一個小時。

損壞的電動大門留下足夠的空間讓他擠身而過，經過一次差點害他絕子絕孫的翻牆動作，他成功抵達後門。他盡可能在不造成損傷的情況下弄開鎖，衝到走廊上用力按下五位數密碼，停止警報。幾天前那晚的派對沒有留下任何痕跡，微弱的陽光照暖了寬敞空間中央的地毯、椅子和沙發。咖啡桌中間，西洋棋排列就位，平臺式鋼琴不見了，讓沃夫不禁懷疑，那整場派對是不是他夢見的。

他徹底搜索完主臥室，移向只有微弱照明的衣帽間，裡面掛著兩排待穿的西裝，下方放著相襯的鞋子。

沃夫略感不安地看了看時間，動手工作。

到了上午九點五十二分，巴克絲特已經搜遍了辦公桌的每一個抽屜、旁邊打開的公事包，和門後掛的大衣口袋。她知道自己只剩幾分鐘了，失望的情緒油然而生。「拜託，你這固執的王八蛋。到底在哪？」

她移向檔案櫃，金屬抽屜毫無障礙地從櫃身滑出，讓她心思遊蕩到太平間牆邊一一排列的屍體托架。她才剛開始翻檔案櫃，就聽見凡妮塔的聲音接近。

她整個人僵住了。

克里斯丁的側影出現在窗邊，他們繼續討論著，他的眉毛蹙了起來。

受困的巴克絲特輕輕一推，將檔案櫃關上，環顧房間尋找任何可以藏身的地方——從只通往空中的窗戶，到角落的茂密樹木；從吊勾上掛的長大衣，到氣勢逼人的辦公桌。她發現凡妮塔正朝著她看，而她手足無措地站在那裡，無處可逃。

「我就知道我有東西忘了！」巴克絲特聽到凡妮塔在窗戶的另一邊說，巧妙地調整位置，讓克里斯丁背對窗戶。「派森的那封電子信，我想跟你一起看一下。」

「當然好。寄給我吧。」

巴克絲特眼睛緊盯門把，後退著遠離房門。

「其實呢，你介不介意現在就看？」凡妮塔問道，她的聲音比想象中更急切了點。「信剛好就開在我的螢幕上，而且這事老早該辦了。」

「我還有別的——」

「就當這是個和解的表示吧。」她繼續施壓。

「嗯，如果是這樣的話，當然……但讓我去拿個東西就好。」克里斯丁轉身將門大大打開，他的下屬清晰可聞地倒抽一口氣，他露出疑問的眼神，隨著她的視線看進空蕩蕩的辦公室。「等我一分鐘就好。」他說。

他推開門的時候，凡妮塔仍站在原地。他走到窗邊，拉開窗簾，享受了片刻的一月暖陽，然後坐到電腦前。

克里斯丁的膝蓋離巴克絲特的臉只有幾吋。

她屏住呼吸，縮在辦公桌底下，將自己的靴子朝身體緩緩拉近。她看著他時髦的皮鞋移向自己，連忙退開，把身體抬離地面，往木材桌身緊靠。他的腳向她逼近，在人體難以承受的姿勢下，她的雙腿開始顫抖。

在這間物品稀少的房子裡，沃夫終於有所發現，也許根本不重要，但肯定比他找到的其他東西更有希望派上用場：日期可追溯至一九八一年六月的幾份投資證明。他解鎖手機拍照，突然注意到時間。

巴克絲特最晚應該在晚上九點五十五分就得離開克里斯丁的辦公室。她發誓她一脫身就會傳訊息給他報平安。

他打了一則很短的簡訊：

妳出來了嗎？？？

他的拇指懸在「送出」的按鍵上方，考慮著是否要再多等一分鐘。

巴克絲特可以聽見克里斯丁在她頭頂正上方的鍵盤上打著字，他的長褲布料同時擦過她的手臂。

沃夫在等她的訊息，她感覺得到緊壓在臀部上的手機，一邊祈禱他千萬別打來。她用三根手指伸進褲子口袋，指尖下方觸到金屬材質，但是無法抓穩。她更加使勁，薄薄的布料裂開了，讓她的手一滑，摩擦到克里斯丁的鞋子。

打字的動作停了。

巴克絲特不敢呼吸，眼睛睜大、充滿警戒，重重的心跳聲就要洩漏她的行跡。她看著他移動姿勢，從桌上拿起了某樣東西。

「凱西，請幫我預約明天和馬坎·希洛普午餐好嗎？」

巴克絲特把握機會，將手機從口袋裡滑出，從震動模式轉爲靜音，幾秒鐘後，沃夫的簡訊就讓螢幕亮起。她將手機挨近胸口，遮住光線。

「哪裡都行。給我個驚喜吧！」克里斯丁輕笑，掛斷了電話。

她聽見他掛回話筒，將一個抽屜開了又關，重新站起。擁擠的空間裡湧進亮光，他的腳步聲遠去，門關上了。巴克絲特癱坐在地毯上，維持那麼久的彆扭姿勢令她頭暈欲嘔。這時，她發現一支廉價手機用膠帶固定在抽屜底部，眉頭皺了起來。

她精疲力竭得無法擠出一絲勝利或放鬆的感覺，伸手將它撕下來。

早上十點十七分，克里斯丁和凡妮塔談完，正在回辦公室途中，他的助理攔住他，手裡拿著一杯非常討喜的咖啡，和一疊沒那麼討喜的信件。

「明天午餐在卡沛伯餐廳，應該會是晴天，屋頂溫室很搶手喔！」

「謝謝妳，凱西。」他說，從她手中小心接過燙熱的馬克杯。

「喔，你有看到巴克絲特總督察留給你的東西嗎？」

他差一點就藏住了訝異的反應：「妳說什麼？」

「艾蜜莉．巴克絲特。」她解釋，懷疑自己又說錯話了。「她大概四十五分鐘前來過，去了你的辦公室。我只是以爲——」

「噢，沒錯！」克里斯丁微笑著說。

他的助理明顯鬆了口氣。

「沒錯，她是有留東西。謝謝妳。」他謊稱，笑容牢牢留在臉上，直到他返回辦公室並關上門。

他匆忙趕到公事包旁，發現每樣東西都在原位，看起來沒人碰過。然後他一一拉開抽屜，也沒發現任何物品遺失。最後，他伸手到辦公桌下，發現那支手機仍然黏在原處，鬆了一口氣。克里斯丁往下看著桌上的電話，心裡想著他們是否在竊聽。他們覺得他會如此不小心，這眞是侮辱人。他們或許會出於絕望而監聽他的辦公室，他考慮著這個可能性，覺得有點放心下來，因爲他們有的就只是絕望而已。

他將小巧的手機從木質桌身撕下來，離開辦公室，進到男廁。往臉上潑了點冷水之後，他確定四下無人，遲疑地撥打了手機裡唯一儲存的號碼。通話直接轉入語音信箱。「是我。我有個問題需要處理。」

32

二〇一六年一月十八日，星期一
晚上六點四十八分

羅歇一覺睡過了大半天，但他還是設了鬧鐘以備不時之需，趕在荷莉過來以前打開燈，快速洗個澡，整理一下，爲整間公寓除臭。站在套房內的浴室裡，他望進起霧的鏡子，幾乎認不出他自己了——深陷的眼窩、空凹的臉頰……

那又黑又顯眼的兩個字比較不像他胸口的映影，更像是用奇異筆寫在鏡子上的。他伸出手去擦拭，沾溼的拇指抹糊鏡中的影像時，幾乎騙過了自己。他做好準備，目光向下，要執行他的每日任務：清晰的藍色血管蜿蜒圍繞著壞死的肌肉，在表皮底下互相糾結，彷彿在躲避血中的毒素。

走廊上傳來一陣聲響。

羅歇怕是荷莉提早來了，關掉水龍頭，抓了條毛巾，走向臥室門口。他聽見一連串按壓聲和刮擦聲，從地上撿起一件毛衣往頭上套。

一記尖銳的撞擊聲傳來，然後，前門非常緩慢地打開了。

他往臥室裡退一步，旁觀一名體型壯碩的男子走進公寓，單手拿著一把頗具分量的槍，另一隻手在背後關上門。羅歇無助地望著房間另一端的配槍，槍柄從槍套中突出來。他知道他絕對無法及時跑過那麼遠的距離。他盤點著手邊有什麼資源：巴克絲特放在浴室櫥櫃的指甲剪、好幾瓶噴霧罐、一瓶漂白水。他的牙刷可以折斷刷頭作為塑膠刺刀。

他在闖入者前往走廊時推開門。從門縫間目測，那名男子約六十五歲，一隻手為了擋住臭味而蓋在臉上。他在大浴室外停下，輕推了一下門確認裡面沒人。

羅歇準備箭步跑過開放空間，但幸運地在那名男子舉著武器指向客廳、轉過身走進廚房時遲疑了。他再度準備動作時，鬆脫地板的嘎吱聲洩漏了他的藏身處。那名男子猛然轉過頭盯著臥室，槍直指羅歇的方向。羅歇文風不動地透過門扉和門框之間的細縫看著。

那人開始走近。

羅歇急切地回頭看向臥室窗戶，意識到自己絕不可能跳下兩層樓之後還有辦法逃跑。就算他處於虛弱狀態，試圖反抗對他來說希望還是比較大。那名男子一步步接近，只在查看廚房檯面散落的各種藥物時稍微停頓一下。

羅歇把握住那個時刻，將門拉開到恰好夠他衝到書櫃旁的寬度，這個動靜引發了闖入者的注意，那人再度全神貫注盯著臥室的門。

羅歇一動也不敢動，陰暗的窗戶像鏡子般反映出公寓的內部。他既無法躲過槍手，也避不開自己的映影，等於無處可去，只要那名男子稍稍轉過頭就會發現他。然而，闖入者的心思似乎都在那扇晃動的門上，讓他有機會在家具之間緩步移動，以免在槍手戒慎地接近最後一間房間時被看到。

羅歐背對沙發，看到他的槍套誘人地掛在飛輪上，卻不敢伸手去拿。時機還沒到。

荷莉提早來了。

她一整天都在期待和羅歐見面，午休的時候就買好了晚餐的食材，把酒、雞肉、起司和蛋糕冰在屍體冰櫃裡。

她心不在焉，沒發現大門被撬開，也沒發現被破壞的門鎖下裂開的木頭。她快步上樓，勉強拿好購物袋，取出鑰匙插進門鎖轉動。她用腳推開門，踏入室內，正要開口跟羅歐問好，一隻陌生的手就摀住了她的臉，手臂壓緊她的胸口，將她制伏在原地。

她在襲擊者的手下掙扎著，無法呼吸，更不能尖叫。

「噓！噓！是我！」羅歐在她耳邊悄聲說。

荷莉旋即停止反抗。他鬆開擒住她的手臂，重新持槍指向走廊。

「走。」他悄聲道，手從她嘴上移開，雙眼緊盯著臥室敞開的門口。

荷莉嚇壞了，她聽話照做，轉身回到前門，這時她感覺到羅歐在她背後移動了：他開了震耳欲聾的一槍，然後用一個流暢的動作將她拉向自己。她往後摔的同時，一部分的門在她頭頂上方炸開了，羅歐把她拉進廚房，無意間掐到她的喉嚨，在他們躲到家具後方尋求掩護時，又擊發了兩輪子彈。

片刻之間，萬籟俱寂，只剩下荷莉驚慌的喘氣聲。

羅歇今天第一次正眼看向她，露出了微笑，彷彿他們是悠閒地坐在公園裡，而不是在巴克絲特的廚房裡躲藏保命。他輕捏一下她的手，但是當一連三發槍響讓他們的頭上撒滿玻璃和水泥碎屑時，他縮了一下。

荷莉叫出聲來，驚恐的雙眼轉向羅歇。巴克絲特的玻璃餐具碎片在他頭髮間閃閃發亮，他拉起她的雙手，按在她的耳朵兩側，對她眨眨眼，然後一躍而起，開了三槍後伏到地上。闖入者在前門停了一會，沿路發射子彈，擊碎了窗戶上荷莉的映影。

羅歇掙扎著站起來跟上他，但才走了四步就癱倒在地。

「羅歇！」荷莉叫道，爬過一地的碎玻璃朝他伸出手，他大口吸氣，痛苦地抓著胸口，眼中盈滿淚水。「羅歇！怎麼了？說話啊！」她狂亂地在他身上找中彈的傷口，但一無所獲。

「你中槍了嗎？」

他搖頭：「只是……不能呼吸。」

他痛苦得哭喊出來時，她已經在拿手機了。

「你會沒事的。」她承諾，將手機拿到耳畔。「請叫救護車。」

羅歇抓住她的手，虛弱地擺動著頭。

「我要求救啊！」荷莉向他保證。

他將她的手機拉遠，眼淚滾落雙頰。「外面。」他悄聲說。

她沒聽懂。

「帶我……去外面。」

「你不能移動！」她驚愕地對他說。

他開始在地板上匍匐前進。

「羅歐！」她叫道。「好吧、好吧！」她將電話拿回耳邊：「溫布頓大街，酒吧對面。你會看到我們。拜託快點。有人……我覺得他快死了。」

巴克絲特在半哩之外就看到了建築物上方散射的藍色光芒。

她用力加速，水箱罩亮著燈，超車趕過逐漸增加的車流，轉到大街上。她在她的公寓大樓前數百碼處違規停車熄火，頹喪地看著眼前的景象：警車將馬路完全擋住了。她算了一下，有四輛巡邏車、一輛武裝應變小組的車，和其他好幾輛沒有警方標識的車子。

荷莉慌亂的致電爲她建立了某種程度的心理準備，但在那之後的情況顯然是升級了。救護人員發現羅歐的可疑傷口，在離開現場前要求警方支援，加上附近有槍擊通報，他們幾乎把所有人員都派來了。

巴克絲特拿出手機，傳了訊息給荷莉。三十秒後，她就看到對方從人群中向她揮手，然後沿著街道快步趕到車旁。荷莉確認過四周沒人監視才打開車門，進到副駕駛座，張臂抱住巴克絲特。

「他們帶走他了，不告訴我要帶去哪！」她啜泣。「我連他是死是活都不知道！」

巴克絲特輕手輕腳地掙脫對方的懷抱，看著她這位老同學：頭髮和衣服上布滿細小的碎片，手上凝結了乾涸的血跡。

「妳受傷了。」她說。

荷莉搖搖頭：「沒很嚴重。我的腿被玻璃割到。」

「他們知道了什麼？」巴克絲特問，決定保持實事求是的態度，好壓住心痛。

「什麼都不知道。」荷莉吸著鼻子。「他要我帶他到街上。」她愧疚地解釋。「他還是爲妳著想，就算……就算在……」她又哭了起來，幾乎讓巴克絲特也要開始落淚。

「所以，他們不知道有人闖入嗎？」

「不知道。」

「他們不知道我住在那裡？」

「當然不知道。」

「那槍聲怎麼解釋？」

「半條街上的人都聽到了，而且都覺得是從自己的大樓裡傳出來的。」

「那他們以爲妳是什麼人？」

「只是某個瘋瘋癲癲、過度情緒化的路人，幫忙叫了救護車。」

巴克絲特點頭，安撫地拍了拍她朋友的手臂。到目前爲止，她話都說對了。看起來現在還不適合警告她，在警方放過她之前，她還需要多說幾次謊。

「他救了我的命。」荷莉悄聲說，轉過來面向她。

「也救了我。」

「我不敢相信他就這麼走了。」

巴克絲特看著擋風玻璃外光線閃爍跳動，眼睛水汪汪的。「不……我也不敢相信。」

33

一九九四年五月三日，星期一
早上十點〇四分

「……何杰金氏淋巴瘤。」醫師輕聲說。「是癌症的一種。」

瑪姬只是點了點頭，專業護理師處變不驚的冷靜太深植於她的心裡，讓她無法再有別的反應。反倒是芬利坐在那裡，張大嘴巴。

外面的天候美好得近乎殘酷，寧靜的辦公室裡，只有微風輕吹窗簾的聲音。

從元旦開始，瑪姬的體重就一直減輕，以她三十三歲的年紀，實在不應該像這樣老是疲憊不堪，她去問了一位醫師朋友的意見，情況便迅速升級成一連串的正式檢查，這樣大驚小怪比她原本期望的誇張多了。

「瑪姬，我知道這對妳來說很震驚……對你們來說都是，但是我想讓你們知道——」

「那個呢……那個……」芬利插嘴，卻因為想不起正確的用詞而卡住。「那個雨——」

「預後？」瑪姬對著他微笑，提示了一下。

「對，就是。雨後怎麼樣呢？」

醫師點頭，顯然預期到了這個問題。「在這麼初期的階段，我沒辦法給你們答案。我們需要做檢測——」

「又是檢測。」芬利發出嘖嘖聲。

「……來研判它有沒有擴散，擴散的範圍多大。」男醫師看向瑪姬。「但妳底子好，除此以外的健康狀況也非常好，所以我姑且大膽猜測：『預後良好』。」

瑪姬對她丈夫露出鼓勵的微笑，這番毫無根據、不具意義的意見，似乎讓他稍感寬慰。她伸手過去捏捏他的手。

「放心吧。」醫師繼續說。「在健保負擔範圍內，瑪姬會得到最好的照顧的。」

芬利對著這句本意是要安撫他的話皺起眉頭。在瑪姬和醫師繼續談話的同時，好幾年來他第一次想到那一整車的贓款。裡面有一半是屬於他的。

芬利離開之後，克里斯丁在格拉斯哥多待了將近一年半，最後決定搬回艾薩克斯老家。靠著老朋友的一點幫助，他在倫敦警察廳弄到了一份工作，在同一個部門做了一段時間，然後在別處接了一個中階的管理職。他們保持過不同程度的聯絡，但是在芬利突如其來打電話給他的這個時候，他們已經超過兩年沒跟彼此講過話了。

瑪姬的診斷結果出來之後僅僅三天，這兩個男人一起坐進一間咖啡廳，普照的陽光吸引他們選了一張河畔的桌子。

「人生贏了。」寒暄的話題一聊完，芬利便如此宣告。

「什麼？」

「十五年前。」芬利回憶道。「你告訴我，總有一天，人生會磨耗掉我的正義感。這個嘛……你說的對。命運贏了。」

克里斯丁的眉毛蹙了起來。

「我要我的那一半。」芬利對他說。

「當然。那是你的。」克里斯丁回答，然後拉長了臉：「但是，這事不是像給你一個公事包那麼簡單。」

芬利的表情變了。

「別擔心！」克里斯丁迅速補充。「都在我這……其實還變多了呢。但這也是個問題。我不是只把錢裝進鞋盒埋在花園裡。我做了投資、分散風險：買了股票和資產……地產。我是在做長遠的計畫。」

「我需要我那筆他媽的錢！」芬利啐道，一拳打在桌上，害飲料灑了出來。

「你會拿到的。」克里斯丁平穩地說，對吃驚的女服務員露出一個安撫的微笑。「但我們得聰明點。如果就這麼變現我一半的資產交給你，看起來會有點可疑吧？你不認爲嗎？」

芬利咕噥一聲。

「你以爲我還工作得這麼辛苦幹麼？」克里斯丁向他的朋友問道，後者越過水面遙望遠方，一臉沮喪。「怎麼了？如果你這麼急，我也許有幾支不會賠太慘的短期投資可以脫手。」

「去辦吧。」

克里斯丁點點頭：「等今天下午……但除非你告訴我發生了什麼事。」

芬利閉上眼睛，讓自己硬起心腸：「是瑪姬……她狀況不太好。」

34

二〇一六年一月十九日，星期二
早上九點〇三分

「幹，昨晚是出了什麼事？」

「你他媽的騙我。就是這麼回事！」

「我叫你保持低調，只要嚇嚇她就好。結果我一起床，就在新聞上到處看見你搞砸的犯罪現場。」

「那裡住的是個女的，沒有武器。你不是這樣告訴我的嗎？可不是個他媽的全副武裝的中情局探員！」

「他在她的公寓裡？」

「對。我們結束交手的時候，整間房子差不多被射翻了。」

「眞是一團糟！」

「我要雙倍。」

「雙倍?!我連原本說好的都不想付給你：任務還沒完成。」

「我中彈了！我差點爲了你死掉。」

「中彈？很嚴重嗎？」

「不太妙！」

「你需要些什麼？」

「不用。更糟的我都遇過。」

「很好。雙倍……完成任務再付。」

「成交。那麼，如果她不住在那裡了，她人在哪？」

「倫敦警察廳。其實呢，她現在就在我眼前。」

「我會過去。」

「目前跟蹤她就好。看看她都去些什麼地方。但如果機會從天而降……」

「我懂。」

「黑色奧迪，看起來出過車禍。車牌是：RV09HCG。」

「知道了。」

「晚點跟我報告消息。」

荷莉完全沒睡。

她一整夜都在Google關於羅歇的報導，徒勞地希望能獲得一些新訊息。她請了病假，並在巴克絲特的指導下開車回到事發公寓，充滿說服力地騙過看守封鎖線的警察，說她是那裡的住戶。一進到屋內，荷莉就抱緊自己的身子禦寒，一時忘了客廳的碎玻璃，她在心裡記了個備忘，離開之前要拿保鮮膜把碎片包起來。對於走廊牆壁上的彈孔，她無計可施。她走進廚房，羅歐的槍還躺在地上。她拉開背包拉鍊，將槍放進去，再把所有的藥物和包紮工具堆在槍上。

走到臥室的途中，荷莉停下來，對著兩張裝框的照片一一看了看，把它們跟皮夾、鑰匙，以及她能找到羅歐所有的物品一併收拾起來。

早上九點二十六分，巴克絲特接到科技產品技術專員史蒂夫的緊急電話，他是科技調查員，協助追查拋棄式手機的線索。她放棄跟凡妮塔開會，前去刑事重案組，找到跟平常一樣爲了再普通的任務都能歡天喜地的史蒂夫。他領著她進到一間隱密的房間，長時間坐在電腦前的動作讓他自然地解開了沾有咖啡漬的襯衫。

「昨天下午起，我就接收到電信網絡每十五分鐘更新一次的資訊。」他開始說道，並跳回椅子上。「那支妳找到但不肯跟我講是誰的手機，還有那支妳不肯跟我講是誰的手機裡那個妳一樣不肯跟我講是誰的號碼……」他用有點苦澀的語氣解釋。「聽得懂嗎？」

「聽不懂。」

「總之，兩支電話都死透了——SIM卡、電池，和主機都被拆開。直到今天早上九點，我接到最近的基地臺通知。九點〇三分，拋棄式手機一號打了一通電話給拋棄式手機二號。通話時間：七十五秒。地點：弓街和聖馬丁道之間的某處。」

巴克絲特看了看錶，已經過了半個小時了。

「還有。」史蒂夫繼續說。「這不是那支手機第一次在那個位置被啓用。十一日那天，它在同一個區域撥了一通兩分鐘長的電話。」

「那就代表你找到他住在哪了!」巴克絲特興奮地說。「你還找得出其他的嗎？」

「如果沒有搜索令就不行。我們可以針對撥出和接收的電話以及簡訊蒐集資料，但是無法針對通訊內容。」

「該死的官僚體系。」巴克絲特啐了一口。

「民眾對隱私權議題可是有很多抗議呢。」史蒂夫訝異地說。

「如果他們沒做錯事，就沒什麼好躲的。」巴克絲特推斷。「這個位置有多精確？」

「拜市中心的基地臺數量所賜，相當精確。我猜，在幾百呎範圍內吧。」

「好。我去查一查。」她轉身離開。

「大家什麼都不告訴我。」史蒂夫脫口而出。「但我忍不住注意到，另一支手機，也就是撥電話出去的那一支，它的位置是……嗯，就是在這裡。」

巴克絲特若有所思地點頭，「相信我，你知道得愈少……」

「我懂。」史蒂夫微笑道。「好吧，一路順風！」

他才剛停好機車，就看到一輛符合克里斯丁老派描述的黑色奧迪，從倫敦警察廳停車場離開。他回到車上，戴回安全帽出發追車，在他們沿河穿梭於走走停停的車流時保持距離。他察覺他們的路線跟他剛才走的一模一樣，只不過是反方向；當他們轉彎前經過遮蔽住萊賽姆劇院的《獅子王》巨型廣告看板時，他的「察覺」變成了「擔心」。

那輛奧迪無視雙黃線，停在亨麗埃塔街上，逼得他只得超車，以免引人注意。他的選項有限，又怕跟丟，便繞過轉角，把車停在他入住的旅館外人行道上。他匆匆趕回路口，看著巴克絲特跟一個他不認識的男人下了車。他們抬頭看著排列在街道兩旁的建築物，尋找著什麼……

……是在找他。

他迅速從皮衣外套口袋裡拿出那支被拆開的手機，組裝起來之後按下開機鍵。

「聽說妳跟沃夫有個小兔崽子了？」

「閉嘴，桑德斯！」巴克絲特斥道，然後接起手機：「怎樣？」

「老大，我是史蒂夫……科技產品技術專員的史蒂夫。」

「我們差不多半小時前才講過話啊。我記得你。」她向他保證，同時沿著繁忙的小巷子，又走到一片晴朗的藍天下。

「他剛剛重新開啓手機了！通話只有十秒鐘，但我設法取得了更精確的位置。」

「所以？」

「他還在那裡：亨麗埃塔和貝德福街口。」

巴克絲特朝路上左顧右盼。

「幹得好。」她掛斷電話，轉向桑德斯：「他就在這。叫其他人來。」

四十分鐘過去了，巴克絲特和桑德斯利用了這段時間，一一拜訪附近的飯店、旅館和咖啡廳。他們詢問店家是否看到一名五、六十歲高大的白人男子，可能是單獨旅行，並且將任何粗略吻合的線索都記下，這是荷莉對克里斯丁同夥外觀的描述。

艾德蒙斯打了電話說他在五分鐘的路程外，然後巴克絲特再度接到史蒂夫的來電。

「巴克絲特。」她突兀地應答。

「他又使用手機了：亨麗埃塔街。」

她大聲吹口哨吸引桑德斯注意，接著跑過轉角，回到他們剛剛停車的那條路上。左右雙向都有幾十個行人在移動：身穿廉價西裝的寬肩商人，鬍子精心修剪、尖端似乎指向肖爾迪奇[1]的文青，穿機車皮夾克的男子，提著安全頭盔的建築工人……

「他現在在哪?!」她在桑德斯趕上時問道。

「還在亨麗埃塔街上，往東北方朝柯芬園移動。」

「你可以把其他人加進通話嗎？」她和桑德斯沿路前進，排除那些進入建築物或是轉向的行人。經過她的小黑時還拍了拍它，在擋風玻璃上發現一張停車繳費單。

桑德斯加入群組通話，手機響了一下。

「繼續走。」史蒂夫指引他們。

他們加快腳步，柯芬園的寬闊廣場在他們眼前拓展開來。

「他好像停下來了。」史蒂夫說。「有人停住嗎？」

這處著名的觀光景點一如往常人潮擁擠，在宛如大海、有眾多街頭藝人使勁吸引遊客的石子地面上，柱子間的市場大廳就像一座小島。巴克絲特掃視一張張臉孔，甚至不確定她找的究竟是誰。

「我到了！」艾德蒙斯在電話中宣告，聽起來上氣不接下氣。「在歌劇院旁邊。你們要我去哪？」

「好。他又移動了！」史蒂夫大叫，有些興奮過度。「朝歌劇院快速移動！」

三個人拔腿奔向主建物，經過一排石柱，來到玻璃拱頂下。他們一人負責一邊，在長廊分頭行動，同時間，一組弦樂四重奏樂團正在爲下方用餐民眾提供娛樂。

「他又停下來了。」史蒂夫告訴他們。「等等……桑德斯，我在追蹤你。」

「是嗎？」

「直走。」

桑德斯照做，經過一間間高檔商店，眼睛看著視線範圍內的所有人。

「繼續走……繼續……停！」

他再度遵照指令行動，疑惑地環顧路過的行人。然後，他往欄杆外望，以免他們的目標在樓下。

「這裡沒人！」他在一群青少年遊客的喧譁聲中喊道。

「你遇到他了！他可能就在你面前！」

桑德斯在走廊上來回踱步，急切地尋找任何符合描述的人。「我跟你說，我周圍十呎之內都沒人。」

「打那支電話。」艾德蒙斯提議，他在大廳對面看著。「史蒂夫，打電話！」

「老大？」史蒂夫焦急地問。

「打吧。」

緊張的片刻之後，一段旋律悶聲響起。

1 倫敦知名藝術區。

「走！走！走！」桑德斯對一群學童大吼，尋聲來到一個垃圾桶旁。「他把手機扔了！」他在食物包裝袋和外帶咖啡杯之間翻出那支手機，回去和其他人會合。

巴克絲特絕望地緊盯進出廣場的人潮。她的直覺叫她盯住他們剛進去的出入口，希望他們的嫌疑犯不管是被亨麗埃塔街上的什麼吸引，都還會再次回到這裡。她的目光落在一個穿全套機車皮外套的男人身上，認出他是被他們跟蹤著進到廣場的其中一個。

「抱歉，我遲到了！」終於加入他們的沃夫說。

巴克絲特在人群中看到他。「沃夫，那個穿黑色皮衣的傢伙，正朝你過去！」

沃夫停下腳步，光是他的體型就足以讓他身邊的人流自動轉向。十公尺處外，他們的目標直望過來，認出了沃夫，立刻改變方向，一邊維持著行進速度，以免引起注意。

沃夫推推擠擠地穿過一團觀光客追了上去，只見一件皮衣堆在石子地上。

「該死！他脫了外套。」他對其他人說。「我跟丟他了！」

那個男人從教堂立柱後方出現時，艾德蒙斯已經在跟蹤他了。

他保持距離，經過一名吸引大批群眾的拋火雜耍藝人，看見嫌疑犯的身影被火棒散發的高溫空氣扭曲。他拿起手機要通知隊友時卻遲疑了。

他體內湧起了怒火和腎上腺素，想像這個藏身於觀眾中的不明人士在他家裡潛行，拿著一瓶腐蝕性液體站在他熟睡的妻女旁邊。每當他停下來稍微一想，如果她們醒來的話結果會是如何，噩夢般的畫面就向他襲來……

艾德蒙斯衝過空地，讓街頭藝人分心，火棒掉落在地上。他把好幾個人撞倒在石子地面，用手臂緊緊鉗住嫌疑犯的喉嚨，把他往下拉。那個大塊頭男人倒在艾德蒙斯身上，被他幾下重擊。他氣喘吁吁，但還是緊緊抓牢，將手臂在那人粗厚的頸子上愈勒愈緊。

桑德斯第一個找到他們。

「太讚啦！艾德蒙斯把他給打趴了！」他站在他們上方，對手機笑著說。

「拜託幫個忙！」艾德蒙斯喘著氣，開始感到疲憊了。「他真是該死的重！」

「噢，對。」桑德斯一邊說，一邊找手銬。「抱歉啦。」

35

二〇一六年一月十九日，星期二
中午十一點四十二分

艾德蒙斯幫忙把他們的犯人送上警用廂型車的後座時，警車和救護車已經自行引來一堆人圍觀。他翻看著那人的皮夾，邊走去和其他人會合，他們在不合節令的陽光中端著犒賞自己的咖啡取暖。

「喬書亞・法蘭奇。」艾德蒙斯瞇眼看著那張破舊的駕照，宣讀上面的名字。「我總覺得在哪見過他。」

他們等著他進一步說明。

「他在舊案資料裡出現過幾次。」他解釋。「在格拉斯哥有和芬利、克里斯丁共事過。」

「芬利該交點比較像樣的朋友才對。」桑德斯若有所思，看著車門關上、擋住那個一臉酸溜溜的男人。

「他有我們。」沃夫指出。「我們沒有讓他失望。我們拘留了克里斯丁的同夥。這一切就快要結束了。」

「那我們來把事情給辦完吧？」桑德斯提議，並倒掉剩下的飲料，成為石子地上的一道蜿蜒細流。

兩人走向在旁等候的警用廂型車，沃夫熱情地拍了一下桑德斯的背。桑德斯停下來，轉過頭朝向動也不動的巴克絲特。

「妳不想參與這個時刻嗎？」他問她。

「想得不得了。」她回答。「但我這邊有個二度灼傷的街頭藝人、一個iPad被摔爛的中國遊客，和兩個看起來挺高興的美國人，實際上他們生氣得很。你懂的，總督察的無聊工作嘛。你們幾個小伙子去吧。幫我好好教訓他。」

沃夫點點頭說：「我等會打給妳？」

「好。」她揮手催他們走。

護送他們的犯人穿過倫敦警察廳入口大廳是不必要的，但沃夫有三個好理由要這樣做：第一，反正他得簽到；第二，他絕不會讓法蘭奇離開他的視線；第三，他剛好有這心情。

整棟樓的人都知道他在調查芬利．蕭的「自殺」案，所以他毫不懷疑，他們幾個人還沒到樓上，他帶著嫌犯在擁擠中庭遊街的消息就會先傳過去了。這正是他想要的。他想要克里斯丁知道自己玩完了。他得意地想像著克里斯丁獨自坐在辦公室裡，不敢踏出門外。沃夫想要他羞恥地走過去，接受一連串來自同儕的批判眼光。他們等電梯時，他甚至放任自己想像克里斯丁爬上窗台，在走投無路之下躍向遠遠的人行道——罪有應得、富有詩意的下場。

電梯門打開時，凡妮塔正等著他們。她把一號偵訊室當天的時段都包下來，重新安排了原本的預約。她也私下和媒體談過，預告他們可能會在這天結束前召開記者會。

「我的律師沒在場，我一個字都不說。」法蘭奇在他們護送他穿過辦公室時表示，好像覺得這整套體驗很無聊。

「我馬上處理。」沃夫承諾，並把他推進偵訊室門口。

「但是……我還沒跟你說她叫什麼名字——」法蘭奇才開口，門便當著他的面重重關上。

某個比較有耐心的人致電法蘭奇的律師，延後審訊，沃夫開始感到焦躁不安。他們即將立案的謀殺犯在幾層樓上等待著命運的安排，他卻坐在這無所事事，感覺坐立難安。

「把他盯緊點。」沃夫站起來，指示艾德蒙斯和桑德斯。

「你要去哪？」桑德斯問他。

「去走走。」沃夫沒透露去向，心裡期待著克里斯丁選擇私下拔劍自裁，而不是在無情的大眾面前受死。

沃夫來敲門時，克里斯丁正茫然直視著虛空之處。

「進來！」他隨便拿起一疊文件故作忙碌。

看到沃夫時，他沒表現出絲毫驚訝。沃夫掏了掏口袋、掀起上衣，對他保證他們的對話絕對隱密。他關上門，動作誇張地拆掉手機電池，然後走近大辦公桌。

「坐吧。」克里斯丁疲倦地說，沃夫感激地接受了。

偌大的辦公室裡滿是慵懶的陽光，如此輕鬆愜意的氛圍作爲他們最後談判的場景，實在令人意想不到。

「你今天可眞忙。」克里斯丁說。「老芬總是告訴我說你很敏銳。」

「和我無關。」沃夫不居功。「全歸功於巴克絲特。」廳長臉上掠過一個他無法解讀的表情。「我們都只能等著法蘭奇的律師來。」他繼續說，同時壓下一聲呵欠。「他會要認罪協商，毫無疑問。」

「毫無疑問。」克里斯丁同意。

「既然如此……我在想，你願不願意跟我一起下樓一趟。」沃夫和顏悅色地說。

「不了，謝謝，我待在這裡就好。」

「好吧。」沃夫回答。「我只是覺得該問一下。我猜我們過一會就會上來找你，然後……窗戶在那。」他怕克里斯丁會忘了這點。

那位比他年長的男子輕輕笑道：「你到底以爲事情會變成怎樣？」

沃夫發出一聲嘆息：「結束了，克里斯丁。」

「是嗎？」

「我們拿下了你的士兵。」

「但你爲此犧牲了你的皇后。」

他過了片刻才吸收進這句話。

沃夫打算回他一句忤逆的話，但是克里斯丁朝他微笑的樣子，總有些地方感覺不對勁……

冬季的花朵爲了爭取陽光而彼此扼殺……

被逼到角落、再無出路的野獸……

生存至上。

「你做了什麼？」沃夫露出驚慌神色，手上重組手機的動作慢了下來。「你做了什麼？」

克里斯丁往後靠在椅子上，露出微笑。

沃夫的手機緩緩開機，他衝出房間，橫切過辦公室，往樓梯奔去。

沃夫一離開視線，克里斯丁就開始過度換氣。他滑落到辦公桌後的地板上，把廢紙簍裡的東西倒空，覺得自己好像要吐了。

巴克絲特走回她「暫停」小黑的地方，內心相當自豪。她爲那位摔爛iPad的中國觀光客指點了蘋果門市的方向，請那兩個美國人吃了午餐博取他們歡心，而且到最後一刻才和那個威脅要提告的拋火雜耍藝人吵起來。

「算你們幸運，我身上這套衣服可以造成百分之八十的燃燒障礙。」

「我非常確定你有百分之百的智能障礙。」

這件事的後果大概不會放過她了。

她把包包丟到副駕駛座上，坐進車內，查看手機檢視法蘭奇那邊是否有進展，沒發現任何新消息，於是決定先回警察廳。她啟動引擎，一陣噴氣聲和嘎吱聲傳來，令人擔心，特別是考慮到她根本還沒踩下油門。她把手機丟進包包，在開車上路的那一刻錯過了沃夫的電話。

她被困在環繞大型徒步區的單向道上，午餐時段的車流讓她只能勉強開到時速十哩。所以，她終於抵達河岸街的交會口後，立即以道地的巴克絲特式風格猛力加速、闖過號誌燈、腳踩下煞車時，她聽見一記響亮的斷裂聲。

稍後，她撞上了前方的機車，全速衝往橫向的車流。她倒抽一口氣，不停重踩煞車，周圍的車潮全都變得模糊，喇叭聲大響。

她猛拉手煞車，奇蹟似地平安通過，但她仍朝著聖殿地鐵站外繁忙的人行道飛衝。沒有時間思考了，她抬手猛按喇叭，聽見四散的行人驚聲尖叫，車子順著寬敞的階梯一衝而下，沿路刮擦著牆壁，同時巴克絲特仍然徒勞地嘗試取得控制權。她緊抓住震動的排檔桿，進到二檔，引擎尖叫抗議，仍然不肯減速。

前保險桿碰撞到下方的人行道路面，車子打滑衝進河邊的四線道車流。她的側邊被撞上，一次又一次的撞擊使失去平衡的車子翻覆，在緊急煞車的其他車輛之間像彈珠般轉來轉去，混濁的河水離她愈來愈近……

車摩擦著地面停下來以後，上下顛倒的奧迪顫巍巍地靠在河岸邊緣，變形的引擎蓋懸在結冰的水面上輕晃，同時，第一個好心路人從車子裡跑出來幫忙。巴克絲特知道自己受傷了，她暈眩地往下直盯著她掉在車頂上震動的手機：

☎新來電

沃夫

她向它伸出手……然後感覺到自己墜落下去。

36

二〇〇九年十二月二十五日，星期五
聖誕節
中午十二點二十五分

巴克絲特塞了一大口爆米花進嘴裡，玉米粒沿著格紋毛毯滾到芬利和瑪姬家那張充滿摺紋的皮製沙發上，掉進夾縫中。她看著被聖誕襪遮住的電視，裡面正演著兩個小偷被一個金屬油漆桶砸到臉，然後威脅要拔掉一個八歲小孩的睪丸。

一切好像變得有點陰暗了。

「這是什麼電影啊？」芬利坐在他最喜歡的椅子上問。

「《小鬼當家》。」巴克絲特回答，嘴巴塞得滿滿的。

「第一集還第二集？」

「第一集。第二集是在紐約。」

「那這集故事背景是在哪？」

「不知道。應該沒人知道吧。不重要啦。」

「重要啊，如果是在紐約，就表示這是第二集。」

「這就不是他媽的第二集！」巴克絲特崩潰地舉起抓滿爆米花的手。

「別吵了，你們兩個。」瑪姬喝止他們，但還是止不住臉上的笑容。

她最近再度開始化療，身材消瘦得令人擔憂，她最珍愛的深色秀髮也因此不復存在了。有隻沾滿品客洋芋片碎屑的手，伸進巴克絲特的碗裡。她不悅地轉向沃夫。

「去拿你自己的！」她火大地說，朝他身上丟了一些爆米花，他撿起來用力丟回給她。

「你們是三歲小孩嗎！」瑪姬對兩個警探責備道。

沃夫的眼睛被最後一顆爆米花丟中，然後大夥的注意力都回到電影上。

「我遇過一個男的，臉被油漆桶砸中。」巴克絲特伸手要拿橘子巧克力時，突然說道。

「可憐的傢伙。」瑪姬說。

「還好啦……反正那王八蛋是爛人一個。」

「講話有水準點！」芬利和瑪姬齊聲說，巴克絲特怒瞪她的同事一眼，這滿口髒話又假掰的傢伙。

「他還好嗎？」瑪姬問。

「不太好……他的頭整個內爆了！」

「艾蜜莉！」瑪姬皺起眉，芬利則在角落偷笑。

「但那還不是最奇怪的。」她不顧瑪姬反對，繼續說道。「他的頭爆掉之後，把油漆罐給炸開，噴得到處都是。我是說，我連一滴血都沒看到，只有像泡泡糖一樣的粉色液體，從牆上跟天花板上滴下來，好像他是外星人什麼的。」

沃夫轉頭看她：「屁啦！」

「講話有水準點！」

「眞的啊！」巴克絲特堅稱。

「我當時在哪？」沃夫問她。

「你停職中。」

他想了一下，然後點頭，接受這個十分合理的解釋。

「但是。」巴克絲特說，「這還不算什麼，還有人——」

「禮物！」瑪姬打斷她。「我們來拆禮物如何？拆了之後，地板才有更多空間能讓你們弄髒，是吧。」她說，給了丈夫一個暗示意味強烈的表情。

巴克絲特興奮地坐起身，把電影暫停，然後伸手進她的零食袋裡，拿出第一份包裝簡陋的禮物，遞給沃夫。

「喔，這下尷尬了。」他告訴她。「我完全沒想到要送妳東西。」

巴克絲特一臉受傷的表情。

「別理他。」瑪姬跟她說。「禮物在樓上。老芬，你上去拿吧？」

芬利咕噥了幾句，粗手粗腳地從座位上爬起來。沃夫拆開包裝紙。

「妳認眞的?!」他拿起褪色的邦喬飛樂團《保持信念》巡演紀念T恤，一邊驚呼。「妳在哪裡找到的？」

「eBay網拍購物。」

他展示給瑪姬看。「我有去這場演唱會，但那時候沒錢買T恤。」他轉回來看巴克絲特。

「眞不敢相信妳居然記得！所以，妳還是會聽我說話的嘛？」

「只有在眞的逼不得已的時候。」

「謝謝妳。」他上前抱住她，瑪姬看著巴克絲特閉上眼睛抱回去。

「可惜安潔雅沒能來。」芬利回到門口，突然說道。晚餐的香氣跟著他一起跑進來。「你說她去哪了？」

沃夫放開巴克絲特，回到他坐的那側沙發：「她爸家。」

「那他最近住哪？」

「地獄。」沃夫回答，輕輕地將禮物擺在沙發扶手上。「貝德沃斯。我不想去。」

「我不怪你……那我把這個拿進來囉？」芬利抓著手把提了個塑膠盒子進來，放到地上。他打開扣鎖，讓裡頭毛絨絨的貓咪出來，跑到客廳地毯上。

巴克絲特的眼睛整個亮了起來。

「你送我一隻貓！」她用力抱住沃夫，像個興奮的小孩一樣尖叫。瑪姬因爲她的反應而笑了出來。「我不敢相信，你居然送我這個！」

「他？」芬利不是滋味地問。「是我這蠢蛋在過去兩個星期給他這個建議的好嗎！」

瑪姬噓了他一聲，要他閉嘴。

「我只是不想要妳孤伶伶地獨自住在那個地方。現在，妳不會孤單啦。」沃夫有點彆扭地說。

「牠是人家救來的。我跟芬利一起選中牠的。」

巴克絲特的笑容變得有些僵硬。「救來的貓？什麼意思……？牠身體有什麼問題？」

「沒有問題啊！」

「沃夫？」

「牠只是需要每天用一次藥……」

「沃夫?!」

「……用在屁股裡。」

「噁！」巴克絲特抱怨，滑到地上看她的新寵物。

「等等。」芬利驕傲地說。「還有個小把戲……哈囉！」

他呼喚貓咪，牠朝他喵回去。「哈囉！」

貓咪轉頭再喵了一次，大家都笑出來。「我一直叫牠艾可[1]，但妳可以取更好聽的名字。」

巴克絲特起身給芬利一個大大的擁抱。「謝謝你。」她低聲說，回頭看向貓咪。「艾可就很棒了。」

芬利抱著瑪姬回到床上。

她已經盡可能保持清醒，卻仍在午後不久在椅子上睡著了。儘管芬利堅持他們不必急著走，他們的客人還是找了理由先行離去，要讓他們好好休息。巴克絲特說要趕在夜班前回家睡一下，沃夫則說他得打電話給安潔雅和他爸媽。芬利對此心懷感激，甚至還打電話給兒子，要他改成明天晚上再來。

「我，呃……我還準備了一個禮物要給妳，但我不想在別人面前給妳。」芬利緊張地說。

1 原文Echo意指回音。

他遞給瑪姬一個普通的紙盒。「我不曉得這合不合適……妳打開看看就是了。」

「你是怎麼了？」她狐疑地問，並揭開盒蓋，一臉困惑地看著裡面的東西。她伸手進去，拿出一頂深棕色捲假髮，並爆笑出聲：「這是什麼鬼東西?!」

芬利看起來不太開心：「這頂很貴欸！」

瑪姬笑得更厲害了，她擦掉眼淚，把人工的爆炸頭假髮戴到頭上，芬利看到這裡，也跟著爆笑不已。

「我盡力了。」他告訴她，上床躺在她身旁，依舊止不住笑容，但明顯很失望。

瑪姬使盡全力緊抱住他，把頭靠在他的胸膛。「我的英雄。」她喃喃地說，芬利輕撫著她的手臂，而她已經開始打盹了。

他想到那天早上，他偷偷打開裝著現金的鞋盒。又是一筆克里斯丁敷衍他的款項，但就連繳半年的醫藥費都不夠。

「別把我當成什麼英雄了。」他輕柔地低聲說道，聽著瑪姬的呼吸在入睡之際換了頻率。

「爲了救妳一命，在這世上要我殺誰都行。」

37

二〇一六年一月十九日，星期二
下午三點〇九分

湯瑪士穿過走廊，衝進急診室，途中還踢到一名年長女士的手提包。這幾乎算得上他做過最戲劇化的事情。他回頭幫忙撿拾掉落的物品、不停向對方道歉，還遇上一位特別難纏的櫃檯人員，問了半天才往小小的等待室隨意比了一下方向，原來沃夫、艾德蒙斯和瑪姬都已經搶在他前面抵達了。

儘管桑德斯百般不願，沃夫依舊堅持要他待在警察廳，負責監視喬書亞．法蘭奇。沃夫沒辦法直視巴克絲特的男友，便轉回去盯著地面。

「你一定就是湯瑪士。」瑪姬起身抱了他一下，看起來明顯哭了一陣子。她往旁邊站，讓艾德蒙斯跟他尷尬地像哥兒們般擁抱。

「嘿。」

「艾利克斯。」湯瑪士正常答道，他的目光飄回坐在角落的沃夫。他下意識地挺起身子，讓自己站得高一點。

「跟我在電話裡說的一樣，她出了車禍……很嚴重的車禍。」

「你說他們……把她從河裡拉出來？」

「狀況很嚴重。」艾德蒙斯重申道。「她還沒恢復意識——」

「我的天啊！」

「……但這只是爲了做核磁共振檢查，才讓她維持這個狀態的。這很正常。」

湯瑪士無話可說地點點頭，無助地跟其他人一起坐著。

「她狀況如何？」桑德斯在電話上問道，他人正在偵訊室外頭。

法蘭奇的律師和她的客戶談了將近一個鐘頭，才跟凡妮塔上樓。

「還是一樣。」沃夫回答。

「好吧，這個消息可能會讓你開心點。」桑德斯移至辦公室安靜一點的角落，同時確保自己能緊盯著門口。「法蘭奇願意全招：廳長付他兩千五百鎊，要找到並銷毀證物箱，外加另一筆兩千五百鎊，讓他闖進巴克絲特的公寓，眞是自找麻煩，還有……」他猶豫了一下，「對她的車子動手腳。」

有人在印東西，影印機開始大聲地運轉，逼得桑德斯回到偵訊室。

「那他的交換條件是？」沃夫問他。

「凡妮塔現在就在跟他的律師商量。嘿！但是等你回來，你應該就能把你老闆抓去關了。很棒吧？」

沃夫沉默了一下：「別讓他離開你的視線就對了。」

「當然不會。」

下午四點四十六分，一位表情歡快的醫師來到門口。

湯瑪士和艾德蒙斯按捺不住，雙雙站起身。

「嗨，我是楊醫師，負責照顧艾蜜莉。很開心來跟各位報告，目前為止一切順利。」他微笑。「核磁共振檢查的結果很不錯，我們也給她使用靜脈注射液來恢復體溫。以防萬一，我們還是給她戴上護頸，必須等到她意識清楚才能取下。」

「她醒了嗎？」湯瑪士問。「是的。如果你們想要，我一次只能放一位進去看她幾分鐘。」

沃夫站起身。

湯瑪士回頭看他的模樣，像是要爆炸了一樣。

艾德蒙斯微微搖頭。

瑪姬抓著他的手臂，將他輕輕拉回來。

「對。」沃夫點頭致歉。「應該由你去看她。」他告訴湯瑪士。

湯瑪士跟在醫師後面，被帶進一間病房。巴克絲特躺在裡頭，旁邊圍繞許多機器和螢幕，監控著她的狀況。看到她穿病人袍的感覺很奇怪。

她看上去像縮水了一樣，寬鬆的衣服反而更顯她實際上有多脆弱。

「我讓你們兩位獨處一下。」醫師告訴他後，將門關上。

湯瑪士在床沿坐下，緊握她的手：「嘿。」

巴克絲特呻吟了一下，輕輕地握回去，聽他講了幾分鐘，再度入睡。

湯瑪士因爲握著她的手，沒辦法移動，便看了一下四周無聊的擺設。他克制不住自己的手伸到床尾，把醫療紀錄拿來翻閱。

因爲不想拆散病患與滿懷愛意的家屬，醫師特別多給了他們兩分鐘的時間。他敲門後進房，只看到巴克絲特一個人在病房內。

湯瑪士奪門而出。

沃夫、艾德蒙斯和瑪姬都警覺地抬起頭。

「她懷孕了！」他朝沃夫大吼。

「嗯……是的。」他尷尬地回答。

「你早就知道？」湯瑪士不可置信地問，接著看向艾德蒙斯和瑪姬，兩人都一副不太自在的樣子。「你們全都知道？」

湯瑪士終於受不了，把沃夫推到牆上，艾德蒙斯趕忙上前阻止。

「相信我。」艾德蒙斯警告他的朋友，「你不會想跟這個人打的。」

「聽著，湯瑪士，我——」沃夫話還來不及講完，巴克絲特溫文儒雅的男友便扭身揍他，位置很特別地打在耳朵上。

沃夫露出片刻茫然的表情，接著就倒在地上動也不動。

「喔，天啊！」湯瑪士驚恐地看著自己隱隱抽痛的拳頭。「我好像把他打昏了。我該去找人過來嗎？」

「我們離開就好。」艾德蒙斯建議，把他帶了出去。一旁的瑪姬平靜地喝著茶。

「我們應該把他調整到方便恢復的姿勢嗎？」

「瑪姬已經在處理了。」艾德蒙斯要他放心。

等湯瑪士走到夠安全的距離後，他回到門邊探頭跟沃夫示意。

「你可以起來了。」

巴克絲特沒辦法轉頭，泡綿材質的護頸限制了她的活動，但她至少恢復了足夠的精力，能讓自己坐起身。她伸手要拿放在床邊的水杯，卻把它打翻了。她依舊感覺得到麻醉的效果。

她做好心理準備，低頭要檢查受傷的程度。看到她四肢都還健在，沒有變形骨折，這讓她鬆了一口氣。然而，片刻舒心很快就被排山倒海的恐懼給取代。

她拆下卡著的護頸，伸手去按鈴，連她也對自己的行爲感到詫異。幾秒鐘後，一位陌生的護理師衝進病房，發現她雙手護著自己的肚子。

「寶寶還好嗎？我是說，我知道還沒眞的有寶寶，但……平安嗎？」她憂慮地問。

那名女子顯然還不熟悉這種情況：「我去找醫師來。」

桑德斯眼看法蘭奇的律師朝他大步走來，但他敢合理地肯定，自己沒有說什麼太冒犯的話被她聽見。

她在他面前停下，拿了外套就閃人，一句話也沒說。

「她是在不爽什麼？」他問凡妮塔，她慢悠悠地跟在後面進來。

「她只是被公司上層調走了。」她看著對方離開的背影解釋。

「妳覺得是廳長在搞什麼鬼嗎？」桑德斯問。

「她說因爲案件內容與涉案人的關係，她老闆認爲親自處理比較好。很合理，只是……」

凡妮塔一臉擔憂地搖搖頭。

半個小時後，法蘭奇的新律師出現在刑事重案組。這個留著鬍子的男人，帶著志得意滿的氣場，走過來的樣子看起來有夠自以爲是。

「我討厭律師。」桑德斯喃喃地說。

「誰不討厭。」凡妮塔對他說，露出笑容上前和來客自我介紹。

他們來到偵訊室。

「法蘭奇先生……我能直呼您喬書亞嗎？我是路克．佩瑞森。」他微笑著說，往他的客戶走近一步。

「你站在那就好。」桑德斯告訴他，擋住他的去路。

律師把手收回，打開公事包。

「我來接手蘿拉的工作，她跟我說明過你們對話的重點了。現在嘛……我這邊有好幾萬件事情要處理，我相信你們也有好幾萬個問題想問。」他看著法蘭奇。

這番怪異的措辭讓桑德斯和凡妮塔都皺起眉頭。

於此同時，這位律師繼續若無其事地拿出他包包裡的東西。

「那麼，再確認一下……你打算承認你獨自犯下這些罪刑，然後準備坐兩年的牢，我沒說錯吧？」他再次看向他的客戶。

「你在說什麼鬼話？」桑德斯暴怒，但律師充耳不聞，繼續說自己的話。

「這麼輕的量刑，當然是考量到你大約三十年前遭人公然惡意解雇，出於絕望才會對警察做出這樣的逾矩行徑。」

「喂！」桑德斯吼道，在兩個男人中間用力拍桌。

但爲時已晚。

他們全都看向法蘭奇，看他努力思考、衡量著自己僅有的選擇。片刻過後，他點點頭。

「沒錯……我會認罪。」

沃夫跟桑德斯講完電話之後，疲憊地揉著臉。

他在外頭呆站了一會兒，盯著無聊的走廊地面。克里斯丁在眾目睽睽之下收買法蘭奇，他們卻沒有任何證據能證明，他的影響力之大，甚至不用親自出馬，就能扭轉局勢。

他硬擠出笑容，走回巴克絲特的病房。

「有好消息嗎？」她在他進門時滿懷希望地問，她的大眼睛興奮地閃爍著。

在她經歷了這些事情後，他不忍心告訴她實情。

「還在等他們消息。」他撒謊，但內心非常清楚，一切都結束了。

克里斯丁贏了。

九天後……

38

二〇一六年一月二十八日，星期四
中午十一點五十八分

羅歇出院了，這是件好事沒錯，但也代表他已經康復到能前往海布里角治安法院，這可不好。荷莉和巴克絲特獲准短暫探視，這也很好，但他肯定會在傍晚前還押候審，這就不好了。總之，這天他過得馬馬虎虎。

過去一個星期，他都只能躺在床上接受輸血、靜脈注射抗生素，以及清除壞死組織，現在站在法官面前，身體雖然好多了，但仍未痊癒。自上次公開露面以來，他的體重減輕許多，穿起海軍制服好像整個人縮進去一樣。

他把灰黑相間的頭髮往後梳成巴克絲特喜歡的樣子，甚至為了這個場合留了相襯的鬍子。這一切實在沒有任何意義，就只是跟在場所有人正式宣告他們早就知道的事情而已。

「鑒於被告遭控罪名之嚴重程度，再者，該英國公民在為美國政府工作的名義下，於英國境內犯下罪刑，我們將擇日提交此案至皇家法院審理。」法官語調平淡地宣布。

巴克絲特和荷莉坐在法庭後面，裡頭沒什麼人，讓她們能毫無阻礙地看到羅歇的背影。他對於宣判過程感到太過厭煩，被一團飄來飄去的棉絮給吸走注意力。

「再重申一次，鑒於本案之性質，被告將還押候審，不得保釋。」

「庭上。」羅歇的辯護律師開口向法官說道，「我們想聲請讓我的客戶在伍德希爾監獄接受羈押。」

「理由是？」法官回應，語氣沒那麼冷硬了。

「爲了避免其與其他在押犯接觸，他們的案件跟我的客戶有直接相關，這樣安排，對他接下來的審判，當然還有他的人身安全，都較爲妥當。」

「挺合理的要求。」神情嚴肅的法官總結，往羅歇看去，他則歡欣地回以笑容，那團棉絮如其所望，不偏不倚地落在男子光禿的頭頂。

「聲請獲准。休庭。」

羅歇轉頭和荷莉揮手，接著在庭務員帶他離開時，以明顯的動作向巴克絲特點點頭。

沃夫載瑪姬到赫利街附近，一間僞裝成豪華別墅的私立醫院看診。他在壁爐旁坐下，試著閱讀一本他毫無興趣的機車雜誌，他們在隔壁房間討論如此重要的事情，令他分心得難以集中注意力。

最近發生了這麼多事，瑪姬不想要他們任何一個人因爲她的約診而增加負擔：她得做掃描檢查和切片手術，來確認她的癌症是否仍在控制內，或是得再做一次化療。她表現出無所畏懼的樣子，但很明顯，一想到未來沒有芬利陪著她打這場不斷輪迴的仗，就讓她害怕不已。最終她跟沃夫吐露實情，要他答應至少在結果出來前，不要告訴其他人。

他的思緒四處遊蕩，做好心理準備來面對最壞的結果。他想像瑪姬得到壞消息的樣子。她僥倖存活了這麼久，只換來摯愛死於她最信任的好友手中，而自己終究難逃厄運、死於癌症。人生眞是他媽的不公平。

沃夫一時憤怒，把雜誌丟進火堆裡，火焰盡情地吞噬光滑的紙張，他則起身在屋內踱步。

凡妮塔把克里斯丁要的文件帶到他的辦公室。他正在跟電話上的某人談笑得起勁，像叫狗一樣揮手要她進來。

自從喬書亞·法蘭奇突然改變心意之後，生活漸漸回歸如常。處理公關策略和刀械犯罪數據成爲凡妮塔最要緊的任務。至於她的上司是個喪心病狂、爲了保全自己什麼事都做得出來的殺人犯這件事，就先被擱在一邊了。

假裝什麼都沒發生過，似乎是最好的策略。她將文件放在他面前，他遭遇的狠毒毆打現在只留下幾個結痂的小傷口。她準備走出去。

「馬坎，我再回電給你。」克里斯丁掛斷電話。「吉娜！」

她轉身面向他。

「謝謝妳拿這個來。」他拿起文件說。

「不客氣。」

「芬利·蕭的案子處理得如何了？」

凡妮塔繃緊身子，不確定這是要責罵她還是測試她，或是眼前這個人完全瘋了。

「您說什麼？」

「我們即將上任的市長跑來問我，爲什麼案子明顯已經不會有新的進展了，威廉·佛克斯還在外面逍遙。」

「他沒有在外面逍遙——他跟之前一樣，一直受宵禁限制。」凡妮塔努力讓自己的聲音保持平穩。「而且恕我直言，我們即將上任的市長，或許該等真正上任再煩惱這個問題。」

「就是這種想法讓妳升不了官。」克里斯丁告訴她。

她的指甲刺入掌心。

「那……就跟我報告進度吧。」克里斯丁說。「這個案子目前是什麼狀況？」

凡妮塔差點就要回嘴挑釁，卻猶豫了一下，然後屈從地低頭看著地板。

「尚無結論。」她心裡討厭自己這麼做。「喬書亞．法蘭奇拒絕合作，導致調查停擺。」

「所以還有人在追這個案子嗎？」

「我們正一『刻』不停、一『絲』不苟地努力將案件理清。」凡妮塔回應，禮貌地不指出她話中剛好有兩個和克里斯丁名字同音的字。

「那就把佛克斯帶來。這是命令。」

她張嘴想爭辯，但再一次出於自保而打住。「是，長官。」

巴克絲特很想念小黑。

那輛奧迪Ａ１她開了好多年，甚至開著它追捕過一位邪教領袖人渣兼恐怖分子，而且煩人的是，她把慢跑鞋放在後座。她跟小黑一起經歷了這麼多，她覺得它應該更有尊嚴地死去，而不是沉到泰晤士河底。

車子沒了，這下她落得必須趕搭公車回溫布頓，雖然得跟各式各樣的怪人共處四十分鐘，卻也給了她一些時間，回想她跟羅歇的片刻重逢。見到他時心裡鬆了一口氣的感覺，讓她不知該如何形容。整整九天的時間裡，聯邦調查局阻斷了所有追查他去向的途徑，她甚至認眞懷疑起他是否還活著。

面對她捎來排山倒海的壞消息，他回以如常沉著的優雅，接著在最後幾分鐘要巴克絲特和他簡述《陰屍路》影集最新兩集的內容。「也就是說，沒什麼重點劇情？」

「沒有。」

巴克絲特在車禍後搬回自家公寓。

湯瑪士堅稱這「沒有必要」，感覺起來跟不想她離開又有點不同。但考慮到發生了這些事，她也怪不了他。她把窗戶換新，用拙劣的方式補起牆上的彈孔，粉刷工程也已進行到一半，這都是爲了掩蓋羅歇的行蹤。他是在她家外頭被人找到的，遲早會有人發現這件事，然後跑來打探消息。

傍晚六點二十五分，門鈴響了。巴克絲特放下粉刷滾筒，手在破洞牛仔褲上擦了擦。她從門上的貓眼往外看，很驚訝地發現湯瑪士站在那，擺著一臉她從沒見過的迷惘表情。

「嘿。」她跟他打招呼。

「哈囉，我，嗯……想說妳也許會想吃晚餐。」他微笑舉起滿滿一袋的印度料理，味道讓人反胃。

「喔天啊！」她堵住嘴，趕忙衝去浴室。

五分鐘後她回來，發現湯瑪士正在研究其中一個補得很簡陋的彈孔，她很確定自己看見他咬著舌頭、不發一語地走開。

兩人現在才尷尬地擁抱了一下，接著坐在滿是灰塵和紙張的地板上用餐。

「你知道嗎。」湯瑪士吞下滿嘴的食物，開口說，「人家說印度料理能引產。」

巴克絲特丟下烤餅和飯，心裡納悶過去這二十分鐘迴避重點的閒聊，究竟有何意義。

「老天！對不起。」他道歉。「我不知道這爲什麼突然就出現在我腦中。呃，我知道……當然，但我不知道爲什麼我決定把它說出來。」

「沒事。」巴克絲特要他放心。「我覺得我短時間內還不會有問題。」

湯瑪士往下盯著她的肚子。

「你在盯著我的肚子。」

「抱歉。」他繼續盯著的同時，再說了一次。「只是……很詭異，不是嗎？」

「喔，當然是。」

「我不想毀了這餐……」他說。

巴克絲特朝他擺了個臉色。

「……不想讓它變得比現在更糟。」他補充道，「但妳知道，這不是『我原諒妳』咖哩吧？這是『我想念妳』咖哩。兩者完全不同。」

「了解。」

「如果是『我原諒妳』咖哩，妳會認得出來。裡面會有炸洋蔥餅和咖哩角和……我語無倫次了，是吧？」

巴克絲特笑了出來，主動在他臉頰上親了一下。

「爲什麼親我？」湯瑪士問。

「因爲我也想念你。」

羅歐跟監獄的駐診醫師會診了一個多小時，這個醫療空間某種程度上幫助了他適應獄中生活，但最終還是會有人來帶他離開。

有人跟他說明過，在最理想的情況下，候審犯人不會跟已判刑定讞的囚犯關在一起。他們可以穿自己的衣服，需要遵守的規則也相對寬鬆。

他們也跟他說，這並不是個理想的環境。

跟大部分人一樣，羅歐鼓起勇氣，被帶著穿過一道道迷宮般的大門，每穿過一道門，就被剝奪掉更多一點自由。他表現出沉著冷靜，甚至有點無聊的樣子，但事實上他從不曾如此害怕。他不確定這是幽閉恐懼症的緣故，或是純粹因爲膽小，讓他快被嚇跑，想去苦苦哀求、討價還價，只爲回到外面的世界。

獄警在其中一扇整齊劃一的米色房門前停下來，把門打開。

雖然羅歐早就知道裡面會有什麼，但門一開、看清裡頭後，他反而更不願走進去了。

男子看向他。

他自覺地跨過門檻，轉頭眼睜睜看著沉重的房門在身後關上，將他困在裡面。

39

二〇一五年十二月三十一日，星期四
跨年夜
傍晚六點十九分

克里斯丁臉色慘白地看著自己的朋友，對方正在消化他方才坦承的可恥內容。

「他媽的，什麼叫『沒有錢』？」芬利問他，表面上冷靜的語氣純粹是因爲考慮到瑪姬，她開開心心地待在樓下某處。

克里斯丁沉重地嘆了口氣，搖搖頭：「我……我不知道該跟你說什麼。」

「但……我錢都花下去了！這房子裡每樣東西都要到付款期限了。」芬利低聲說，很少像現在這樣慌張。

「我也跟你保證，我會盡我所能幫忙你。」

芬利煩心得連克里斯丁開了什麼空頭支票都沒聽進去。

「你說你會準備好錢！」

因爲瑪姬的關係，克里斯丁謹慎地要他小聲點。

「你說……」芬利接著說，「等我退休，你會準備好錢！」

「我知道我說過……你得相信我，老芬，我好幾次都想跟你說，但——」

「那你住的那棟大房子呢？」

「那不是我的！」克里斯丁苦笑。「這一切都——」他拉了拉身上的高檔西裝，彷彿衣物拘束了他的行動——「不眞的是我的。只要我還對基廉．肯恩有用處，我就能過上這種生活。等時候到了，房子會被賣掉，錢會被洗走，而我們高貴不凡的主人就會轉而追求別的目標。」他一臉徬徨無助。「他好早好早以前就吃定我了，他知道我們做了什麼。」

「怎麼知道的？」

「我不曉得！我們那天晚上根本不該拿那些錢的……我真的很抱歉。」

「那我們去報案。」芬利下了決定。「不要再受肯恩控制。」

「我不要。」

「抱歉，我改一下用詞：我去報案。」

「我也會盡可能保護你，但一樣不會有錢。我會被關，而肯恩會派人來處理你。」

芬利朝一片尚未鋪上地板的木片一踢，讓它飛越室內。

「你們樓上都還好嗎？」瑪姬在樓下喊道。

「當然！」芬利往下喊。他轉身面向克里斯丁。「瑪姬的醫藥費怎麼辦？」他語氣克制。

「我們會再想辦法。」

「『我們會再想辦法』？」芬利不太滿意地重複了一次，心裡已經在盤算下一步要怎麼做。「我幾分鐘後回來。」

他走下樓，讚美了一下瑪姬穿去參加派對的洋裝。她很明白沒必要說服他來參加她與朋友的聚會。過去十年，他都拒絕參加新年派對。對他來說，這不過就是個讓大家一起玩得跟瘋子一樣的藉口，這還是他努力不爆粗口的說法。

他走進車庫，幾分鐘後，手拿一只布滿灰塵的塑膠袋出來。他避開瑪姬的視線回到樓上。

他走回那間裝潢到一半的房間，猶豫了一下，然後問，「你知道這是什麼嗎？」語氣讓克里斯丁起身想看個仔細，拿過袋子來檢查。「不行。不行。不行。」芬利說，將袋子搶回來。「只能用看的。」

克里斯丁瞇眼往泛黃的袋子裡瞧，接著驚訝地睜大眼睛。「看起來是一把他媽的手槍！」

「它就是。注意，這可不是隨便一把他媽的手槍。」他解釋。「這是一把凶器……上頭還有你的指紋。」

克里斯丁一臉困惑。

「你殺了人，克里斯丁，這就是證據。」

他的朋友看起來像是遭到背叛了一樣：「這些年你都留著它。」

「我還能說什麼？我的直覺告訴我，有一天它或許能派上用場。」芬利羞愧地說。「我沒想貪求什麼。只是走投無路了。午夜以前，給我十萬鎊……」

「我不可能——」

「下週同一時間，還要再給十萬鎊，然後槍就歸你。跟你欠我的比起來，這不算什麼，但也夠了。」

「老芬，現在是跨年夜！」

「我知道。我不管你要怎麼做：去求、去借、去偷。把錢給我就是了。」芬利低頭看了他的卡西歐手錶一眼：「六點半了……你最好快點動身。」

深夜十一點五十三分，克里斯丁站在屋外，身旁有些陌生人好玩地取笑他，一陣陣爆笑聲此起彼落。他能看見芬利在屋內，就著一盞裸露的燈泡照明在工作，只剩他那扇窗戶還亮著。他思索著該如何告訴他才好——這麼短的時間內，他只能生出他要求金額的一成再多一點。天空出現第一發迫不及待的煙火，克里斯丁走進屋內，把大門關上。

「是我！」他喊道。

「上來！」

克里斯丁上樓進到合板裝潢的房間，他上次來這不過是幾個小時前的事，裡頭就翻新了這麼多。芬利站在廚房椅上漆著天花板，那個髒兮兮的袋子毫無防備地放在窗台上，令人心癢。

他發現克里斯丁在看它，便爬了下來。

「要喝嗎？」他提議，拿起擺在地上的威士忌。

「當然。」克里斯丁解開外套釦子，取出四疊整齊的現金，丟到兩人中間。

芬利把酒遞給他：「那是什麼？」他朝那堆不起眼的東西問道。

「八千鎊現金。」克里斯丁回答。「還有這裡——」他交出放在信封裡的兩張現金卡，「——是兩個沒人知道的帳戶。你每天領個五百鎊，就不會讓人起疑。裡面一共有一萬三千兩百五十鎊。」

他不敢呼吸，不曉得芬利會做何反應。

「算是個起頭。你有辦法弄到更多？」

「可以。但要花上一點時間。」

芬利點頭，看起來很滿意的樣子。他跪下把錢撿起，整齊地堆疊在地板下方巨大的金屬盒子一角，然後起身。

「那就乾杯吧。」他笑。

克里斯丁鬆了一口氣，舉杯大喝了一口。

「要是你曉得，我得做什麼才能弄到這些……」他笑著要往窗戶走去。

芬利一隻手堅定地擋在他胸前。「我說：『算是個起頭。』」

他轉頭面向他交情最久的好友，那幾秒鐘的相安無事，感覺已經是好久遠以前的記憶。

「那把槍會毀了我。」克里斯丁說。

「正因如此，我才要留著它。」

「我會給你錢！」

「那是因為槍在我這。」芬利點出癥結。「我很抱歉，但你這是要我在你跟瑪姬之間選擇……而我選了她。槍我留著。」

克里斯丁點頭表示理解，直到他感覺芬利的手鬆開才撲向窗台。芬利一把抓住他的衣服將他拉回來，在克里斯丁的腳被油漆罐絆倒時，抓住髒兮兮的袋子。但克里斯丁旋即撲到他身上，逼得他把手舉到身後，兩人爲了搶凶槍扭成一團。

砰的一聲，槍掉在地板上。

芬利見機想送上一記左鉤拳，沒看到克里斯丁偷溜走，接著把他拉倒在地。克里斯丁爬到芬利身上伸手拿袋子，感覺到塑膠袋裡的堅固金屬，試圖用手指緊握住它。芬利奮力回擊、拿到手槍，雙手不停發抖，在他們持續扭打的同時，他慢慢把槍往下移到兩人之間。他們翻來覆去，相互爭奪優勢位置。

槍聲響起。

兩人應聲癱軟，袋子掉回木頭地板上，白煙自上頭的小洞冒出。

「老芬？」克里斯丁問道，他的朋友整個癱在他身上。「老芬?!」他又問了一次，把芬利從身上挪開，驚慌起來，芬利的太陽穴上出現一個紅色小孔。「喔，我的天！老芬！老芬！」克里斯丁想確認他的脈搏和呼吸，同時一道深色的血液流了下來，將身下的地板染色。「老芬？」他倒吸了一口氣，顫抖的手摸著他朋友一動也不動的身體。

克里斯丁開始呼吸困難，往後倒在牆上。他眼神緊盯著房間中央的芬利，從口袋裡拿出手機。他想打電話報警，但停下了動作，突然想到這場面看起來會是什麼樣子：明顯的打鬥痕跡、上頭有他指紋的攻擊性武器。

克里斯丁不曉得還能怎麼辦，考慮要帶著槍離開。但他是芬利生前最後見到的兩人之一，同時也沒有完備的不在場證明，想必依舊會是整個調查的焦點。

更別提若有人開始查他當晚異常的提款紀錄。他逼自己把目光從朋友餘溫猶存的身上移開，試著集中精神。「動腦啊。動腦啊！」

他的車就停在路尾，在外面的時候至少經過三名清醒程度不一的路人。有人會記得他。然而，其中最重要且顯而易見的是，他不可能讓瑪姬回家發現她丈夫變成這個樣子。

「給我動腦啊！」他絕望地對自己吼道。他得用警察的角度來思考。

遠處，數以百計的煙火紛紛綻放，告示著新年的到來，零星照亮窗外的黑夜。接著他突然意識到，唯一能避免被問到那些無解問題的方式，就是從一開始就確保這些問題沒必要問……比如，舉個例子，如果他的死被認定成不容辯駁的自殺。

克里斯丁的目光掃過裝在袋子裡的手槍、地板之間的深坑、半瓶威士忌、孤伶伶的一張廚房椅、一罐密封膠和敞開的門，掂量著手邊有的工具。

他不情願地爬過屍體拿起芬利的手機，盡可能趕快退回牆邊。接著，就如外頭天空綻放的煙火那般自爆裂中盛開的美景，爲了他狗急跳牆、不甚完美，但自有其巧妙之處的計畫，他踏出了第一步：

☎正在撥號……

克里斯丁．貝拉米

40

二〇一六年一月二十九日，星期五
清晨六點五十六分

第一聲巨響和人聲傳來，宣告新的一天開始時，羅歇已經盯著髒兮兮的天花板看了好幾個小時。

他撐過了第一個晚上。

他的獄友跟他預期的不同，不叫T．道格或死星之類的名字，而是奈吉，一個光頭、戴眼鏡、體重超標的男人，一點也不有趣，眞讓人失望。他或許不是羅歇理想中一起同居在兩坪大的房間、互看彼此上廁所的最佳人選，但看起來挺無害的。

「洗澡時間。」奈吉在下鋪打了個哈欠，起身把囚服拉到頭上。身爲已定罪的囚犯，他穿的制服跟羅歇有些微不同。

他們的牢房門被打開，讓他們加入衣著鮮豔、受人監管的人潮，一同移動至淋浴區。羅歇趁這個時間熟悉那些將要跟他朝夕相處的面孔。

「需要嗎？」一到裡面奈吉便問他，光著身體站在那，從他的盥洗包裡拿出一塊用過的肥皂給他。

「不用……但謝謝你。」羅歇微笑著說，在奈吉和他帶疤的臀部走遠時別開視線。

羅歇等其他人都離開更衣區後，彆扭地脫下衣服，把毛巾掛在脖子上，盡可能把胸前遮住。沒辦法再拖下去，便隨著水流聲進入溼漉漉的房間。

他挑了離其他人最遠的那間，把毛巾掛在掛鉤上，按下開關並站到熱水下方。

他閉上眼睛。

淋浴的水流聲淹沒了其他犯人的聲音。羅歇笑了，有那麼一刻，他能想像自己在家裡，泡泡糖流行樂的砰砰聲穿過愛莉房間的牆壁迴盪著，蘇菲則在浴室鏡子前化妝。他能透過毛玻璃看到她模糊的剪影，然後推開門，迫不及待想看見她的臉——

「他媽的什麼鬼?!」

幻想中的房子煙消雲散，羅歇被拉回現實裡。

所有人都看向他，他的胸膛。他的皮膚被粗暴地刻上兩個字：

人偶

蓮蓬頭被關掉，羅歇站在一片寂靜中，盯著這位不速之客。有些人看起來很怕他，有些很火大，其他則感到噁心。他注意到奈吉趕忙跑出去，還沒有人來得及回想到他們兩人交談過。

羅歇慢慢用毛巾包好自己，自信滿滿地往出口移動，腳底板在潮溼的地板上發出啪啪聲響。眾人像一群等著他跑走的惡狗，盯著他的一舉一動。

他終於來到門口。

一離開眾人的視線範圍，他便抓起長椅上的衣服，衝出更衣間。

緹雅一手抱著女兒、一手拿著手機，還沒確認他們的共同帳戶有多少餘額，或說根本沒有，就按下了瓦斯費的付款鍵。她透過廚房窗戶，看到她的未婚夫從花園小屋上跌下來，並迅速關門擋住身後竄出的白煙。

她不為所動地觀賞艾德蒙斯在溼滑的草坪上滑倒，拚了命想用手指堵住木屋上的洞。

「妳爸又幹了什麼呀？」她用活潑的語氣問萊拉。「如果他又讓自己被火燒，我們就不管他了，對嗎？對，我們不管他！」

她想自己最好還是去問一下，於是走到毛毛細雨中。

「在冒煙。」艾德蒙斯跟她打招呼，然後注意到有煙從門的四邊冒出。「還是別靠近好了。」他說。「這是湯瑪士建議的。」緹雅看起來興趣缺缺。「凡事起頭難嘛。」他告訴她。「我會處理好的。」

緹雅換了一隻手抱萊拉。

「凡事都會像這樣嗎？有黃蜂在印表機上築巢、少掉一大塊牆壁、醒來還發現房子在一週內就傾斜得超越比薩斜塔？」她不太高興地問，而艾德蒙斯正用身體頂住另一個洞。

「說句公道話。」他開口，雖然有點分心，「我會弄丟牆上那塊木板，只是因為我往蜂窩丟了一塊磚頭……而房屋之所以傾斜，單純是因為我沒意識到那塊磚頭是要用來支撐它的。」

「艾蜜莉付錢給你了沒？」她問他好幾次了。

艾德蒙斯一臉尷尬：「啥？」

「艾蜜莉付錢給你了沒？」

「沒。還沒。但她會付的。」

「我要帶萊拉出去。」

四周變得濃煙密布，艾德蒙斯被嗆到：「去哪裡？」

「看醫師。」

「爲什麼？」他咳嗽著說。

「長牙的問題……我會處理好。」她離開時告訴他。

「好。掰！」他在後頭朝她喊道，接著愉快地補上一句：「不要離開我！」

二十分鐘後，艾德蒙斯回到木屋裡收拾芬利的舊案資料，他確定裡頭沒有更多新的資訊，自己對辦案也幫不上什麼忙了。

他停下來，伸手拿起一張詭異的入監大頭照。不知爲何，這名女子本人看起來更顯虛弱憔悴，一輩子的毒癮和錯誤決定，讓她落得這樣骨瘦如柴、不成人形。他記得人在廉價餐廳裡，那股汗臭味自對桌飄來，她的身體亟需進食，卻只能細嚼慢嚥的樣子。他感到很愧疚，明知她馬上就會把毒品注射進體內，卻還是依約拿了五十鎊給她，助長她的毒癮。

他把箱子挪到一旁，好騰出空間處理他的新任務：找出一名身穿運動服男子的下落，這名男子生了六個小孩，其中五個是跟三名女性共同撫養，而他積欠其中兩位子女撫養費。他顯然還「幹走小孩的Xbox遊戲機」，其他的都別說，單單這點就說明艾德蒙斯遇上了一位眞正的犯罪大師。

前一個案子沒有結論讓他不太開心，新的案子又瑣碎得令人興趣缺缺，在這樣的狀態下他勉強開工。

ＢＢＣ正在播舊版的《神探可倫坡》，沃夫躺在拘留室不太舒服的床上，一邊收看一邊吃低脂洋芋片。

「我完全打敗了他！」他看著飾演可倫坡探長的彼得．福克大展身手，驕傲地說。

有人敲門。總是很注重禮儀的沃夫，坐起身時特別拍掉衣服上比較大塊的洋芋片屑。

「我整理好了！」他喊道。

喬治走進來，後面緊跟著凡妮塔。

「你有訪客。」他毫無必要地宣布。

「好，我不想要你擔心，或情緒受影響——」

「什麼情緒？」

「我只是要說——」

「我是來正式逮捕你的。」凡妮塔脫口說出。「是廳長的命令。」

喬治看起來被這個直接了當的女人給氣死了。

「這裡聞起來有腳臭味。」她皺起臉評論。

「那是我的腳。」沃夫告訴她，正確無誤地指出罪魁禍首。「逮捕我？」

「正式逮捕。」凡妮塔重申。「你能幫我們拿張椅子嗎？」她問喬治，不太喜歡那張沒整理過的床。

三人一同塡好逮捕所需的書面文件，這樣她就有東西能帶回去跟上層交差了。

趁喬治拿文件去影印，凡妮塔跟沃夫獲得一點單獨談話時間。

「我會盡可能推遲。」她告訴他。「但你要有所準備，最多不會超過一週，就會把你移送走。我想我要說的是，如果你有什麼計畫最好立刻行動。」

「我不負責這事了。」沃夫聳聳肩，才意識到自己的手指上還沾有洋芋片，於是舔了個乾淨，讓凡妮塔感到一陣噁心。

「不管怎樣，你有一週的時間。還有記得，我逮捕你了。」她說完起身。「我命都賭下去了。你一旦出去，我就保護不了你。所以，你如果眞要出去，就最好不虛此行。」

探視時間是下午三點到四點。

羅歇很驚訝自己會被叫到偌大的開放式大廳來。眞實世界與被困在時空膠囊裡的人們在此詭異地形成交集：越長越大的小孩在生日時義務性地拜訪，每每都讓人驚嚇；家長們好像在戰後追思會唱名一樣，列舉過去一年內過世的親人和鄰居；受到現實生活的誘惑而越來越少來訪的女友們，這裡成爲他們偶爾想起的往日回憶。

羅歇一踏進來就發現巴克絲特。他朝她揮手，正要前進時被人狠狠撞上肩膀，摔倒在地。

「我兄弟當時就在那輛地鐵上，你他媽的瘋子。」光頭男朝他吐口水，他身上可見之處全是密密麻麻的刺青，一直到下巴的位置，乍看好像浸泡在刺青裡一樣。

「住手！」一名負責看守的獄警吼道。

男子狀似無辜地舉起雙手，無意間露出他刻在左手掌上的納粹標記。他咧嘴一笑走出去。

羅歇依舊痛苦地按住胸膛，掙扎著站起身找巴克絲特。他跌坐到對面的椅子上，而她看上去一臉憂心。

「看來你已經交到朋友啦。」

「是啊，他們覺得我是……」羅歇停了一下，不想讓她擔心。「他們覺得我是個怪胎。」

「你是個怪胎。」她肯定地說。「鬍子看起來不錯。」她開場完後進入今日來訪的真正目的。「我們幫你找了最優秀的辯護律師。我是指真正有料的。他超棒。」她說。「我這邊的說法不變：我當時不覺得你有逃出車站。我追基頓追到公園，在大停電的時候跟丟了，等我找到他的時候，他已經死了。」

「巴克絲特，我很感激妳試著做的——」

「你那邊的說法。」她不理他繼續說：「你當時在執行勤務。你追捕到我們的頭號嫌犯，深信他手中的裝置是個開關，當他拒絕把它丟掉的時候，你別無選擇，只能開槍。」

羅歇疲憊地看著她：「而我消失三個星期的原因是……？」

「這世上隨便一位精神科醫師，都會把最後那顆炸彈引爆，跟你在類似事故中喪失妻小這兩件事聯想在一起。」

「我不想要這樣利用她們。」羅歇說，這讓巴克絲特愧疚不已。

「我不在乎你想要怎樣。我需要你留下來。你不能離開我……你受到打擊。沒有把事情想清楚。你找了個地方躲起來，然後忘光了。」

「如果我們撒謊被抓到。」羅歇告訴她，「妳也會被關。」

巴克絲特聳聳肩：「那只好撒得逼真點啦。」

41

二〇一六年一月二十九日，星期五
下午五點二十一分

科技產品技術專員史蒂夫本來就沒有什麼訪客，女訪客更是少，仍在檯面上活動的大人物就別提了，聽到巴克絲特跑來ＩＴ部門找他，讓他很是驚訝。

「我找史蒂夫。」

「誰？」

「史蒂夫……科技產品技術專員史蒂夫。」

「喔！角落那邊。」

史蒂夫在她走過來的同時，趕緊將縐巴巴的襯衫塞進平口短褲裡，然後站起身。

「能借一步說話嗎？」巴克絲特問他，感覺到無數帶著眼鏡的目光對他們很有興趣。

「當然。」他帶她到一間空房，關上門。「所以，有什麼事？」

「如果說，有人在找某個傀儡案的證物……好比說，不知為何一直沒歸檔的，其中一支改造手機——」他很難裝出冷靜的表情，「——你能夠：一、借我一支還能用的手機，以及二、小心不走漏風聲嗎？」

史蒂夫看起來尷尬極了，讓人很難在他開口之前判斷出他的立場。「當然……然後，也許可以。」

巴克絲特皺起眉頭。

「等等。不是。我是說，也許可以，然後當然。」他改正自己的回答。「那我除了冒著很可能被開除的風險以外，會有什麼好處？」

「我會欠你一次人情……」

他看起有點興趣缺缺。

「……還有，我保證從現在開始，我會在每次審問跟記者會上，使用『自殺簡訊』這個詞，直到它成功被《牛津辭典》收錄。」

他發現並且命名了凶案主謀用來跟同夥聯繫的讀後自動銷毀訊息，他將因此而永垂青史。一想到這點，史蒂夫的眼睛整個亮了起來。

「就這麼說定了。」

跟駐診醫師會診完後，羅歇被送到餐廳，餐檯上只有一盤盤深淺不一的棕色粥狀物。雖然這對他已經消失的食欲沒有任何幫助，他還是加了一勺豆子，想讓它看起來有點顏色，然後拿著餐盤走到座位區。長椅上坐著一排人，在他經過時看過來，並在他往少數幾個空位走去時搖頭拒絕。他繼續往最後面走去，看見一張桌子只有幾個人獨自坐在那，彼此隔了一段距離。他認出其中一位，那天早上有出現在更衣室。

他深吸一口氣，然後走上前。

「午安。請問我可以坐這裡嗎？」

這名身材魁梧的男子看起來生活不大順遂。他年紀肯定五十好幾了，五官凹陷，舊疤痕在臉上的皺紋裡交錯。

「你是『人偶』那幫傢伙的成員嗎？」他用音樂劇般的愛爾蘭腔問道。

「不。我不是。」羅歐興高采烈地回答。「這故事說來其實很有趣。」他保證，往空位點了點頭。

男子思考了一下，示意他坐下。

「我叫達米安·羅歐。」羅歐說著伸出手。

「別生氣。」男子看了看四周說，「但我覺得跟你握手會讓我被人捅死。」

「不要緊。」羅歐微笑收手，舀了一勺食物要嚐嚐味道。他露出噁心的表情，然後把餐盤推開。

「你剛剛說？」男子提醒他。

「喔，對。我不是『人偶』那夥人。我是警察……呃，曾經是。中情局探員，其實。」

比較年長的男子緊張地抬頭看了看附近，把音量壓到最低。「那就更糟了。」

「是嗎？」羅歐問，心不在焉地伸手舀起第二匙。

「你如果是警察，胸口那個傷口是幹麼的？還有，你怎麼會跟我們這些敗類關在這裡？」

「我當時負責人偶案，試著要阻止他們，把自己弄成這樣是臥底進去的唯一方法。」羅歐一手放在胸口，坦然答道。「而我會在這，是因爲我在追捕幕後主謀……」

「據傳。永遠要說據傳。」

「好。那麼，我據傳在追捕幕後主嫌，從皮卡迪利圓環追到聖詹姆斯公園，我據傳在那裡讓他失去行動能力，然後據傳朝那據傳的王八蛋胸口開槍，打了明顯太多發子彈，因此我來到這裡，跟你坐在一塊，吃著……」他低頭困惑地看著那坨粥狀物。

「威靈頓牛肉。」經驗老道的獄友替他解答。

「……吃著威靈頓牛肉。」他把話說完。「據傳吧。」

男子看著羅歇，不確定要對他抱持什麼看法。「也許，你只是又一個貪汙的警察。」

「也許。」羅歇喝了一口很稀的柳橙汁。「天曉得外面已經夠多那種人了。」一位他熟識的新納粹分子拖著一幫同夥走過這桌，讓他停頓了一下。「但你知道嗎？他們永遠會有報應的……到最後。」

「你真這樣相信？」男子被逗樂地問。

「真的。」

他搖搖頭。「眞樂觀啊！很久沒遇到這樣的態度了……你在這撐不了多久的。」

「這就是我需要交朋友的原因。」羅歇說，再次伸出手：「達米安．羅歇。」

和他共進午餐的同伴猶豫了。

「拜託。別讓我愣在這。」羅歇對他微笑。

男子深深地嘆了口氣，伸手越過桌面和他握手，同時肯定之後會後悔自己這麼做。「凱利……凱利．麥克洛林。」

巴克絲特眞希望自己能喝酒。

晚上七點二十九分，她一邊起身應門，一邊思考著自己在想什麼鬼東西。

「安潔雅。」

「艾蜜莉。」

這位名人主播跟著巴克絲特走到客廳，看她癱倒在沙發上。安潔雅姿勢端正地坐下，動手把包包裡的東西拿到咖啡桌上。

「妳感覺怎樣？」

「跟屎一樣。」巴克絲特回答，和這位隨時準備上鏡的新聞主播相比，她看起來有點相形失色。

「我帶了妳要的東西。」安潔雅告訴她，拿出了各種尺寸的「放狼出籠」T恤，準備要爲抗議活動最後衝一波。

「謝了。凡妮塔給他一週的時間。」

「如果我們能讓他不被關回去。」安潔雅小心翼翼地開口。「妳覺得你們兩個會……？」巴克絲特哀號著揉了揉臉：「會怎樣？妳又何必在乎這個？」

「我不在乎。但我覺得，我要代替所有見過或將要見到你們同處一室的人說，看你們兩個這樣跳恰恰，看到都有點膩了。」

「我跟湯瑪士在一起！」巴克絲特火大地說，從她的客人身邊轉過身子，希望能找到比較不痛的姿勢。

「我知道。」

「他人這麼好。」

「而威爾則不然。」安潔雅點頭。「但那差不多就是他的魅力所在，不是嗎？」

巴克絲特沉默不語。

「妳知道我們當初分手的原因吧？」安潔雅問她。「我是指，真正的原因？那就是，無論他有多麼眞心愛我，以及無論他眞心把我照顧得多麼好，這些都抵不過他就是比較愛別人……愛妳，這個事實。」

巴克絲特拿了一個抱枕蓋在頭上。

「反正這也不干我的事。但如果妳已經做了正確的決定，爲什麼會痛苦成這樣？」

巴克絲特緩緩坐起身，看著沃夫的前妻。

「妳居然是唯一跟我聊起這件事的人，就知道我人生多有問題。」巴克絲特自嘲。「不管了。我拿給妳看。」她起身去外套口袋裡拿出某個東西，然後坐回來，遞給安潔雅一張摺起來的卡片。「我找到這個，藏在芬利的東西裡頭。」她解釋，給了對方一些時間讀完它。「一開始我想說它可能是線索就拿了。現在的話……我不太確定爲什麼。那是他的字跡，但他不是寫給瑪姬的。他愛她勝過自己的性命，但這不是寫給她的。」

安潔雅摺起卡片，交還給她。「這感覺有很……強烈的占有欲。」

「眞的。又激情。又憤怒。也很絕望。妳能想像愛一個人愛到這種程度嗎？有人這麼熱烈地愛著妳？這一直卡在我的腦海裡。」巴克絲特坦承。

「不過，芬利和瑪姬很幸福就是了。」安潔雅點出，「不管這張卡片是要寫給誰。」

「是的，他們很幸福。」巴克絲特點點頭，爲話題劃上毫無結論的句點。「謝謝。」她挖苦地說。

「小事。」安潔雅回答，邊整理咖啡桌上的東西。「妳今天有見到羅歇嗎？」

「有。」

「妳還沒跟我分享這件事呢。」安潔雅提醒她。

巴克絲特露出天人交戰的表情：「我能信任妳嗎？」

「當然。」

「妳想從哪邊開始聽？」

安潔雅想了一下。「十二月二十一日晚上，大雪淹沒了倫敦市，路卡斯．基頓衝過聖詹姆斯公園的大門……」

巴克絲特做了個深呼吸，然後娓娓道來。

一道紅色的燈光在成堆的廉價T恤後面興奮閃爍，巴掌大的盒子傾聽著，錄下她講的每一個字。

42

二〇一〇年五月二十一日，星期五
芬利的生日
晚上八點〇二分

「妳眞漂亮。」沃夫告訴安潔雅，握著她的手，兩人並肩坐在地鐵車廂中。

「謝謝。你也挺好看。」她微笑說，側身調整她逼他戴的領結後，將頭靠在他的肩膀上，無視一旁路人的注目。

過了週末，就是火葬殺手案的宣判日，她說服了老半天，才把沃夫拖出門。雖然他們爲了避免被狗仔跟蹤，還得從鄰居的花園離開，但除此之外，感覺都跟平常的週五晚上一樣。她老公在這幾週面臨著永無止盡的爭議和指控，很需要像這樣喘口氣。

「累了嗎？」沃夫問，在安潔雅頭上親了一下。

她點頭。

「我們去露個臉就走。最晚十點就會讓妳回到床上，喝杯薄荷茶配一集《實習醫師》。」

她緊握著他，被地鐵晃得快要睡著：「你保證？」

「我保證。」

他們沿著氣球指示的路線爬上樓梯，來到這間河畔餐廳裡的一座私人多功能宴客廳，對沃夫那位節儉的好友來說，奢侈得眞不尋常。

五十五歲生日快樂！

負責接待工作的瑪姬熱情地迎接他們。「去拿杯喝的，然後去外面有太陽的地方。」她引導他們路線。「他在外面露臺上……已經醉得不省人事囉。」她極度不悅地說。「我幫妳拿這個吧？」她接過安潔雅手上的卡片和禮物。

「我們送他什麼？」沃夫低聲詢問，兩人往吧檯走去。

「一瓶他一直用的那款香水。」

沃夫一臉迷惑：「烤肉串和偷抽菸的味道？」

安潔雅大笑出聲：「做人別這麼差！」

芬利和沃夫玩起了罰酒遊戲，安潔雅與瑪姬在一旁憂慮地看著他們越玩越起勁。

「我該去打斷他們嗎？」安潔雅問。

「也許是個好主意。老芬如果能去招呼一下其他客人，會比較有禮貌。他甚至都還沒跟班傑明和伊芙問好。」瑪姬說，兩人上前各自安撫他們沒禮貌的丈夫，讓他們冷靜下來。

「好了，你們兩個大男孩。」安潔雅一邊說，一邊拿走沃夫手中的烈酒杯。「到此爲止。

來吧，威爾。我想跳支舞。」

安潔雅領著他往舞池走，巴克絲特剛好帶著一位頭髮軟塌的男子走進來。沃夫擺脫妻子的手，搖搖晃晃地走向他們。

「巴克絲特！」他笑得燦爛，笨手笨腳地給她一個擁抱，順便上下其手。

「艾蜜莉。」安潔雅說。

「安潔雅。」巴克絲特回應。

沃夫沒意識到尷尬的氣氛，硬是往下講。「那你想必就是蓋文啦！」他說著，跟那名身材比他矮小的男子握手，差點把對方的手都握碎了。「你們要喝一杯嗎？」他提議。

「我相信他們不用你幫，也能找到吧檯。」安潔雅硬擠出笑容，試圖帶開他。「來吧。我們來跳舞。」

「好，可是。」沃夫含糊地說，把手從她那抽開，「巴克絲特正在處理那個大案子。」

「不要在派對上談公事。」安潔雅阻止他，大家努力避而不談沃夫最近的爆紅原因，這讓她很是感激。

「喔。」蓋文開口，一邊試著喚起記憶，一邊自以為是地彈著手指。「他們從河裡陸續撈出的那幾個男同志？」

「就是那個案子，小蓋。」沃夫告訴他。「星期三晚上：巴克絲特、錢伯斯和警用快艇。肯定很好玩。我眞嫉妒。」

蓋文轉向巴克絲特說：「別忘了，星期四早上我需要妳來。」

「星期四怎麼啦？」沃夫脫口問道。

「我覺得人家降低音量，就是表示那跟我們無關的意思。」安潔雅發火了。

「不要緊。」蓋文愉快地說。「我母親幾週前過世了。星期四要辦喪禮。」

「喔。」沃夫說。

「我很遺憾。」安潔雅露出難過的微笑，終於成功把人拉走。

一個多小時後，安潔雅說服沃夫帶她回家。

他跟那群明天早上就會見到的人道別個沒完沒了，又跌跌撞撞地走進廁所，說「最後尿個一泡」。

「你是威爾，對嗎？」站在隔壁小便斗、準頭聽起來比他好上不少的銀髮男子提問。「我是克里斯丁，芬利的老朋友。」

「幸會。」沃夫用法文回應，全身嚴重地搖搖晃晃。

「他好常跟我提到你。」

沃夫給了他一個醉醺醺的笑容。

「那麼，祝你星期一一切順利。」克里斯丁告訴他，優雅從容地結束了這段對話。

沃夫步履蹣跚地回到主廳，巴克絲特和蓋文正在露臺上激烈爭執，立刻吸引了他的注意。

安潔雅跟其他與會者一樣，禮貌地無視他們，同時拚了命想把她老公帶往樓梯。

「這不干我們的事，威爾。」他專注於觀賞巴克絲特從她無聊的男友身邊跑走，根本沒聽進去。「威爾！」安潔雅見他往大門緩緩移動時說。「威爾！」她在他身後無助地喊道。

蓋文拉住巴克絲特手臂的瞬間，沃夫正好走到外面。沃夫把他往後推到桌上，蓋文手一鬆，杯子和蠟燭掉了一地。

「沃夫，住手！」巴克絲特朝他大喊，沃夫再度逼近男子。「沃夫！」

蓋文重重摔在地上，一手摀著流血的鼻子，一邊往後退。

沃夫對當晚後續的印象一片模糊。他記得巴克絲特被他氣得要死，他的同事湧到露臺上把他帶出去，安潔雅回家的路上哭著不肯說半個字。但其中他最有印象的，是他倒在客廳破舊的沙發上，天眞地以爲今晚就這麼結束了。

43

二〇一六年一月三十日，星期六
上午七點〇六分

羅歇又度過了無眠的一夜。每當他閉上眼睛，感覺就好像牆壁在朝他壓來。被困在六乘三呎大小的上鋪，再加上一片漆黑，低矮的天花板猶如棺材蓋。自從昨天早上看見他的傷疤以後，他的同寢獄友就再也沒跟他說過話，穿衣服的時候，他也對羅歇視若無睹。牢房門一開，他們就跟昨天一樣，加入移動的人潮，沿著金屬走道往淋浴區前進。

事到如今，試圖遮掩胸口似乎也沒太大意義了，於是羅歇先脫了上衣，無畏地挺身面對眾人的目光和謾罵。

「還是不敢相信你把自己弄成那樣。」凱利在他旁邊，邊脫衣服邊說。

「這個嘛，有人幫了點忙。」羅歇坦承。鋪瓷磚的更衣室不知怎地，令人想起那間簡陋的男廁，當時巴克絲特就是在那裡，拿牛排刀割他胸口。「不過，你看起來也是經歷過大風大浪啊。」羅歇說，朝年長男子疤痕遍布的身體示意。

他的左臂內側爬著一道又細又長的傷口，另一手則是有褪色的燙傷舊疤。心臟上面看得出來動過很爛的手術，還有一個圓整凸起的傷口。

「你怎麼活到現在的啊？」羅歇問，讓對方笑了出來。

「大多時候，都有人在上面罩我。」

「你是指……上帝？」

「不是。我是指狙擊手。」

「喔。」

「是啊，這些幾乎都是當兵的時候弄的。」凱利解釋說。「實際上沒那麼嚴重。」

「那是槍傷嗎？」

「喔，對，這個就很嚴重。」他揉了揉傷口承認。

「找時間你得跟我說說這個故事。」羅歇披上毛巾。

「不……我不想。」凱利回答。「你先走吧。我馬上來。」

羅歇跟著其他人通過門口，才踏進淋浴間兩步就被人拿東西狠狠一掄。他在溼滑的地面上滑了一跤，重重跌在地上，感覺好幾隻手在他身上，把他拖過粗糙的瓷磚表面。他被按在一面矮牆上，遭到一陣凶猛的攻擊，幾乎要失去意識。他感覺到拳打腳踢帶來的衝擊、聽到頭部撞上硬地板時的耳鳴，但無法完全感受到疼痛。

凱利進到潮溼的房間，感覺到緊張的氣氛，立刻知道發生了什麼事：五個人聚在一塊，染紅的水繞著排水孔旋轉。他猶豫了一下，並不想多管閒事，但接著低聲咒罵了一下。

「警衛！」他盡全力放聲大喊。「警衛！」

那群人離開現場，羅歇失能地躺在地上，其中一人還停下來朝他吐口水。

凱利走到他身邊時，第一位趕到的獄警正跑進淋浴區。一位負責回報衝突，另一位則開始清空現場，不知道還能做什麼，只能等待醫護支援抵達現場。

羅歇不顧醫師建議，拒絕留下來接受觀察，在下午兩點五十五分一跛一跛地離開醫療室，下樓到通往探視大廳的小走廊。

由於僅剩一邊腫脹的眼睛看得見，他只能繞過那一大群聚集在樓梯底端、期盼被叫到名字的獄友。

「這算是便宜你了。」一人冷笑道。

「算你走運！」另一個人喊，邊朝他丟東西。羅歇不理會他們，走了過去。

巴克絲特見到他走來時，整張臉垮下來。她急欲上前幫他，但她知道自己不可以這麼做。

「天啊，羅歇。」她在他倒進椅子裡的時候驚呼。「發生了什麼事？」

「打了一架……大概不能算打贏吧。」他開玩笑。

「我來把你救出來。」她拿定主意說。「我們會把你調到別的地方。」

「不要。」

「在那之前，你可以先進禁閉室。」她接著說。「我會去跟——」

「不要！」他火大地拍了一下桌子。

兩名獄警朝他們走來，但巴克絲特揮手讓他們離開。

「這些我能應付。」羅歇告訴她。

她渴望能伸手跟他相握，勝過世上一切。

「我會把你從這裡救出去的。」她向他保證。「只要再多撐一下。」

克里斯丁接起電話：「什麼事？」

「長官，安潔雅．霍爾來見您。」一道陌生的聲音告訴他。他的助理已經下班，去享受她應得的週末。

「麻煩帶她進來。」克里斯丁站起身要歡迎這位名人訪客，他身穿不同於平時正裝的馬球衫跟卡其褲。「啊！霍爾女士。請進，別客氣。」他跟她握了握手，直接關門讓下屬離開。「那麼，跟我說說，有什麼事這麼重要，不能等星期一再處理？」他問。

「撤銷對威爾的控告。」她簡短地回答。

克里斯丁大笑出聲，在桌子後方坐了下來。

「妳倒是解釋解釋，我為何要這麼做？」

「你手上沒有任何威爾的把柄。」她輕蔑地揮了揮手。「你殺了他最要好的朋友之一！他一定會想打倒你。你還期待他怎樣？」

他整個人僵住了。

「我沒有戴竊聽器。」安潔雅告訴他。「就算我有，那會把我自己也拖下水。我是來跟你談條件的。放了威爾。已經結束了。」

克里斯丁小心翼翼地點頭。「狗多打幾次就會聽話了。」他語帶暗示。

「喔，他聽話了。聽得清清楚楚。」安潔雅要他放心。「聽著，我對這些恨意算計、義憤填膺實在沒什麼共鳴。但對於為求自保而採取必要行動的人，我很有同感，也很尊敬。」

克里斯丁禮貌地點點頭接受稱讚，但仍清楚意識到自己在跟誰說話。

「我的提議是這樣的。」安潔雅接著說。「你讓威爾不用坐牢；我不會再搞讓你們關門大吉的抗議活動。作爲回禮，艾蜜莉．巴克絲特還有達米安．羅歇任你處置。我相信你也同意，這兩人現在有價値多了。」安潔雅從包包裡拿出一支手機，讓克里斯丁備感興趣地靠上前。「這是我和艾蜜莉．巴克絲特私人談話的錄音檔，裡面詳細描述了路卡斯．基頓死亡的原因，也承認了她就在現場……和羅歇一起，看著他處決手無寸鐵且不具行爲能力的囚犯。她把凶嫌藏在溫布頓的公寓，照顧他直到康復，免得他被捕入獄。」

「這聽起來絕對是違法了。」克里斯丁說，如今他十分肯定他們的對話不會被傳出去。「聽起來完美到不太眞實，是不是？」

「我在乎的只有威爾。艾蜜莉．巴克絲特毀了我的婚姻。達米安．羅歇之於我，就只是個大好題材而已。」

「啊，還有呢？」克里斯丁說，感覺到安潔雅還想講什麼。

「一場羅歇的獨家採訪。」

「成交。」

「在開審前。」

「那恐怕不太好。」

「今晚。」

「這就不可能了。」

安潔雅在手機上點了一下：巴克絲特尖銳嘶啞的聲音開始說話。

「羅歇在我前面……雪下得好大。我沒跟上。我聽見第一聲槍響……我到的時候，基頓受了重傷，但還活著。我試著止血，但──」

安潔雅又點了一下，終止了巴克絲特即將坦承的醜聞，她拎著手機搖來搖去，像鐘擺一樣。「四十八個小時內，達米安．羅歇的獨家採訪，外加釋放威爾。這是我的最終出價。」

克里斯丁微笑看著這位坐在他對面態度堅決的女子。他伸手拿走手機。

「無法解鎖。」他說。

「錄音檔在你手上。你依約履行我們的協議，密碼就會給你。」

「我喜歡妳。」

「我不在乎。我們成交了沒？」安潔雅問他。

「是，霍爾女士……我們成交了。」

羅歇的餐盤掉到地上，讓人沒什麼胃口的黏稠燉菜連同濃得嚇人的湯一起飛過餐廳地板。在一陣惡劣的笑聲中，他跪坐著撿拾裂開的碗。

「丟著別動！」一名警衛越過餐廳朝他吼。

羅歇這次加倍小心地裝食物到新的餐盤裡，就在這時，有人叫住他。

凱利關切地看著典獄長親自將羅歇帶去私下談話。談話持續了一分多鐘，接著，那名神祕莫測、位高權重的男子跟來時一樣，很快便離開了，不打擾羅歇吃晚餐。

「典獄長想要幹麼？」凱利問他，朝他被揍爛的臉眨眨眼。「問打架的事嗎？」

「一部分。」羅歇坐下答道。「他想要我做一件事……一場採訪。」

「採訪？」凱利困惑。

「嗯哼。」羅歇點點頭，沒再說更多。

「好喔？那，醫師怎麼說？」

「說我的臉被揍了……很多下。」羅歇回答。「我想要謝謝你稍早做的事。我有聽見你叫警衛。」

凱利揮手要他別客氣。「就算我不討厭那些納粹狗——而且相信我，我真的、真的很討厭他們——我最看不慣的，就是不公平的決鬥了。」

「一樣啦……謝謝你。」羅歇努力吞下所有食物。

「你知道，你得把這事處理好。」凱利怒視著那群光頭複製人在隔著幾張長椅的地方，互相對彼此動粗。「你不能讓那些人逃過懲罰。」

「沒錯。」羅歇贊同，將一片沾滿食物和湯的塑膠碎片放在兩人間的桌上。「不能這樣。」

凱利狐疑地低頭看著這片簡陋到不行的武器。「這個嘛，如果贏不了，一把火給他燒個乾淨就是了。」他笑著傳授他無論如何都應始終謹守的忠告。

羅歇點點頭，把餐巾蓋在應急用的握刀上，心懷陰謀似地湊近對方。「聽著，我沒有太多時間……有件事我們得談談。」

44

二〇一六年一月三十一日，星期日
上午八點三十七分

「採訪談成了！」安潔雅對攝影棚內所有現場人員喊道。「我需要羅瑞來收音、燈光；早上六點到伍德希爾監獄，七點做現場直播，當天每個小時都要重播！」

「達米安·羅歇都過氣一個月了。」她的總編輯從隔壁辦公室冒出來，點出這件事。

「你就信我這一次。」安潔雅朝他微笑。「我何時讓你失望過？」

「喔，我認得這個表情。」她老闆笑著說。「妳這次又要找誰麻煩啦？」

「本來就罪有應得的人。」

「警衛！」羅歇喊道。「救我！拜託！」他拚命喊道，水泥地濺上了酒紅色的鮮血。他用手壓住凱利側身的傷口，一旁開始有人群聚集過來。「警衛！」

一位經驗老到的獄警衛過人擠人的休憩區。

「後退！」他往逐漸聚集的人群大喊，並已透過無線電呼叫支援。「後退！你待在這。」他命令羅歇，認定他是來幫忙的。「我需要一位醫師過來，還有，我們得清理休憩區。這裡有一大灘血。看起來像刺傷。」他轉身回來問羅歇：「發生了什麼事？」

「我什麼也沒看到。」羅歇回答。這麼多人在聽，他不得不遵照監獄的規矩行事。凱利在他的手底下痛苦掙扎著。「你會沒事的。」羅歇跟他保證，深色的血跡已經染上他的袖子。

支援抵達後將犯人帶開，讓醫師能治療病人。

「我們得立刻將他帶到診療室！」他告訴警衛。

羅歇在衣服上擦了擦沾血的手，被命令跟其他犯人一起待在離休憩區最遠的另一側，無助地看著他唯一的盟友被抬上擔架送走。

巴克絲特正泡著澡。她希望荷莉的拜訪能讓羅歇心情好些，自己則抽空跟湯瑪士共度了一天的時光，他出現在她家門時，身上穿著一件廉價的禮品店T恤：

我♥倫敦

巴克絲特當然嚴正拒絕穿上她那件，但她同意照他的計畫，去遊賞所有常見的觀光客景點，那些本地居民往往避之唯恐不及的地方。

她戴上花俏的帽子和手套，兩人為了進去倫敦塔，冒著冷風排了一個多小時的隊，接著在白金漢宮外頭拍了一張自拍照交差。在硬石餐廳用完午餐後，他們在肯辛頓宮周圍散步，靠著外帶咖啡取暖。這個地方提醒著人們，儘管恐慌、死亡與殘暴侵蝕著城市的根基，這座歷史悠久、魅力迷人的古城，仍舊堅毅地聳立至今。

早在她發現湯瑪士留在她枕頭上的黑色小盒子前，這一天就已成為巴克絲特有生以來最完美的一天了。她試戴了一下訂婚戒指，感覺到心中的大石終於放下來。她閉上眼睛，把頭埋進水中：她已經做好決定了。

羅歇孤伶伶地尋找無人打擾的位子享用晚餐。爲了盡可能減少他待在餐廳的時間，他一路上刻意拖慢腳步。那群納粹分子在老位子上盯著他看，但沒過多久就被一名黑人囚犯給轉移注意力，他聽從了錯誤的建議，走得離他們太近，引來一陣種族歧視的霸凌。

羅歇充分利用這段空檔，試著嚥下一些食物。但他一點也不餓。不是因爲他下巴正在發痛，而是因爲罪惡感。

下午三點，他站在探視大廳的入口等著要見巴克絲特，看見的卻是一臉焦慮、左顧右盼的荷莉。他轉身離開，難以承受自己這樣糟糕的樣子被她看見。他後悔地推開食物，靜靜地坐在那裡，看著餐廳逐漸淨空。

納粹分子坐的那桌是最後一批起身的。他們整隊時，氣勢較弱的那幾個無意識地在老大身邊繞，其中一人把別的犯人推到牆上，以博取夥伴的認可。

羅歇冷靜地從褲頭皮帶裡取出一塊包裹起來的小毛巾，拿出沾了血跡的塑膠碎片，擺在大腿上。他拿起餐盤，在通往出口的那幾桌徘徊，並在那群人聚集的長椅邊停了一下，把凶器放上去。

接著，他一臉無辜地吹著口哨，跟隨著他們離開。

克里斯丁回到家時，心情好得不得了。

他鎖上大門，本能地停下來拉動門把，心裡懷疑這習慣有沒有可能戒掉。他設好鬧鐘，漫步在月光照耀下的大廳，冰冷的雨水打在窗戶上。他給自己倒了一大杯威士忌，接著坐在他寂靜的皇宮中央，他最喜歡的那張椅子上。

儘管這個週末跟他計畫的完全不同，他還是履行了對安潔雅·霍爾的承諾，幫她安排好那場異想天開的採訪，遞出釋放威廉·佛克斯的初審文件。他把那支有著犯罪自白音檔的手機交給證物組，並跟專業標準理事會安排了緊急會議，討論巴克絲特總督察的處置。他還跟德馮·辛克萊聯繫過，這名聯邦探員當時負責了為路卡斯·基頓慘案收尾的艱鉅工作。他一方面是要分享這個好消息，另一方面也表示他希望能為此得到公開表揚。

無論那位不屈不撓的記者明早能從羅歇身上套出什麼消息，都只會讓他更加罪證確鑿。

克里斯丁再喝了一口威士忌，看向咖啡桌上的西洋棋盤，那盤棋彷彿在等著他下著一般，已安排好敵方的棋子，並調整己方的棋子將對方團團包圍……僅有一個例外。

基廉·肯恩和他的手下還在找奧恩·坎卓克，都過了三十年，那個人極有可能連命都沒了，他從未現身分享他那誇張的故事、其中涉案的貪汙刑警，和消失的百萬現金。

他不重要了。

克里斯丁彷彿終於能順暢呼吸，他向棋盤舉杯致意：「將軍。」

45

二〇一六年二月一日，星期一
清晨六點二十六分

安潔雅看起來累壞了，但她的團隊更慘，羅瑞的樣子好像真的要沒命似的。同時間，一個不知道是辦事周到或格外龜毛的獄警，用螺絲起子轉開了攝影機上的金屬板。

「看來，保固就這樣沒了。」羅瑞打著呵欠告訴他，嘴裡還帶著咖啡味。

那名男子無視他，將機殼拆開，好檢查這臺價值不菲的機器裡面沒有任何非法物品。

爲了在清早六點抵達伍德希爾，他們痛苦地起了個大早，之後還在安檢大門卡關，每個人的包包都輪流被打開檢查裡頭的每樣物品。二十六分鐘過去，他們只前進了大約十呎的距離。

「這要搞到什麼時候？」安潔雅火大地說，意識到自己離直播只剩半個小時。

男子抬頭看她，聳聳肩並著手拆下另一塊面板。

羅歇終於不敵倦意，設法偷睡了五個小時，但在早上六點五十三分，犯人們早晨的移動隊伍出現前不久，他無比清醒地聽見有腳步聲朝他的牢房接近。他決心要比他們早抵達目的地，便從上鋪爬了下來，警衛來接他時，他早已在房間中央等著。

他被帶下樓，走過空無一人的牢房長廊，身上鮮豔的藍色制服成為背景中唯一的色彩。一路上開門、鎖門，終於抵達通向探視大廳的走廊。羅歇抬頭看了診療室一眼，回想起他把鋸齒碎片劃入凱利肋骨下方柔軟的皮膚時，對方看向自己的眼神。

「喂！」護送他的人替他撐著門喊道。

「抱歉。」羅歇道歉，很感謝有人把他從回憶裡拉出來。

「面向牆壁。」疲憊不堪的獄警在抵達最後一道門時吼道。

羅歇聽話地在警衛輸入五位數解鎖密碼時，轉身面向灰褐色的牆壁。警衛將識別證刷過讀卡機，然後打開門。他們走進熟悉的空間，電視台的工作人員還在架設機器，安潔雅則拿著一面小鏡子補妝。

「您的受訪者！」男子說，顯然有點折服於這位全球知名記者的丰采。

安潔雅站起來，點頭向這個被她出賣給他們共同敵人的傢伙打招呼。羅歇仍舊不改本性，回她一個笑容，並且愉快地揮手回禮。

早上六點五十九分，袁醫師連續第四天的夜間值班就快結束了，他從沒這麼期待能連休兩天假，並好好睡上一覺。就好像週末似乎在外面的世界激起了某些震盪——責任減輕的錯覺、週間被剝削掉的自由放縱、必然的紛擾喧鬧——監獄裡星期五和星期六的夜晚，也一如預期地事故頻繁：七場鬥毆、一人頭部受傷需要保外就醫，以及割腕和捅傷事件各一起。

他累壞了。

他一邊收拾，一邊等著同事來接班，老天保佑在那之前別再有人弄傷自己。袁醫師確認了三位留診過夜的病人情況，他們全都靜靜地睡著，但這對舒緩他自己的疲憊沒有絲毫幫助。設備和螢幕提供舒適的照明，唱著單調的搖籃曲，他差點就要在門口睡著了。他被自己的打呼聲吵醒，揉了揉刺痛的雙眼，立刻就意識到周遭有某種變化。

他往前走一步，在光線不足的情況下瞇起眼睛想看清楚，就在他看向三張病床的中間那張時，他皺起眉頭，意識到床上沒有人影。他倏地睜大了眼睛。

他轉身要逃，沒發現身後有道人影出現在門口。

凱利走到燈光下，手裡握著一把大手術刀。

「想都別想，醫師。」他在對方偷瞄牆上的警鈴時，冷靜地說。「不用擔心。只要你別做傻事，我不想、也不會傷害你。」

醫師舉起雙手。

「很好。」凱利拿起放在托盤上的私人物品。「識別證有帶著嗎？」

「有，但那對你沒多大幫助。」醫師回答，他累到腎上腺素都沒什麼效用了。「我只有部分權限。」

「這樣啊？」凱利興趣缺缺地問。

「是的。對這種情況來說。」

「抽菸嗎？」

「什麼？」

「你……抽……菸……嗎？」

醫師搖搖頭。

「有火柴？打火機？」

「往下數第二個抽屜。」他告訴凱利，並指出正確方向給他看。

凱利繼續監視著醫師，同時往設備的方向退，東抓西抓直到摸出火柴盒。

他一次點燃六根，拿到頭頂上的煙霧偵測器那裡。

「你不可能逃得出去的。」醫師跟他說，看著眼前受傷的男子努力把燃燒的火柴抓穩。

尖銳的警報聲響起，緊跟著附近又一個、再一個偵測器發出警報聲。幾秒鐘過去，被困住的犯人以駭人的吼叫聲作為回應。

「幸好，我們沒有要逃出去。」凱利笑著，緊握住醫師的手臂。「我們要闖進去。」

「煙霧和火源感應器，東區的！」控制室裡，一位職員從螢幕前跳起來吼著。好幾台監視錄影器都顯示犯人們擠到走廊上，寡不敵眾的警衛試圖想控制局面，犯人們則益發暴躁。

「我們需要緊急支援！」無線電傳來另一名團隊成員的呼叫。「所有閒置人力立刻到牢房區報到！」

年輕的警衛切掉監控畫面上對坐的羅歐、安潔雅及拍攝團隊，轉換到牢房區，那裡正醞釀著一觸即發的衝突。

「該死！」他看著螢幕說。「我們得派更多人過去！」

建築物裡的混亂聲響蔓延到探視大廳，喚起羅歐不好的回憶，那算是他此生遇過最可怕的折磨之一，現在不可避免地又找上了他。然而，現在的他坐在安潔雅和她的攝影機前，這完完全全就是他期待聽見的。他旁觀護送他的獄警聽著同事傳來的無線電內容，討論該如何應對。隨著暴動的聲音持續擴大，他們的交談變得更加混亂。

「待在這裡。我馬上回來。」他告訴他們，同時人已經往門口衝去。

不難理解安潔雅爲何一臉焦慮。她和她的團隊架好機器等待著，同時無視耳裡傳來棚內製作人的大吼大叫，要他們說明爲何轉播沒有如期進行。

羅歇緩緩站起身：「我想，時間到了。」

凱利帶著醫師走下診療室樓梯，靠他的識別證穿過左手邊第一道門。裝在走廊中央的警報器聲音震耳欲聾，他們快速從下方通過，來到另一道緊閉的門，這裡多加了一個按鍵密碼鎖。

「好了，醫師。」凱利在嘈雜的噪音中大喊。「交給你。」

門鎖上的燈從紅色轉成綠色，大門敞開。困惑的醫師首先出現，接著才是綁架他的那個傢伙，以及他滿是疤痕及皺紋的面容。

羅歇咧嘴一笑：「還不確定你會不會來呢。」

兩人互換位置，凱利把手術刀遞給他。羅歇誠摯地道歉，一邊把刀子架在醫師的脖子上。

「凱利．麥克洛林，這是安潔雅．霍爾。」羅歇介紹他們給彼此認識。「你可以信任她。她跟我們是一夥的。安潔雅．霍爾，這位是凱利．麥克洛林，又名奧恩．坎卓克。我想你們兩位有很多話要談，而時間有限。」

「我們這邊都準備好了。」安潔雅告訴凱利。

他猶豫地轉向羅歇。「你沒有在搞我吧？」

「沒有。」羅歇誠實地說。「我發誓。這是倫敦警察廳的指揮官親自安排的。你冒著生命危險幫助我們逮捕一名殺人犯。我們欠你一份人情，而這對你來說，是很有利的。」

他點點頭，讓安潔雅帶他走向其他人。

「嘿，凱利！」

他停下來回頭望。

羅歇微笑著說：「鬧個翻天覆地吧！」

46

二〇一六年二月一日，星期一
早上七點十一分

又一冷若冰霜的早晨，太陽還未升起。

外頭一片漆黑，再加上喝多了慶功的威士忌，讓克里斯丁忍不住按了兩次「延後鬧鈴」。他的手機在床頭櫃上不停地震動，宿醉的他打了個大哈欠，盲目摸索著手機。他瞇眼看向螢幕，接著坐起身，瞬間清醒。

「基廉！什麼事勞駕你打來啊？」他打開檯燈應道，但面對這奇怪的時間點打來的電話，他難掩憂慮。

「我吵醒你了？」那位大權在握的專業犯罪分子冷靜地問。

「沒有！呃，有。但我本來就要起床了，所以別擔心。」

「我沒有。」

克里斯丁不知該如何回應，便等著他繼續說。

一陣停頓伴隨著深長而惱怒的嘆息，這讓他感到更加緊張。

「我們提過的那個人……奧恩．坎卓克。我想你會想知道，我們找到他了。」

「眞是天大的好消息！是吧？」克里斯丁問道，但對方低沉的語氣讓他有些困惑。「是吧？」

他再度等候對方說下去。

「他此時此刻呢，正在伍德希爾監獄接受直播採訪，大談我的行動、你、死掉的警探，和那筆消失的錢。」

這個消息彷彿在克里斯丁身上紮紮實實揍了一拳，讓他想嘔吐、大哭加尖叫。

「伍德希爾監獄？」他喃喃地說，開始把所有資訊拼湊起來，才驚覺自己在敵人扳倒他的計畫裡，扮演了不可或缺的角色。「這怎麼可能？」他假裝不知情地問。

「我本來也想不通。」肯恩沉著的語氣令人不安。「後來發現，是你安排這場採訪的。你放全國最知名的主播進監獄，讓她能把我們兩個都毀了。結果就是，廳長先生，錢沒了……這都是你害的。」

「基廉，我——」

「我們會再跟你聯繫。」

「等等！我還能補救！」

通話結束了。

克里斯丁震驚地在那坐了一會兒，盯著手裡的手機，彷彿它是條斷掉的救命繩索。他頭暈腦脹地爬下床，在睡衣外披上浴袍。他迅速下樓，天空在高聳的窗戶外轉爲深藍，林木在天幕下聳然挺立，好像畫出來的舞台背景一樣，令人看不清黑影中的細節。他走過房間，拿起遙控器打開他巨大的電視。在人工光源的籠罩下，他開始一台台轉過去……

儘管事隔三十年，他還是一秒就認出了這個人。

克里斯丁努力挺住身子，同時被潮水般的回憶給淹沒：大火的灼熱、充斥在建築物裡的哀號、手中那把槍的重量，還有這個因爲他的貪念，在無比悲慘的情況下被他丟著等死的人，當時眼中的神情。

凱利在螢幕上掀起上衣，露出槍傷的證據，證明了克里斯丁所做過最引以爲恥的事。他把臉埋在手掌中苦笑，終於明白了基廉・肯恩是從哪裡得知這一切。

「結束了。」一個低沉的聲音從房間某處宣告，回聲一路迴盪到上方的屋梁。克里斯丁沒有立刻轉身，挫敗地低下頭。

「你怎麼找到他的？」他問。

「不是我。」沃夫坦承，他的聲音更靠近了。「是艾德蒙斯……不久前找到的。」

克里斯丁搓揉他的臉：「肯恩動用所有的人脈都沒找到。」

「也許他們該從他女友找起才對。」

「你們又是如何說服他開口的？」

「一樣不是我。是羅歇。你以爲他被關到伍德希爾監獄是巧合嗎？」

克里斯丁點點頭，關掉電視：「霍爾女士呢？」他問。

「並不像我們一直以爲的那樣沒心沒肺。」沃夫回答。

「還有那個錄音？」

「演的。你一聽完就刪了。」他沒進一步解釋巴克絲特跟安潔雅複雜的計畫，什麼「自殺訊息」、被嵌入晶片的手機，還有複製訊息的應用程式，他一個字也沒聽懂。

「我發現，只有你一個人。」克里斯丁說。

「只有我。」沃夫點頭，外頭的天空隨著時間流逝轉亮，讓他從逐漸消失的陰影中浮現。

克里斯丁轉過來面向他：「我猜這是積習難改吧。」

「如果我想傷害你，我早就這麼做了。」

他丟出一副手銬到克里斯丁身旁的沙發上。

「你可知道我從來不想要這樣的？」他告訴沃夫，沒有半點要拿起手銬的意思。「我寧可死，也絕對不想傷害老芬和瑪姬。」

沃夫逼近他：「我不在乎。」

克里斯丁往寧靜的花園望去。

「別逼我追捕你。」沃夫說著，站在原地停下。

克里斯丁疲倦地笑了。「威爾，你應該比誰都清楚……沒有人不逃的。」

克里斯丁跳過咖啡桌，翻倒棋盤，來到玻璃門邊。他跌在冰冷的露臺上，匆忙穿過結冰的草坪。

沃夫看著他消失在花園盡頭的大門，冷靜地將手機拿到耳邊。「他往你們那邊去了。」

克里斯丁赤腳跑過滿地枯葉，一邊想著自己是否還沒睡醒。冷空氣撕扯著他的肺，第一道陽光灑過結霜的森林，在樹木的邊緣形成光暈，不管誰看來，都是如夢似幻的美景。

他的生命在五分鐘內有了無可逆轉的變化。

他唯一能做的就是繼續逃，放棄他擁有的一切、認識的所有人，重新開始，因爲如果可以再有一次機會，他的選擇會全然不同——他只能抓住亡命之徒非理性的討價還價，還有在恐懼之下以爲自己眞能消失無蹤的幻想，逃離的念頭占據了他全心全神。

他重重摔倒在地，雙手陷入泥濘中，上頭覆蓋著森林裭下的枯葉殘枝。

附近傳來一陣聲響……

克里斯丁充滿恐懼的雙眼看著樹林。

又有某處傳來一聲響亮的劈啪聲……

他失去了方向感，連自己是從哪裡跑進來的都不確定。他沉住呼吸，專注地傾聽：寂靜中傳來一陣砰砰奔跑聲，一道黑影在樹木間閃爍。克里斯丁掙扎著想起身，看到又一道身影從別處靠近，讓他怕得不敢移動。他決定好路線之後拔腿狂奔，追他的人發出越來越劇烈的聲響，又多了一個人加入追捕。

他再次倒下，疲憊與恐慌妨礙了他的協調能力。他別無選擇地趴下，爬過泥土，來到一截傾倒的樹幹下方。他看著兩道人影衝過去，快速地消失在黎明照耀下的森林裡。

然而，第三道身影卻放緩了腳步。克里斯丁閉上眼睛，想靠意志力驅使他們離開，他無助地聽他們在森林地面上走動，搜索著他。他將身子縮得更緊……

窸窣聲愈加靠近。

他屏住呼吸。

他們往他這棵倒下的樹移動，讓薄脆的樹葉在他面前旋轉著落到地面……

克里斯丁從藏身處衝出來，朝一處空地盲目狂奔，聽見一連串沉重的腳步聲朝他衝來。

有人撲到他身上，力道之大，將他整個撞倒在地。

「這邊！」沃夫朝其他人喊去，克里斯丁力竭地抬頭看他，對上面露凶殘的眼神。艾德蒙斯突然出現在他左邊，接著桑德斯出現在右邊。過一會兒，巴克絲特跛著腳出現在他頭上，每個人臉上都掛著同樣冷淡的表情。

被敵人包圍的克里斯丁笑了起來。

「這從頭到尾都不是爲了逮捕……對吧？」他問他們，白髮被泥土及樹葉染成深色。「你們想把我單獨引出來！」

沃夫更加用力地抓著他掙扎中的犯人。

「沒有目擊者，是不是?!」克里斯丁發狂吼叫，奮力往上看向巴克絲特。「那就動手啊！」他盯著沃夫煽動他。「來啊！」

「沒那麼容易讓你解脫，老兄。」警笛聲劃破清晨的空氣，桑德斯語重心長地告訴他。

克里斯丁終於接受了自己的命運，四肢癱軟，任沃夫處置自己。隨著警笛聲逐漸接近，追捕他的人一個個離開，留下沃夫獨自待在空地。沃夫將克里斯丁轉過身，把他的手腕銬在背後。接著，他細細品味他期待說出口已久的一字一句，向廳長宣讀他的權利。

「克里斯丁．貝拉米，我以殺害芬利．蕭警探的罪名逮捕你。你有權保持緘默，但若你被詢問時不作表示，將可能在未來的審判中不利於你的辯護。你說的任何話都可能成爲呈堂證供。你明白嗎？」

沃夫情緒激動地拉起他的犯人，藍色的眼眸閃閃發亮，把人往遠處燈光閃耀的地方帶去。

47

二〇一六年二月一日，星期一
下午兩點三十四分

艾德蒙斯遲到了。

警務工作成了煞風景的現實，團隊成員花了大半天認眞歸檔證物、提供詳細的筆錄，並且被迫和難搞的公關部一同出席會議；會談的重點都在公關止血上，他們感覺像是帶著水桶和拖把過來替這場核子級的公關災難清理現場。

他偷偷從門口鑽進去，發現沃夫靠在牆上，凡妮塔正歡欣鼓舞地向她匆促舉行的記者會觀眾們發表演說。艾德蒙斯靜悄悄地走到沃夫身邊。

「……顯而易見地，我們不能討論偵辦中案件的任何細節。」凡妮塔堅定地告訴她的聽眾，「但我們不會故作天眞，假裝各位尙不了解克里斯丁．貝拉米遭控的罪名，或是本廳嚴辦此事的態度。綜前所述，這段時間將會由本人代理廳長一職……」

有幾位記者喊了一些問題，但就算凡妮塔有聽到，她也無權回答。

「嘿。」艾德蒙斯悄聲說，他擠到沃夫旁邊。

「嘿。」

「其他人呢？」

「沒來。」

艾德蒙斯皺起眉頭，當初可是沃夫親自告訴他務必出席的。

「……我也想以這個身分，」凡妮塔接著說，「表揚參與調查團隊激勵人心且十足英勇的貢獻。其中包含一般民眾以及倫敦警察廳的代表。」

她轉頭向沃夫和艾德蒙斯微笑致意，並照稿唸出名單：「艾蜜莉．巴克絲特總督察、傑克．桑德斯警探、前任警員艾利克斯．艾德蒙斯、前任偵查佐威廉．雷頓—佛克斯……」

沃夫縮了一下。

「……前中情局探員達米安．羅歇和警局之友安潔雅．霍爾。」

屋內眾人在凡妮塔的提示下，義務性地鼓起掌來。

「所以說，感覺如何？」艾德蒙斯問沃夫。他們跟著其他人敷衍的掌聲拍手，因此能講話大聲一些。「逮捕倫敦警察廳廳長的感覺？」

「我好像有哭一下。」沃夫承認。

艾德蒙斯點點頭，沒做太多批評：「可以理解。」

「我需要親自逮捕他。」沃夫說，因爲掌聲退去而壓低音量。「那是我出力的部分。剩下的全是你的功勞。」他隱晦地告訴艾德蒙斯。凡妮塔重新拿起麥克風。

「現在，我把記者會交給該團隊的成員之一，他會回應你們關於此次調查事先經過審核的提問……」

沃夫把自己推離牆面，面向聚光燈，這種場面他已習以爲常了。但他接著轉向艾德蒙斯，深情地朝他背上一拍。「你沒問題的，對吧？」他露出微笑，然後從容離去。

凡妮塔露出和艾德蒙斯一模一樣的表情，迅速地反應過來。「……呃……各位先生女士，歡迎倫敦警察廳前任警員、現任私家調查員……艾利克斯．艾德蒙斯！」她宣布，另一陣不大熱絡的掌聲隨之而起。

照相機跟隨一連串聽不清楚的問題發出閃光，艾德蒙斯跌跌撞撞地往講臺走去，途中差點踢倒一架電視攝影機。他們的團隊揭發了近年來最大的醜聞，即刻起他便成爲團隊代表。他熱情地與凡妮塔握手，然後站上講臺。

他清了清喉嚨。「午安……有任何問題嗎？」

48

二〇一六年二月三日，星期三
下午四點四十九分

逮捕克里斯丁感覺已是整個事件的句點，但是芬利的遺體仍被扣留，待審判結束後發還，他們還要再過一段時間才能爲他辦正式的葬禮。不過，瑪姬想舉辦一場活動。只邀請和她丈夫最親近的親友，在自家後院安排了非正式的紀念儀式。她堅持這得要是個愉快的場合，是他們終於能和他道別的機會。時間在冬季短暫的黃昏，沃夫、巴克絲特、艾德蒙斯和安潔雅加入一小群其他來賓，圍在火堆旁，就著燭光分享他們最懷念珍愛的往事。

錄音機放出音質粗糙的班伊金名曲〈站在我這邊〉，沃夫對瑪姬伸出手，暫代她亡夫的位置，隨著芬利最愛的歌共舞。

二〇一〇年五月二十一日，星期五
芬利的生日
深夜十一點五十八分

沃夫在他和安潔雅位於史托克紐因頓的破舊小屋裡，躺在沙發上昏睡過去，渾然不知他徹底毀了芬利的生日派對。他惹怒了瑪姬，打斷了巴克絲特男友的一顆牙，還害他們倆大吵一架。但更要緊的是，他沒去安慰他那在床上哭了半個小時的妻子，她心裡還希望他會關心、會來看看她。

走廊上傳來一聲撞擊。

沃夫滾下沙發，搖搖晃晃地站起來。他身上仍穿戴著起縐的襯衫和領帶，剛到走廊就被一隻工作鞋擊中腦袋。

「老天啊！」他抱怨，痛苦地按著額頭，同時看著自己的所有物被丟得整條樓梯上都是。

「這是怎樣?!」他對著安潔雅叫。她拿著又一堆東西站在樓梯上。

「你給我搬出去。」她帶著一臉糊掉的妝告訴他。「今晚就搬。」

「呃嗯。」沃夫點點。「只有一個問題……我要回去睡了。」

第二隻鞋把他打得更痛。

「可不可以請妳……不要再……朝我丟東西了！」

「滾出去！」

「不要。」

安潔雅消失了一會。沃夫不確定這是好事或壞事。他的直覺告訴他是壞事……

她回到樓梯頂端，拿著他的Fender Telecaster電吉他。

「滾出去。」她又說了一次。

「我們都別衝動。」他抬頭對她微笑。

「滾出去！」她把吉他懸在樓梯上。

「靠……妳敢……！」

她鬆手，讓藍色的楓木漸層吉他撞毀在階梯上。

「妳有什麼問題嗎?!」他大吼。

「我的問題就是你！我受夠你了！我受夠她了！我受夠這種糟糕透頂的關係了！我只想做個了結！」

「這也是我的房子！」沃夫大叫，並把東西丟回去給她，但她突然朝他怒衝下樓時，他看起來有點害怕。

「出去！」她尖叫，把他往門口推。

「安潔雅——」

她拉開前門，將他推向天氣溫和的夜晚，屋外停著幾輛警車，閃燈點綴著夜色。

「你們又想怎樣?!」沃夫對著匆匆通過大門的兩名員警喊道。

「先生，請你冷靜。」其中一位員警對他說。「可以請你遠離這位女士嗎？」

「這是我的房子！」他對那人啐道，甩開他的手就要進屋。

「先生！」那位員警抓住他的肩膀。

沃夫原地轉身，朝著那人的臉揍下去，立刻就發覺這是個錯誤的舉動。

安潔雅哭了起來，跑回屋內：「我再也沒辦法忍受了！」

「安潔雅！」前門砰然關上，他對著門板喊道。他太晚才冷靜下來，轉回去面對那個警察和他剛受了傷、血淋淋的嘴唇：「我很抱歉……我想，不管我說什麼，都沒辦法說服你別逮捕我吧？」

「完全沒錯。」

「好極了。」

二〇一六年二月三日，星期三
下午五點二十分

另一對老夫婦加入了隨著歌曲歪歪扭扭的沃夫和瑪姬。巴克絲特端起了她的熱巧克力，過去和安潔雅站在一起。安潔雅正走過那些釘在花園周圍的照片。

「艾蜜莉。」

「安潔雅。」

「這樣眞不錯。」

「是啊……眞的。」

她們沉默地站了一會，看著芬利在五十五歲生日宴會上和沃夫玩罰酒遊戲的照片，時間差不多是一切急轉直下的一個小時之前。

「妳知道他那天晚上害自己被逮捕了嗎？」安潔雅嘆道。

「是啊，我有聽說。」

「跟平常一樣白痴。」安潔雅微笑地看他牽著瑪姬旋轉，跟那對老夫婦的距離近得危險。那對夫婦現在看起來只是扶著對方，試圖不要倒下。「那是我教他的。」她驕傲地對巴克絲特說。「羅歆還好嗎？」

「不知道。他跟人合謀了一場小型越獄行動、綁架監獄醫師後，他們就不讓我見他了。」她一臉擔憂地說。

「堅持妳的說法就好。」安潔雅勸慰她。「他們沒有他的把柄，他們自己也曉得。只有妳的說法能應付他們的說詞。」

巴克絲特點頭。

「那威爾怎樣？」

「要去坐牢。」巴克絲特實事求是地說。「但監獄不錯。刑期也不久。看起來凡妮塔有信守承諾。」

這場對話雖然有點生硬，但是以她們的標準來說，眞是順利得不可思議。

「還有……」安潔雅有些遲疑，不確定自己是否越界了。「其他的事，你們有決定了嗎？」

巴克絲特四下看看，確保沒人偷聽。「湯瑪士又把訂婚戒指給我了。」

「然後呢？」

「然後怎樣？」

「妳答應了嗎？」

「沒有。還沒。但我會的。」

「眞的嗎？」

「眞的。」

安潔雅燦然而笑，給了她一個彆扭的擁抱。「恭喜！我眞的很爲妳開心。還有——」她看向逗得瑪姬放聲大笑的沃夫，「——妳做了合理的選擇。那麼，妳什麼時候要告訴湯瑪士？」

「今晚。我只需要先做一件事。」

二〇一〇年五月二十二日，星期六
凌晨一點四十二分

沃夫躺在拘留室的床墊上，希望自己的腦子能夠關機，就算一會也好，他的腦海裡現在同時有上千個念頭在奔馳。

他還處在震驚之中，因爲剛剛發生的事，因爲安潔雅猛烈的怒火，因爲她不快樂的程度如此之深：從未說出口的感受發酵了太久。他們以前當然吵過架，而且是大吵，但從沒有這樣過。最近，他在她在乎的事情上似乎總是動輒得咎，但現在的氣氛有一種終結的感覺，既令人心碎，也讓人感到解脫。

他甚至不完全確定自己被關在哪間警局，但是其中一位員警認出他，給了他單人牢房，還願意幫他聯絡外人，任何人都可以。

一扇門重重關上，接著一陣不慌不忙的腳步聲逐漸接近。

「你這渾蛋，笨啊，笨死了。」一把粗礪的嗓音如此招呼他。

芬利拉了張椅子，在欄杆的另一側坐下。

「是啦。」沃夫坐起身來回答。「我知道。我知道。你來這幹麼？」

「這個嘛，有個蠢貨跟自己老婆吵架吵得鄰居都報警了，還決定要攻擊警察，而且緊急聯絡人嗔的是我……就在我已經被這傢伙搞砸的生日當天。」

沃夫站起來。「第一，我沒想到他們會在今天晚上打給你。第二，還是謝謝你來。第三，在派對上那時候，我必須做點什麼。你也看到那傢伙抓著巴克絲特的樣子了，對吧？」

芬利看起來有點醉，也有點困惑。「我看到的是一個很好很和氣的小夥子輕輕握著女朋友的手臂，因爲他不想要她離開。」

「嗯，你老了。」沃夫推測。「你的眼睛不管用了。」

「你只是在找藉口，威爾。」芬利疲憊地告訴他。「就算不是抓手臂的這件事，也會有別件事。不管今晚是誰跟艾蜜莉一起出席，最後都會挨你的揍。」

沃夫不以爲然地對他這位老朋友提出的理論擺擺手。

「聽我說。」芬利繼續道，沒心情跟他爭。「我跟拘留所的人把事情擺平了，這事就到此爲止，因爲被你打傷的那位同僚，願意基於專業對你展現一點寬容……你就不用謝我了。」

「那我們走吧。」

「噢，你還是得在這過夜。」芬利告訴他。「我建議的。我覺得你該睡個覺冷靜一下。」

沃夫醉醺醺地癱倒在床上。「反正我也沒地方去。我想我跟安潔雅玩完了。」

「你還是可以彌補。」

沃夫搖搖頭：「要是我不想呢？」

「她是你老婆！」

「我們又不像你和瑪姬！你們兩個是天生一對。也許我和安潔雅……就不是。」

芬利抹抹他疲態畢露的臉。「你要是和艾蜜莉在一起，會是一場災難。大家都這麼想。你有老婆了。你至少該試一試，這是你欠她的。」

「你說『大家』是什麼意思？」沃夫口齒不清地問。

「就是大家！我們全都看著你們每天從早到晚打情罵俏。你表現得可不含蓄。而安潔雅還得跟我們其他人一樣看著。」

「嗯，如果我就是這麼個爛人，那你還在這裡幹麼？」

「你知道嗎？我自己也好奇呢。」芬利說著，站起來走了出去。

二〇一六年二月三日，星期三

下午五點二十三分

巴克絲特把熱巧克力擺正在柵欄上，朝瑪姬跟沃夫走去。「介意我借一下他嗎？」她問。

「請便！」瑪姬笑著說。「他今晚也被我煩夠囉。」

巴克絲特帶著沃夫走到花園遠遠的另一端，靠在兩盞燭光之間的牆上。

「我得告訴你……」她開口，突然轉變話題，給自己有多點時間緩衝：「瑪姬看起來很開心……嗯，不是眞的說開心，但……」

「她是。在她能夠開心的限度裡。」他確認了一下旁邊沒人。「她昨天第一次在醫院拿到乾淨的掃描結果。」他笑著低聲說。「她沒跟任何人說，因爲她希望今晚是屬於芬利的。」

「這太好了。」巴克絲特的語氣略顯平淡。

「怎麼了？」他喝了口啤酒問。

「沒事。只是……他沒能親自看到，是吧？他們還在新聞裡那樣講他。」

沃夫點點頭。「但那不是重點，對吧？妳覺得芬利會甩那些罵他的人嗎？瑪姬現在平平安安的不是她運氣好、命好或是老天保佑。她活下來是因爲他，因爲她值得最好的，因為他妥協了一切來救她。」

巴克絲特哀傷地笑了。「你總是很會把事情總結成你想要的樣子。」

「而妳總是很不擅長。」他告訴她。

「我只是覺得，有時候，人們得承認自己錯了……比如那天晚上，我在禮拜堂做的事。」

「喔。」

巴克絲特深吸了一口氣，讓沃夫皺起眉頭：「湯瑪士又跟我求婚了一次。」

「而我會答應他。我當時被那些事還搞得很亂，然後被求婚嚇到，外加找到那張蠢卡片，但我現在知道自己要什麼了。」

「卡片？」沃夫問，他冷得發抖，露臺上的火堆映出光芒，沒起到什麼幫助。

「那現在不重要了。」

「但顯然那時候很重要。」他刺激她。

巴克絲特不太開心。「我在芬利的東西裡找到他寫的某個……一封情書。類似啦，他不是寫給瑪姬的。這件事狠狠打擊了我，想到他和瑪姬在一起，卻同時對另一個女人有那樣的情感，而且……」她發現沃夫一臉被抓包的表情，便停了下來。「我的老天！你知道他是寫給誰的，對不對？」

「我不知道妳在講什麼。」

「說謊！」

「我覺得有些事最好還是留在過去吧。」

巴克絲特可不接受拒絕，她從口袋裡拿出摺得縐縐的卡片，將它攤開大聲唸出來。

「你還是不給我名字？」

沃夫沒有回應。

她聳聳肩：「這或許能喚起你的記憶……」

二〇一〇年五月二十二日，星期六

深夜一點四十六分

「芬利，等等！」沃夫趕忙來到欄杆前喊人。芬利聽他哀叫了一會兒才慢慢晃過去。

「我很抱歉。」

「沒事。」那個蘇格蘭男子回道，這種情感交流令他不太自在。

「你來之前，我躺在那裡——」沃夫開始在小牢房裡走動，手抓著頭，努力想把腦中的想法表達出來，「——想著這一切，那些我想說好久，但都沒辦法說的話……想著現在可能是我把話說出口的唯一機會。你說的對：我和巴克絲特會是個災難；我和安潔雅是個災難。整件事都是徹底的災難，這個僵局總得打破……你可以幫我傳話給她嗎？」

「安潔雅？」

「巴克絲特。」

芬利翻了個白眼：「我說的話你是一個字也沒聽進去嗎？」

「就一段話。」沃夫咕噥。「如果她沒興趣，我就會知道了，不是嗎？不管怎樣，我都得放下，繼續過日子。」

芬利呻吟地說：「爲什麼是我？」

「你覺得過了今晚，她還會跟我說話嗎？」

「不會。」他承認。

芬利借用訪客登記表上的原子筆，從口袋拿出一張縐縐的生日卡片，將它撕成兩半。沃夫繼續踱步，思量著自己的用字，那些他在腦中練習過一次又一次的話。芬利坐回去，懸著筆。

「所以內容是？」

二〇一六年二月三日，星期三
下午五點二十七分

「『妳他媽的怎麼還是搞不懂？』」巴克絲特在微弱的燭光下唸著，她發現這些話早已烙印在她的腦中。

「巴克絲特，我——」

「『我不只是愛妳。我毫不保留、無所顧忌、無可救藥地深愛著妳。妳……是……我……的。』」

「巴克絲特，我得告訴妳一件事。」

「『這些該死的人、這些發生在我們之間的爛事、甚至是這他媽的監獄，都沒有辦法拆散我們……』」

「巴克絲特！」沃夫暴怒，搶過她手中的卡片丟到地上。

他猶豫了一下，接著緩緩蹲下，對上她的視線，試探性地握住她的手。

他深吸一口氣。「因爲永遠、永遠沒有人能將妳從我身邊奪走……」

巴克絲特躁怒的慍色逐漸軟化，變成某種類似憤怒的疑惑，再轉爲目瞪口呆的驚訝表情。

「他從沒拿給妳？」沃夫問。

巴克絲特啞口無言，只是搖了搖頭。

沃夫不太意外地點頭：「他這個渾蛋。」

尾聲

二〇一六年十二月十五日，星期四
晚上七點三十四分

「證人怎麼說？」巴克絲特用肩膀跟耳朵夾著手機，站著找鑰匙。「不——！那鑑識組呢？……不——！」她急急忙忙下班回家，一進門就往樓梯上喊：「她還醒著嗎？」

「快睡了！」

她把包包往聖誕樹一丟，踢掉靴子爬上樓，爲了不浪費時間解釦子，索性直接把襯衫掀起來。她把電話擺回耳邊。

「誰的?!別告訴我是死人的指紋?!……不——！……什麼？對，他們還有在賣……我不曉得——特易購超市？我再買一個給你。聽著，我到家了。我得閃了……好啦……好啦！我得閃了……要掛了。掰！」

「她開始在打瞌睡了！」就在她跌跌撞撞地扯下衣服、進到淋浴間時，有人喚道。

「那就逗逗她，或做什麼都好！」巴克絲特喊回去，穿上她的格紋睡衣，一邊衝進房間。

「剛好趕上。」沃夫手拿著床邊故事，跟她打招呼。

「你滾開！你已經跟她相處一整天了！」她吼道，強迫兩人交換位置。她伸手到嬰兒床裡，芬莉．愛略特．巴克絲特在床上昏昏欲睡，小手抓著企鵝佛朗基破破爛爛的翅膀。

「什麼死人的指紋？」沃夫興奮地壓低聲音問。

巴克絲特對他皺眉：「我們也許該晚點再講這個？」她建議。

「是羅歇打來的？」

「對。聽起來他和艾德蒙斯抓到一個大條的，這部分我會告訴你……但等晚一點。」

「但他們怎麼看？假死，還是有人除掉死人的指紋？」

「老天，沃夫！晚一點！」巴克絲特溫柔地抱起女兒，但一看見他今天的傑作，臉上的笑容就不見了：「呃，沃夫？」她開口說，這個語氣她通常是留給「混帳」這種詞的。「那壁紙是怎樣？」

「好看吧？」他驕傲地說。「花了我一整天。」

她抱著小寶寶芬莉走到牆的一邊，上面有一隻鱷魚的卡通圖案，看起來似乎跟長頸鹿後半部黏在一塊。她轉向他皺起眉頭。

「問題是，牠們並不是設計成要頭尾接合的。」他告訴她。

「這隻大象的頭在哪裡？」

他環視屋內，必須承認牠在日照下顯得有那麼點嚇人。「那裡。」他得意地說，往門口上方某處比去。

「這真……」她用嘴型講出「他媽的醜」。「重新弄。」

「妳重新弄！」

「這看起來活像動物標本師的噩夢！」

「隨便。我就不懂之前天使的那個有什麼問題。」

「我不……要……天使！要講幾次?!」

小寶寶芬莉哭了出來。巴克絲特輕柔地哄她入睡，然後將她放回嬰兒床裡。

「我不要再弄一次。就這樣。」沃夫反抗地交叉雙臂，悄聲說道。

「那邊那匹斑馬有蛇的頭和獅子的腳掌，看起來好像是被拼湊成那樣的。」

沃夫盯著那惱人噁心的畫面，手臂慢慢鬆開。

「有聯想到什麼嗎？」她問他。

他深深嘆了口氣：「我去重弄。」

「感謝你。你要去哪？」她拿起故事書低聲問。

「很重要嗎？」他問。

她對他使了個眼色。

「他剛打敗那個拿劍的怪物。」他告訴她，一邊往門外走。「我要來弄晚餐。」

「香橙鴨胸？」

「義麵吐司。」

「我討厭你！」她在他身後微笑喊道。

「我更討厭妳！」

她翻到最後一頁，寶寶晚安夜燈在牆上投射出五彩繽紛的色塊，讓她得瞇著眼睛看字。

「『大門裂開，然後突然關上！……國王的手下在裡面！「跑啊！」』公主跟騎士說，高塔裡充滿了盔甲的鏗鏘聲。「拜託，爲了我。跑啊！」英勇的騎士並不想走，但他遵從公主的命令，從最高的高塔上最高的窗戶往下爬，這樣一來，有一天他或許還能回到她身邊……所以她等了又等，等到有一天，過了好幾個、好幾個月以後……他回來了。』」

巴克絲特翻到最後一頁。「『從此，他們過著幸福快樂的日子。』」

【Mystery World】MY0011

遊戲終結：布娃娃殺手3

EndGame

作　　者❖丹尼爾・柯爾（Daniel Cole）
譯　　者❖葉旻臻
美術設計❖許晉維
內頁排版❖HAMI
總 編 輯❖郭寶秀
責任編輯❖遲懷廷
協力編輯❖許鈺祥
行　　銷❖許芷瑀

發 行 人❖凃玉雲
出　　版❖馬可孛羅文化
10483臺北市中山區民生東路二段141號5樓
電話：(886)2-25007696
發　　行❖英屬蓋曼群島商家庭傳媒股份有限公司城邦分公司
10483臺北市中山區民生東路二段141號11樓
客服服務專線：(886)2-25007718；25007719
24小時傳眞專線：(886)2-25001990；25001991
服務時間：週一至週五9:00～12:00；13:00～17:00
劃撥帳號：19863813　戶名：書虫股份有限公司
讀者服務信箱：service@readingclub.com.tw
香港發行所❖城邦（香港）出版集團有限公司
香港灣仔駱克道193號東超商業中心1樓
電話：(852)25086231　傳眞：(852)25789337
E-mail：hkcite@biznetvigator.com
馬新發行所❖城邦（馬新）出版集團
Cite (M) Sdn. Bhd.(458372U)
41, Jalan Radin Anum, Bandar Baru Seri Petaling,
57000 Kuala Lumpur, Malaysia
電話：(603)90578822　傳眞：(603)90576622
E-mail：services@cite.com.my
輸出印刷❖前進彩藝有限公司
初版一刷❖2020年2月
定　　價❖400元

國家圖書館出版品預行編目(CIP)資料

遊戲終結：布娃娃殺手3／丹尼爾・柯爾（Daniel Cole）著；葉旻臻譯. -- 初版. -- 臺北市：馬可孛羅文化出版：家庭傳媒城邦分公司發行, 2020.2
面；　公分. --（Mystery World；MY0011）
譯自：EndGame
ISBN 978-986-5509-05-7（平裝）
873.57　　10802082

ISBN：978-986-5509-05-7（平裝）